DER SCHMIED UND SEINE LADY

CECELIA MECCA

Translated by
MARTIN WICK

ALTIORA PRESS

orthumbria, England, im Jahre des Herrn 1214
„Das ist Verrat."
Lance war der erste, der es aussprach, und er war nicht überrascht, dass niemand darauf antwortete. Sie alle wussten es, und es laut auszusprechen hatte eigentlich keinen Sinn.

„Denkt sorgfältig darüber nach, bevor ihr antwortet." Conrad schlug die Zeltklappe zurück, warf einen kurzen Blick hinaus und setzte sich, offensichtlich zufrieden, wieder zu ihnen.

Das war also der Grund, warum sein Freund das Zelt so weit von den anderen Zelten aufgeschlagen hatte. Conrad hatte gewusst, dass sein Vorschlag alle vier von ihnen in Verräter verwandeln würde.

„Ich werde es tun", verkündete er entschlossen.

Nur auf Grundlage einer sorgfältigen und gründlichen Überlegung hatte der Earl eine solch drastische Aktion vorgeschlagen. Er vertraute seinen Freunden bedingungslos.

Alle drei Männer beobachteten Lance jetzt aufmerksam, allen voran Conrad. Aber Lance hatte seine Meinung kundgetan und würde sie nicht mehr ändern.

„Wir werden Unterstützung benötigen." Terric hatte wohl bessere Gründe gegen den König zu marschieren als die anderen, aber er war gleichzeitig auch der vorsichtigste unter ihnen. Er würde sicherlich die meisten Fragen stellen, aber Lance war zuversichtlich, dass er mitmachen würde. Sie alle würden mitmachen.

„Wenn sich die nördlichen Lords jetzt nicht zusammenschließen", sagte Conrad, „dann sind sie alle verloren."

„Und wir wären ebenfalls verloren, vergiss das nicht." Guy verschränkte seine Arme vor der Brust und lehnte sich zurück in den bequemen Stuhl, der zusammen mit anderen Luxusgegenständen auf einem Wagen von Conrads Lager hergebracht worden war.

Ihr Freund hatte für solchen Luxus nur wenig übrig, daher war Lance überrascht gewesen, als Conrad darauf bestanden hatte, auf so würdevolle Art und Weise am großen Turnier des Nordens teilzunehmen. Conrads Vater hätte es auf diese Weise getan, wäre er noch am Leben gewesen. Conrad erinnerte damit all diejenigen, die sich ihrer Sache anschließen könnten, daran, dass der Earl von Licheford einer der mächtigsten Lords der nördlichen Gefilde war.

„Ich mag zwar kein großer Lord sein", fuhr Guy fort, „aber König Johns politische Entscheidungen treffen mich genauso wie alle anderen."

„Nicht zu vergessen die Steuern", fügte Conrad hinzu. „Seine Politik *und* die Steuern. Beides wird uns zugrunde richten, wenn wir es zulassen."

Guy zuckte nur mit den Schultern, so als hätte sein Freund gerade gefragt, was er zum Essen wollte, anstatt vorzuschlagen, sich gegen ihren König zu verbünden. „Ein Abenteuer wie dieses werde ich mir keinesfalls entgehen lassen."

„Ein Abenteuer?" Terric schüttelte den Kopf. „Wie verrückt muss man sein, um es so zu nennen?" Er wandte sich wieder an Conrad. „Hast du einen Plan?"

„Aye, er entsteht gerade. Das wichtigste daran ist eure Unterstützung."

Damit meinte er alle drei von ihnen. Mit einem kurzen zustimmenden Kopfnicken würde sich ihr Leben für immer verändern.

Terric stand auf, streckte seinen Arm nach vorne aus und ballte eine Faust. Er hatte seinen Arm auf diese Weise zuvor nur ein einziges Mal zu einem Schwur ausgestreckt. Damals, vor vielen Jahren.

Conrad umklammerte sein Handgelenk.

Dann war Guy an der Reihe.

Und als letztes kam Lance dazu.

„Im Gegensatz zu damals geloben wir heute mehr als nur Stillschweigen in einer Angelegenheit. Hier und heute gründen wir einen Orden." Conrad blickte in Terrics Augen. „Den Orden des zerbrochenen Schwertes."

Ein perfekter Name. Ein Symbol für den Missbrauch der Macht, der von einem Mann ausgeübt wird, der seine eigene Regentschaft als von Gott gegeben betrachtete. Stille folgte auf Terrics Verkündung.

Es war mehr als ein bloßer Name. Es war ein *Versprechen*. Genauso wie das erste, das sie einander vor vielen, vielen Jahren gegeben hatten. Kein anderer würde die Bedeutung so verstehen, wie sie alle es taten. Sie nahmen sich dieses Gelöbnis zu Herzen.

„Für England", sagte Terric. Welche Ironie lag in seinen Worten, war er doch der einzige unter ihnen, der kein Engländer war.

Lance wollte diesen feierlichen Augenblick nur ungern unterbrechen, war aber der Meinung, dass Terric eine wichtige Tatsache übersehen hatte.

„Einen Orden? Einen Ritterorden?"

Sie ließen sich los und sahen ihn an.

„Sicherlich versteht ihr alle das Problem? Aye, du bist ein Earl. Und Terric ist der Sohn eines Barons." Er nickte zu Guy. „Sogar unser Söldner hier ist ein Ritter."

„Und meinen Titel habe ich mir hart erarbeitet", antwortete Guy mit einem Zwinkern, „nicht wie bei diesen beiden hier."

Lance konnte nicht anders als zu lächeln. Guy hatte diese Bemerkung über die Jahre schon so oft kundgetan. Aber Conrad wollte die Ernsthaftigkeit ihrer Diskussion aufrechterhalten.

„Zieh dein Schwert", befahl Conrad und blickte Lance auffordernd an.

Es gab in diesen Tagen nur wenige Männer, von denen Lance einen Befehl annahm, aber Conrad war einer davon. Also gehorchte er.

Er wollte Conrad daran erinnern, dass er nur ein einfacher Schmied war, aber es hatte keinen Sinn, sie alle auf etwas aufmerksam zu machen, das sie ohnehin wussten. Auch wenn Lance keinen Wert auf einen Titel und die damit verbundenen Annehmlichkeiten legte, so blieb ihm die Feierlichkeit dieses Momentes nicht verborgen. Alle waren sich der Bedeutung der folgenden Geste bewusst. Ein kurzer Blick in Terrics und Guys Gesichter bestätigten dies.

Lance ignorierte die anderen, ging auf ein Knie und legte sein Schwert darüber, während Conrad sein eigenes Schwert aus der Scheide zog. Er tippte ihm damit auf beide Schultern und sprach die Worte, die Lance nie zu hören gewagt hätte. Als er zu Ende gesprochen hatte, ließ Conrad ihn aufstehen.

„So erhebe dich nun als Ritter, im Namen Gottes."

Lance stand auf und wusste nicht, was er sagen sollte.

„Hast du noch weitere Einwände gegen die Gründung unseres Ordens?", fragte Conrad.

„Nein."

„Gut. Denn wir haben noch viel zu besprechen."

Daran hegte Lance keinen Zweifel. Eine Rebellion gegen den König erforderte sicherlich ein gewisses Maß an Planung.

„Ich gratuliere dir zu deinem neuen Titel." Guy verbeugte sich vor ihm. „Sir Lance."

„Hört sich gut an." Terric verbeugte sich ebenfalls.

„Das Oberhaupt einen schottischen Clans verbeugt sich vor einem englischen Schmied." Guy warf Conrad einen raschen blick zu und zog dramatisch die Augenbrauen hoch. „Ich gebe zu, das ist ein Anblick, den ich nicht so schnell vergessen werde."

„Wenn ihr endlich mit dem Herumalbern fertig seid ...“

„Ist er das denn jemals?", fragte Lance Conrad ernsthaft.

„Wir sollten uns noch über diese Kleinigkeit mit König John unterhalten."

Eine Kleinigkeit, natürlich. Sollte auch nur ein Hauch dessen, was sie eben getan und gesagt hatten in die Ohren einer falschen Person gelangen, so würden unweigerlich ihre Köpfe dafür rollen.

Ob Ritter oder Schmied, Earl oder Söldner, keiner ihrer Titel würde sie retten können, wenn sie als Verräter an der Krone entlarvt werden würden.

DIE MÄNNER des Königs marschierten über den

Hof als wäre es ihr eigener. Idalias Vater stand neben ihr an der Türschwelle des Eingangs zur großen Halle. Sie warf ihm einen Blick zu und fragte sich, seit wann sein Bart mehr grau als schwarz war.

„Seid willkommen", dröhnte er, als der erste Mann sich ihnen näherte. Ein Hauptmann vielleicht? Idalia versuchte nicht zu lächeln, als sie sah, mit welchen Blicken das Volk die Ankömmlinge bedachte. Es lag zwar keine offene Feindseligkeit darin, aber sicherlich hätten die Einwohner von Stanton den Vertretern des Königs einen wärmeren Empfang bieten können.

Insgeheim war sie froh darüber.

„Mylord." Der hochgewachsene, dünne Hauptmann verbeugte sich vor ihrem Vater, dem Earl von Stanton. „Wir sind auf dem Weg nach Norham Castle und möchten Eure Gastfreundschaft für diese Nacht beanspruchen."

Interessant. Warum waren die Männer die Königs unterwegs nach Norham? Warum waren sie so weit nördlich?

Idalia konnte die stille Antwort ihres Vaters auf ihre stille Frage hören. *Misch dich nicht in die Angelegenheiten von Männern ein.* Sie wusste auch, was er als nächstes sagen würde.

„Meine Tochter wird für Eure Unterbringung sorgen." Er sah sie an, als würde er eine Widerrede erwarten. Es war Markttag, ihr Lieblingstag, und ihr Vater wusste dies ganz genau.

Er kannte seine Tochter zu gut.

„Natürlich." Sie lächelte, als der Hauptmann und zwei seiner Begleiter sich zu ihr gesellten. Sie alle trugen Rüstungen. Darüber befand sich ein roter Wappenrock mit dem Emblem des Königs. Sicherlich würden sie Hilfe beim Ablegen der schweren Rüstung benötigen. Dies wäre normalerweise die Aufgabe von Marina, der Zofe ihrer Mutter. Aber Marina war nirgends zu sehen.

Wahrscheinlich saß sie wieder am Bett von Idalias Mutter, wofür Idalia sie schon so oft getadelt hatte.

Ich bin schon ihre Zofe, seid Ihr geboren wurdet, würde sie sagen. Nun, das war nicht ganz korrekt. Idalia war zweiundzwanzig Jahre alt, aber Marina war schon viele Jahre länger die Vertraute und Dienerin ihrer Mutter gewesen. Manchmal fühlte es sich an, als hätte Idalia zwei Mütter.

„Folgt mir bitte", wies sie die Männer an und bemerkte das leichte Lächeln ihres Vaters. Eines seiner seltenen Lächeln zu sehen, machte den verpassten Markttag beinahe wieder wett.

Sie führte die Männer über die große Treppe nach oben, die sich rechts und links vom Eingang befand. Beinahe hätte Idalia dabei die Gestalt übersehen, die in königsblau vorüberhuschte.

Ihre jüngere Schwester. Sie wollte nach Tilly rufen, hätte aber vermutlich sowieso keine Antwort erhalten. Tilly entzog sich nur zu gerne den Pflichten, die Stanton seinen Bewohnern auferlegte. Schon war sie wieder verschwunden.

Als sie den Männern ihre Kammern gezeigt und jemanden damit beauftragt hatte, ihnen mit der Rüstung zu helfen, hatte Dawson, der Haushofmeister, bereits mit dem Koch über das Abendessen gesprochen und ein Bad für die drei Männer arrangiert.

Dawsons Hilfe hatte es Idalia leichter gemacht, die unerwarteten Gäste zu versorgen, aber Idalia hatte noch eine Sache zu erledigen, bevor sie nach ihrer Mutter sehen konnte. Der Hauptmann hatte eine besondere Aufgabe für den Schmied. Also verließ sie den Bergfried und ging quer über den Hof in Richtung der Burgschmiede. Auf dem Weg dorthin wich sie den vielen Pfützen aus, die sich durch den morgendlichen Regen auf dem Schotterpfad gebildet hatten. Die Tür zur Schmiede stand wie immer offen.

„Daryon", sagte sie und betrat den bereits dunklen Raum. „Gibt es noch genügend Licht, um einen Schuh zu reparieren?"

Der Lehrling blickte von seiner Arbeit auf, den Hammer in der Hand. Sein Bruder hatte bereits mit dem Saubermachen begonnen. Roland hatte diese Angewohnheit auf seine Lehrlinge übertragen. Idalia verscheuchte ihre Gedanken an den Schmied. Wenn sie daran dachte, wie sehr er gelitten hatte, bevor er seiner Krankheit erlegen war, meldete sich ein bekanntes Stechen in ihrem Herzen zurück.

„Aye, Mylady." Er sah auf ihre Hand.

„Ich habe ihn nicht bei mir, aber ich werde ihn sofort bringen lassen. Es ist ein Auftrag für den Hauptmann des Königs", fügte sie hinzu.

„Soll ich ihn von den Ställen holen?", fragte Daryons Zwillingsbruder, Miles. Mit nur zwölf Jahren trugen die Jungen eine Verantwortung, die ihnen niemals hätte auferlegt werden sollen. Zwei Lehrlinge schmiedeten für eine Burg in der Größe von Stanton. Sie schüttelte den Kopf. Diese Situation hätte vermieden werden können, wenn ihr Vater Rolands Krankheit ernster genommen hätte. Sie hätten bereits vor langer Zeit nach einem neuen Meisterschmied Ausschau halten sollen.

„Aye, ich danke dir. Der neue Meister sollte nun jeden Tag hier eintreffen." Endlich hatten sie einen neuen Schmied beim diesjährigen Turnier des Nordens gefunden, einem Ereignis, das einmal im Jahr stattfand, und währenddessen sich englische Ritter und schottische Kämpfer auf die tatsächlichen Schlachten vorbereiteten, die in Zukunft noch stattfinden würden.

Sie wollte den Jungen das Gefühl geben, dass ihre

harte Arbeit nicht unbemerkt geblieben war. „Mein Vater ist euch beiden sehr dankbar für eure Dienste."

Wie erwartet, begannen die beiden durch dieses Lob zu strahlen. Und es entsprach der Wahrheit. Obwohl ihr Vater ihren eigenen Dienst an Stanton kaum wahrzunehmen schien, hatte er erkannt, dass die Jungen noch viel zu jung für ihre derzeitigen Aufgaben waren. Sie absolvierten gerade das dritte Lehrjahr von sieben.

Daryon sah zu, wie sein Bruder losging. Im Gegensatz zu den meisten anderen auf der Burg, konnte Idalia die beiden leicht auseinanderhalten. Der Gesichtsausdruck der Zwillinge machte es ihr so einfach. Daryon war viel ernster als sein Bruder.

Nachdenklich warf er ihr einen Blick zu „Heute ist Markttag."

Idalia verpasste niemals einen Markttag, wenn es ihre Pflichten erlaubten.

„Aye, aber wir müssen uns um unsere königlichen Besucher kümmern", antwortete sie.

Drei Jahre zuvor hatte ihr Vater eine Urkunde für Stanton erhalten, die es zum Marktplatz machte. Dies lag vermutlich an der Lage der Burg, direkt an den gut erhaltenen Römerstraßen, die von Süd nach Nord und von Ost nach West führten. Nicht vielen Burgen wurde das Recht zugesprochen, einen Markttag abzuhalten, besonders in dieser rauen Region von Nordengland. Idalia war dankbar für diese glückliche Fügung. Sie betrachtete den Besuch des Marktes als eine ihrer Pflichten für Stanton. Ihre Mutter war zu krank, um diese wahrzunehmen. Insgeheim hoffte sie auch, eines Tages auf dem Markt Kräuter oder einen Trank zu finden, die ihrer Mutter helfen könnten. Der Markt zog alle Arten von fahrendem Volk an. Sich direkt nach einem möglichen Heilmittel zu erkundigen, hatte ihr Vater jedoch verboten. Niemand sollte von der immer schlechter werdenden Verfassung ihrer Mutter erfahren.

„Hätte ich das geahnt, wäre ich bereits gestern hingegangen", sagte sie. Tatsächlich war der Markttag aufgrund seiner enormen Beliebtheit auf zwei Tage ausgedehnt worden. „Und falls der neue Meister das fehlende Werkzeug nicht dabei hat, nach dem ihr schon so lange sucht, so verspreche ich dir, dass ich es beim nächsten Markttag für euch erwerben werde."

„Ich danke Euch, Mylady."

Sie wusste, dass Daryon zurück an die Arbeit wollte, also ließ sie ihn. Sie beabsichtigte, ihrer Mutter noch vor dem Abendessen einen Besuch abzustatten.

Und dann sah sie ihn, den attraktivsten Mann, den sie jemals gesehen hatte. Er ging über den Hof, direkt auf die Schmiede zu.

Direkt auf sie zu.

KAPITEL ZWEI

Lance musste sich nicht nach dem Weg zur Schmiede erkundigen. Er konnte sie spüren, er konnte sie riechen.

Er war der Sohn eines Schmieds. Ein Lehrling. Ein Reisender. Und nun ein Meisterschmied. Er hatte nahezu sein ganzes Leben in der glühenden Hitze neben dem Schmelzofen verbracht. Dabei hätte er sich niemals vorstellen können, dass sein Beruf einmal der Schlüssel zur Rettung seines Vaterlandes sein sollte.

Jedenfalls nach Meinung der anderen Mitglieder des Ordens. Viele andere wären abweichender Meinung, auch der Mann, den sie zu Fall bringen wollten. Derjenige, der sich auf sein göttliches Recht berief, um zu herrschen. König John Lackland.

Lance ließ seinen Karren und sein Pferd in der Nähe der Ställe stehen und machte sich auf die Suche nach dem Seneschall, als er auch schon den Rauch des Schmiedefeuers sah. Die Schmiede lag nahe am Bach. Vermutlich war sie absichtlich in einiger Entfernung von den anderen Gebäuden errichtet worden, da frisches Wasser zum Abkühlen des Metalls unabdingbar war.

Obwohl er eine geheime Mission damit verfolgte, die Stelle als Meisterschmied in Stanton Castle anzutreten, war es eine Erleichterung, dass die Schmiede in einiger Entfernung zum Bergfried lag. Hätte sie mitten im Burghof gelegen, hätte er sicherlich mit vielen Unterbrechungen seiner Arbeit rechnen müssen.

„Seid Ihr der neue Schmied?"

Lance drehte sich um und sah einen alten Mann, der ihn mit demselben prüfenden Blick bedachte wie alle anderen Bewohner, die er bisher getroffen hatte. Egal ob Dorfbewohner, Wachen oder der Stallmeister, alle hatten ihn stets mit Argwohn betrachtet.

Entweder hatten die Einwohner von Stanton ein angeborenes Misstrauen gegenüber Fremden oder der frühere Schmied war hier hoch angesehen und beliebt gewesen. Oder beides.

„Aye", antwortete er knapp. „Lance Wayland. Erfreut, Eure Bekanntschaft zu machen."

Der Diener murmelte etwas wie „Gleichfalls", während er bereits davonging.

Lance starrte ihm einen Augenblick lang hinterher. Die roten Wangen des alten Mannes erinnerten ihn an seinen Vater. Er schüttelte die Erinnerung ab, zwang sich, seine geballten Fäuste zu lockern und machte sich wieder auf in Richtung seines Ziels. Dann würde er den Seneschall eben erst später sprechen. Da die Schmiede auf dem Weg zum Bergfried lag, konnte er der Versuchung nicht widerstehen, ihr einen kurzen Besuch abzustatten.

Für eine Burg dieser Größe hätte er deutlich mehr Betriebsamkeit auf dem Hof erwartet. Lance ging den seichten Abhang hinunter und hielt abrupt an, als er eine junge Lady vor der Schmiede stehen sah. Ihr langes, goldbraunes Haar schmiegte sich sanft an ihren

Rücken und über ihre Schultern. Zweifellos eine hochgeborene, adlige Lady. Genauso überraschend wie ihre Anwesenheit an der Schmiede war ihr Lächeln. Ihr Gesichtsausdruck war, im Gegensatz zu all den anderen Leuten, die er zuvor gesehen hatte, vollkommen freundlich. Sie war wie eine erste Frühlingsblume – unerwartet, aber umso schöner, vor allem nach einem langen farblosen und eintönigen Winter.

Er setzte seinen Weg fort und war sich ihrer Blicke bewusst, die jede seiner Bewegungen zu verfolgen schienen.

„Ich wünsche Euch einen guten Tag", sagte sie mit sanfter und fröhlicher Stimme. Ihre Worte klangen eher gesungen als gesprochen.

Jedes Detail ihres Gesichtes schien vollkommen. Ihre Nase, ihre Lippen, ihre Augenbrauen. Als er sich ihr näherte, bemerkte er jedoch etwas, das sich deutlich von allem anderen abhob.

Ihre Augen.

Freundlich. Mitfühlend.

Ein Mann wie er konnte sich in den Tiefen dieser Augen verlieren.

„Ihr seid der neue Schmied?", fragte sie.

Obwohl er keine Schmiedeschürze trug, war ihm bereits viele Male gesagt worden, er hätte den Körperbau eines Schmieds.

Wie mein Vater.

Er mochte den Gedanken, dass die einzige Gemeinsamkeit, der er mit seinem Vater hatte, rein oberflächlich war.

„Aye, Mylady."

Sie lächelte erneut und trat einen Schritt auf ihn zu. „Idalia. Ich bin die Tochter des Earls."

„Dann seid Ihr für mich Lady Idalia." Der Name passte zu ihr. Ein wunderschöner Name für eine wunderschöne Frau. „Man nennt mich Lancelin Wayland von Marwood.“

Es war lange her, seit er zum letzten Mal in Marwood gewesen war. Es gab dort nichts mehr für ihn.

„Dann seid Ihr für mich Meister Lancelin.“

„Lance, für meine Freunde.“

„Ein würdiger Name. Soll ich Euch die Schmiede zeigen?“

Ihre ausgezeichneten Manieren verdeutlichten ihre Stellung. Während Lance der jungen Dame zu einem großen Gebäude aus Stein folgte, größer als alle Schmieden, in denen er zuvor gearbeitet hatte, konnte er nicht anders als ihren Gang zu bewundern. Trotz des nassen und rutschigen Untergrunds ging sie leichtfüßig und mit erhobenem Haupt.

Ganz wie es eine adlige Lady eben tut.

Was dich daran erinnern sollte, ihr nicht auf den Hintern zu starren.

„Es gleicht einem Wunder, dass Ihr nun hier in Stanton Castle seid. Wir fürchteten, dass wir nach Rolands Tod für eine lange Zeit ohne Meisterschmied auskommen müssten.“

Stantons Bedarf an einem Schmied war ein Glücksfall für den Orden gewesen.

„Mein Vater hat mit mitgeteilt, dass Ihr während des großen Turniers des Nordens auf ihn zugekommen seid?“

Er war nun neben ihr und sie hielten vor der Schmiede an.

„So war es, Mylady.“

„War Lord Bohun sehr enttäuscht, dass Ihr ihn verlassen habt?“

Sein früherer Herr und jetziger Verbündeter war gänzlich erfreut gewesen, als Lance ihm von seiner neuen Stellung in Stanton berichtet hatte. Aber dies war eines der vielen Geheimnisse, die Lady Idalia nicht wissen durfte.

„Aye, Mylady. Aber die Gelegenheit als Burgschmied zu arbeiten, konnte ich nicht ablehnen.“ Wenigstens entsprach jetzt ein Teil seiner Aussage der Wahrheit. „Ich hoffe, dass ich hier mehr Schwerter und Rüstungen herstellen darf als Schlüssel oder Nägel.“

Sie warf einen Blick in das Gebäude. „Ihr habt hier zwei recht geschickte, junge Lehrlinge, also solltet Ihr durchaus Gelegenheit finden, Euch als Waffen- und Rüstungsschmied zu betätigen.“

Das überraschte ihn. „Dann kann Stanton sich tatsächlich einen eigenen Rüstungsschmied leisten?“

„Eigentlich nicht, nein.“ Sie schüttelte den Kopf. „Wir werden von Kenshire aus versorgt. Unser alter Schmied, Roland, hatte nur wenig Erfahrung in der Herstellung von Waffen und Rüstungen. Es überrascht mich, dass Ihr Erfahrung in beiden Bereichen habt.“

„Mein...“, beinahe hätte er *Vater* gesagt, „mein Meister hat eine Lehre in einer Rüstungsschmiede absolviert, zog dann aber nach Marwood.“

„Nun, wir können uns glücklich schätzen, Euch hier in Stanton begrüßen zu dürfen.“

Als sie sich zu ihm umdrehte, konnte er einen Hauch Zitrone wahrnehmen. „Ich möchte Euch jedoch vorwarnen. Roland war hoch angesehen bei den Leuten hier. Einige könnten es... schwierig finden, dass er nun ersetzt wird. Auch wenn es sich dabei um einen solch feinen Mann wie Euch handelt.“

Fein? Lance war schon mit vielen Wörtern beschrieben worden. Wortkarg. Unversöhnlich. Aber niemals fein. Ihm gefiel das Wort. Vor allem, wenn es über ihre Lippen kam.

„Ich werde immer bemüht sein, Mylady und den Einwohnern von Stanton von Nutzen zu sein."

Er hatte sich nichts dabei gedacht, aber als die Worte seinen Mund verlassen hatten, hielt er unwillkürlich den Atem an. Hier durfte er sich keine Fehltritte erlauben, auch wenn es sich nur um einen derart subtilen Flirt handelte.

Glücklicherweise schien Lady Idalia seiner Wortwahl keine große Bedeutung beizumessen. Ihr zu gefallen würde sowohl angenehm als auch verhängnisvoll zugleich werden.

Für sie beide.

IDALIA GING ZURÜCK ZUM BERGFRIED, hielt aber vor dem Eingang an. Die Vorbereitungen für das Abendessen würden auch ohne sie vorankommen, und sie brauchte einen Augenblick für sich selbst.

Sie ließ Vater Sica vorbei, die Miene des Priesters war grimmig wie immer, und eilte zu dem kleinen verlassenen Turm. Dort angelangt, benutzte sie einen der beiden noch verbliebenen Schlüssel für die Tür. Idalia zog die Tür hinter sich ins Schloss und stieg die enge Wendeltreppe hinauf.

Der Turm war ursprünglich als einer von vier Wachtürmen errichtet worden, die sich an allen vier Ecken der inneren Mauer befanden. Bevor der Bau des Turms beendet werden konnte, erhielt ihr Urgroßvater jedoch eine großzügige Zuwendung des Königs, die es ihm erlaubte, eine zweite, viel größere Mauer um die erste herum zu errichten. Dies führte dazu, dass die inneren Türme nicht mehr benutzt wurden.

Seit Idalia ein Kind war, war sie immer gerne in den Turm gekommen. Jeder wusste von ihrem Versteck, aber nur Dawson hatte einen zweiten Schlüssel dazu. Seit er zum letzten Mal diese Treppe hinaufgestiegen war, war jedoch viel Zeit vergangen. Heute hielten ihn seine schmerzenden Knie davon ab. Ihre Mutter hatte es einmal gewagt, laut die Frage zu äußern, ob er nicht durch einen jüngeren Seneschall ersetzt werden sollte. Die Reaktion ihres Vaters darauf war nicht wirklich freundlich gewesen, sodass diese Frage seither nicht mehr aufgeworfen wurde.

Aber sie war nicht hergekommen, um über das Gebrechen ihrer Mutter oder über ihren Vater nachzudenken. Als sie das oberste Stockwerk des Turms erreicht hatte, lehnte Idalia sich gegen die kühle Mauer, schloss ihre Augen und dachte an den neuen Schmied.

Sie hatte zwar erst einmal mit Lance gesprochen, sein Gesicht tauchte aber klar und in allen Einzelheiten in ihrer Vorstellung auf.

Er trug keinen Bart, hatte sich aber schon tagelang nicht mehr rasiert, sodass seine schwarzen Stoppeln wild sein Gesicht bedeckten. Dunkle Haarsträhnen fielen im über die Stirn.

Gebaut wie ein Ritter, nein, eben wie ein Schmied, war er unmöglich zu übersehen. Sie jedenfalls hatte ihn sofort bemerkt. In jenem Moment hatte sie angehalten, um ihn zu betrachten.

Und er hatte dasselbe getan.

Er hatte sie angesehen als ob sie wunderschön wäre, aber sie war sich der Realität bewusst. Genauso wie jeder andere in Stanton. Idalia war nicht mehr als eine unscheinbarere Version ihrer wunderschönen älteren Schwester. Ihre jüngere Schwester hatte sie einmal als *gerade hübsch genug* bezeichnet.

Nun, er war jedenfalls außergewöhnlich.

Ich sollte jetzt wirklich zurück in den Bergfried.

Nur noch einen kleinen Augenblick, verhandelte sie mit sich selbst.

Idalia öffnete die Augen und starrte auf die Mauer vor ihr. Andere mochten sich einen Augenblick herausnehmen können, um in ihren Tagträumen zu verweilen, sie konnte es hingegen nicht. Sie stellte sich aufrecht hin, seufzte und stieg vorsichtig die Stufen hinab.

Ob Tilly wohl schon vom Markt zurück war? Zweifellos war sie genau dorthin unterwegs gewesen, als Idalia die Männer des Königs in deren Unterkunft geführt hatte. Tilly hatte vorgegeben, sie nicht zu sehen. Sie war vierzehn Jahre alt. Alt genug, um ebenfalls die eine oder andere Aufgabe zu übernehmen, aber man konnte sich nie sicher sein, ob sie diese auch wirklich sorgfältig erledigen würde. Wahrlich, sie war in vielerlei Hinsicht noch ein Kind, und wenn es nach Idalia ging, so sollte sie dies auch so lange wie möglich bleiben.

Aber ein kleines Kissen mit Zitronenduft oder ein paar andere Kleinigkeiten vom Markt hätte Idalia sicherlich auch gut gebrauchen können.

Als sie dabei war, die schwere Turmtür abzuschließen, legte ihr jemand von hinten zwei Hände über die Augen. Hatte ihre Schwester etwa Idalias Gedanken gelesen?

„Nicht schauen", hörte sie Tilly sagen, als diese ihre Hände fortnahm. „Schließ die Augen."

„Du hast mir bereits gesagt, dass ich nicht schauen soll. Es war mir durchaus klar, dass ich dazu die Augen schließen muss."

„Rieche."

Diese Aufforderung hatte sie nicht gebraucht. Idalia kannte den Geruch. Sie lächelte und nahm das Duftkissen, das ihre Schwester ihr vor die Nase gehalten hatte.

„Danke, Till.“

Sie blickte auf den kleinen Lederbeutel, den ihre Schwester in der Hand hielt und fragte sich, was diese wohl sonst noch vom Markt mitgebracht hatte.

„Was hast du sonst noch...“ Sie brach die Frage ab, als Tilly zwei Knoblauchknollen aus dem Beutel zog. „Es heißt, wenn man sie schält und unter das Kopfkissen legt, lindert es Kopfschmerzen.“

Idalia verschränkte ihre Arme vor der Brust und wartete.

„Es war mir klar, dass du wütend sein würdest. Aber Idalia, sie hat solche Schmerzen.“

„Und wenn der Händler Fragen stellt?“

„Das wird er nicht.“ Sie stopfte den Knoblauch zurück in den Beutel. „Ich habe ihn niemals zuvor hier gesehen. Und vermutlich wird er nie wieder herkommen.“ Tilly verdrehte die Augen. „Ich habe ja nicht gesagt, ‘Können Sie mir bitte ein Heilmittel für meine schwerkranke Mutter verkaufen?’“

„Schhh... leise!“ Obwohl auf dem Burghof nicht die übliche Betriebsamkeit herrschte, befanden sich doch einige Diener und Wachen um sie herum. „Vater wird das nicht gefallen.“

Auch wenn Idalia ihrem Vater nicht zustimmte, das Gebrechen ihrer Mutter geheim zu halten, so verstand sie dennoch seine Bedenken. Auch sie selbst war ständig auf der Suche nach einem möglichen Heilmittel, aber Tilly war noch nicht sehr bewandert darin, unauffällig zu bleiben. Es würde nicht lange dauern, bis jedermann über den Zweck des Knoblauchkaufes Bescheid wusste.

Vater Sica hatte bereits angedeutet, dass die

Schmerzen ihrer Mutter noch zugenommen hatten, und dass ihr Leben nun in den Händen Gottes lag. Kein Medicus würde ihr noch helfen können. Er hatte es als Test Satans gesehen. Idalia wusste um die Befürchtung ihres Vaters, dass der Priester das Gerede über den Einfluss Satans unter die Dorfbewohner bringen könnte. Er machte sich Sorgen, dass diese Verleumdungen nicht nur den Ruf seiner Ehefrau, sondern auch die Aussichten seiner Töchter auf eine gute Heirat ruinieren könnten. Obwohl er ein Earl und ein mächtiger Lord in Northumbria war und sogar einstmals als Richter des Königs gedient hatte, kam er nicht wirklich gegen die besondere Macht an, die den Priestern innewohnte.

Wenn Idalia oder ihre Schwestern den Priester kritisierten, pflegte er stets zu sagen: „Er ist ein Mann Gottes."

Idalia seufzte. Obwohl ihr Vater sich auf sie verließ, so weigerte er sich doch, auf ihren Rat zu hören. Besonders, wenn es um ihre Mutter ging.

„Er wird es nicht erfahren", antwortete ihre Schwester verschwörerisch.

Sie hatten eben den Bergfried betreten, und wie erwartet war ihre Abwesenheit bereits bemerkt worden.

„Lady Idalia. Wenn Ihr uns bitte entschuldigen wollt, Lady Tilly", sagte die Waschfrau. „Es geht um das neue Mädchen", fuhr sie fort, während sie aufgeregt ihre Hände knetete.

„Aye? Was ist mit ihr?"

Wie es ihre Art war, nutzte Tilly die Gelegenheit, um sich davonzustehlen.

„Sie hat ein Waschpaddel zerbrochen. Gleich nachdem sie ohne die Seife vom Markt zurückgekommen ist, die sie dort beschaffen sollte."

„Hast du bereits mit Dawson darüber gesprochen?"

Idalia kannte die Antwort auf ihre Frage bereits. Obwohl offiziell der Seneschall für die Bediensteten des Hauses verantwortlich war, kam doch jedermann zuerst zu ihr. So war es schon einige Zeit, sogar schon damals, als ihre ältere Schwester Roysa noch bei ihnen lebte. Roysa hatte dann einen mächtigen Baron an der Grenze geheiratet.

„Nein, Mylady. Soll ich mit ihm reden?", fragte die ältere Frau und sah Idalia blinzelnd an. Es war ein offenes Geheimnis, dass die Waschfrau Angst vor dem Seneschall hatte.

„Ich werde mit dem Mädchen sprechen. Aber", Idalia sah die Frau an, „du musst auch etwas Geduld mit ihr zeigen. Sie ist noch jung."

Die Waschfrau nickte dankbar. „Aye, Mylady."

Und so ging es weiter, bis Idalia sich damit abfand, ihrer Mutter er nach dem Essen einen Besuch abzustatten.

Während des zweiten Ganges musste sie erneut an den Schmied denken.

Idalia wusste, dass in einigen Haushalten die Schmiede nicht in der großen Halle essen durften. Aber in Stanton Castle war jeder willkommen, das hatte ihre Mutter so eingeführt. Sie hatte darauf bestanden, dass jeder, der zum Wohle des Hauses beitrug, auch einen Platz an der Tafel fand.

Idalia dachte gerade daran, dem Schmied eine Einladung zukommen zu lassen, als er plötzlich die Halle betrat.

Und sie direkt ansah.

KAPITEL DREI

Lance hatte niemals einen Ort betreten, an dem die Leute ihm mehr Argwohn entgegengebracht hatten.

Er war froh darüber, einen Platz am hinteren Ende der Halle zu finden. Weniger froh war er hingegen über die mürrischen Blicke, die ihn erwarteten. Sicherlich hätte ihn niemand als übermäßig gesellig beschreiben können, aber normalerweise war Lance durchaus in der Lage, überall schnell Anschluss zu finden.

Nicht so in Stanton.

Er zwang sich selbst, dies zu ignorieren und hörte den Arbeitern zu, die an seinem Tisch saßen.

„Sie sind heute angekommen, aber niemand weiß, was sie hier wollen", sagte gerade ein Mann, während er einen Schluck aus seinem Becher nahm.

„Sie?", fragte Lance.

Alle starrten ihn an.

„Mein Name ist Lance", sagte er, um die unausgesprochene Frage zu beantworten. „Wayland. Der neue Schmied."

Grunzen und ein gemurmeltes „Aye" war alles,

was er als Antwort erhielt. So wie er es erwartet hatte.

Lady Idalia hatte ihn gewarnt, aber der alte Schmied musste hier wohl regelrecht geliebt worden sein. Lance verstand die Loyalität der Leute. Es war nicht das erste Mal, dass er einen alten Meister ersetzte. Aber dieses Mal stand alles auf dem Spiel.

„Er meint die Männer des Königs."

Das kam von einem Rothaarigen am Ende des grob gezimmerten Tisches.

„Ich bin Robert, der Kämmerer", fügte er hinzu.

Das war also der Mann, der in Stanton unter anderem für die Vorräte an Ale verantwortlich war. Eine wichtige Stellung. Jemand, der einen guten Verbündeten abgeben würde.

Lance ließ die Worte des Kämmerers auf sich wirken, während er sich selbst einen Schluck Ale genehmigte. „Die Männer des Königs?", fragte er mit gesenkter Stimme.

Sein Blick wanderte in Richtung des Podiums, auf dem die Herrschaften speisten. Er musste aufstehen, um die gut hundert Menschen zu überblicken, die sich in der großen Halle aufhielten. Dann erkannte Lance die Farben rot und gelb auf den Wappenröcken der königlichen Abordnung.

Ohne Reaktion wandte er sich wieder seinem Mahl zu.

Aber nicht, ohne zuvor einen Blick auf sie erhascht zu haben.

Sie saß neben ihrem Vater, so würdevoll wie eine Königin. Nicht, dass er jemals eine Königin zu Gesicht bekommen hätte, aber er hatte bereits viele adlige Damen gesehen. Und Lady Idalia überstrahlte sie alle.

Was ihn erneut daran erinnerte, sich von ihr fernzuhalten.

„Kommen die Männer des Königs denn öfter hierher?", fragte er den Kämmerer, denn niemand anderes schien Interesse daran zu haben, sich mit ihm zu unterhalten.

Als Antwort zuckte Robert nur mit den Schultern.

Lance wollte nicht weiter nachfragen, aber die Anwesenheit dieser Männer würde sich nicht gut auf den Verlauf seiner Mission ausüben. Sollte der Earl regelmäßig Abgesandte des Königs empfangen, könnte dies ein deutlicher Hinweis auf seine politische Gesinnung sein.

Wenn die Rebellion gegen den mächtigsten Mann im Land gelingen sollte, würde der Orden die bedingungslose Unterstützung des Earls von Stanton benötigen. Ohne ihn hatten sie nur geringe Chancen, König John zu Fall zu bringen.

Dass Stanton genau zu dem Zeitpunkt auf der Suche nach einem neuen Schmied war, als der Orden mächtige Verbündete benötigte, war eine glückliche Fügung gewesen. Vielleicht sogar ein Zeichen. Lance war dankbar dafür, stimmte Conrad allerdings nicht unbedingt zu, der der Meinung war, es handele sich um göttliches Eingreifen. „Das Schicksal bereitet einen Pfad für denjenigen, der andere für seine Vorhaben überzeugen kann", hatte er damals verkündet, als er sie in diesem Zelt in seinen Plan eingeweiht hatte. Dieser Plan hatte Lance schließlich hierher geführt.

„Verschwindet wieder nach London", murmelte der Mann neben Lance, vermutlich an die Männer des Königs gewandt.

Niemand antwortete darauf, aber es war genau der Kommentar, den Lance gebraucht hatte.

„Nord."

Das war ein Risiko. Ein Schlachtruf des Nordens. Weit mehr als nur ein Wort.

Als das Wort mit zustimmendem Grunzen und Nicken beantwortet wurde, atmete Lance unhörbar erleichtert auf. Es waren also Nordmänner hier, aber das bedeutete nicht, dass auch ihr Lord auf seiner Seite war.

Im Gegensatz zu anderen, die sich nach seiner jüngsten Niederlage in Frankreich öffentlich gegen König John ausgesprochen hatten, hatte Stanton sich in dieser Angelegenheit bisher ruhig verhalten. Conrad konnte nicht selbst auf Stanton zugehen, da sein Vater und Stanton sich Zeit ihres Lebens gehasst hatten. Der Vater des Earls von Stanton hatte dem König stets treu gedient. Und der Sohn tat es ihm nach, zumindest während der Regentschaft von König Henry. Er war einst sogar sein Richter gewesen.

Aber das war vor John. Bevor die Steuern so oft erhöht worden waren, dass das Volk sie nicht mehr entrichten konnte, und vor einem vernichtenden Krieg gegen Frankreich. Bevor John Angehörige der Barone entführen ließ, um diese zur Abgabe der Steuern zu zwingen. Kurz vor dem großen Turnier des Nordens war erneut die Tochter eines Barons von den Männern des Königs abgeholt worden, nachdem sich ihr Vater geweigert hatte, zwanzigtausend Mark zu bezahlen, um ihre Heirat zu sichern. Aufgrund dieser Aggressionen gegen sein eigenes Volk, hatten die Barone und Earls des Nordens begonnen, sich dem König zu widersetzen.

Lance blieb still und beendete sein Mahl. Es war ein ereignisreicher erster Tag gewesen, und er wusste, wann es an der Zeit war, sich zurückzuziehen.

Er wusste auch, dass er nicht noch einmal auf das

Podium sehen sollte. Aber obwohl er ein disziplinierter und kluger Mann war, konnte er seinem Instinkt in diesem Falle nicht widerstehen.

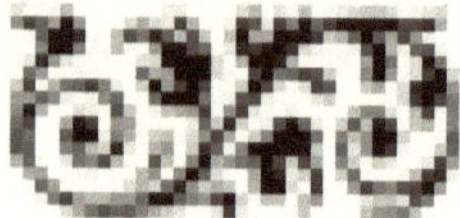

DIE SOMMERSONNE SCHIEN NOCH WARM und hell vom Himmel, eine willkommene Abwechslung vom Regen der vergangenen drei Tage. Es war schon beinahe Zeit für das Abendmahl, aber ihre königlichen Gäste hatten sich gerade zurückgezogen. Also hatte Idalia ein paar Augenblicke Zeit. Sie hatte bereits an der heiligen Messe teilgenommen und ihre Mutter besucht, die nun dank Tilly mit zwei Knoblauchknollen unter ihrem Kopfkissen schlief. Nachdem sie mit dem Koch über das bevorstehende Abendmahl gesprochen und den Tutor ihrer Schwester aufgesucht hatte, die heute wieder eine Stunde verpasst hatte, entschied sie, dass ein Besuch der Schmiede notwendig war.

Es ist meine Pflicht, regelmäßig mit den Schmied zu sprechen. Genauso wie mit allen anderen Arbeitern in der Burg. Es hat rein gar nichts damit zu tun, wie er mich am Abend zuvor angesehen hat.

Sie wusste, dass dies nicht ganz stimmte, aber es war auch keine Lüge. Der Stallmeister hatte um die Hilfe von einem oder sogar beiden Lehrlingen der Schmiede gebeten, denn zwei Stallburschen waren über Nacht krank geworden.

Rauchschwaden waberten ihr entgegen, als sie das Steingebäude betrat. Erneut musste sie an Roland denken, der schon in Stanton Castle diente, als sie noch gar nicht geboren worden war. Die Leute waren nicht allein in ihrer Trauer um ihn.

„Die Verunreinigungen werden verschwinden, wenn ihr das Stück immer wieder dreht."

Miles und Daryon standen fasziniert da, während der neue Schmied mit dem Rücken zu ihr an seinem Amboss arbeitete. Sie konnte das Erstaunen auf den Gesichtern der Jungen erkennen und fragte sich, was Lance gerade tat.

Idalia trat in die ihr bekannte Hitze ein, die den Raum mit all seinen Werkzeugen erfüllte. Rolands Arbeit hatte sie seit jeher fasziniert, und so hatte sie mehr Zeit hier verbracht als es ihrem Vater gefallen hatte.

„Meister Roland hat die Nägel niemals umgedreht", sagte Miles an den Schmied gewandt.

Idalia trat einen weiteren Schritt auf sie zu und erstarrte.

Lances Arme waren nackt. Voller Ruß, aber nackt. Während er mit seinem muskulösen Bizeps und seinem starken Unterarm an seinem Werkstück arbeitete, konnte sie nicht umhin, seine Figur zu bewundern. Und auch wenn sie schnell den Blick auf das glühende Metall gleiten ließ, das er mit der Zange hielt, so wusste sie durch seinen Gesichtsausdruck, dass er ihren Blick bemerkt haben musste.

Er lächelte nicht wirklich, aber seine Mundwinkel waren leicht angehoben.

„Metallstangen hat er immer umgedreht", meinte Daryon, „aber dieser Nagel ist so klein."

„Ihr könnt ihn drehen wie ein Seil", erklärte Lance, ohne den Blick abzuwenden.

Idalia schluckte. Die Hitze in der Schmiede hatte ihr nie etwas ausgemacht, aber jetzt wurde sie geradezu davon verschlungen. Während er sie ansah. Sie konnte ihren Blick nicht abwenden.

Endlich drehte er sich wieder seinen jungen Lehrlingen zu.

Ihre Schultern entspannten sich und Idalia konnte wieder atmen.

Zumindest besser als gerade eben.

„Dies ist ein ganz besonderer Nagel", fuhr Lance fort. „Ich werde euch jeden Tag eine neue Schmiedetechnik zeigen."

Er legte den Nagel zur Seite und gab Miles die Zange.

„Könntet Ihr wohl für einige Zeit auf die Jungen verzichten?", fragte Idalia, als sie sich an die Bitte des Stallmeisters erinnerte. „Zwei Stallburschen sind krank geworden und unser Stallmeister könnte etwas Hilfe gebrauchen."

Lance nickte den Zwillingen zu. „Geht."

Sie gehorchten sofort und drängten sich an ihr vorbei aus der Tür.

„Ich fürchte, Eure Kleidung wird unter Eurem Besuch hier leiden", sagte er.

In der Tat würde ihr hellgelbes Kleid den Ruß magisch anziehen, was ihr sicher einen Tadel der Waschfrau einbringen würde. Aber es wäre sicher nicht das erste Mal, dass sie verschmutzt aus der Schmiede kam.

„Ich war schon oft hier", entgegnete sie, während sie beobachtete, wie er seine Hände an einem Tuch abwischte, das bereits nahezu vollständig schwarz war. Die Lederschürze passte perfekt um seine breite Brust, aber es waren immer noch seine Arme, die ihre Aufmerksamkeit auf sich lenkten.

Natürlich hatte Idalia viele Male zuvor die nackten Arme eines Mannes gesehen, besonders hier in der Schmiede. Aber zum ersten Mal wünschte sie sich, die Arme eines Mannes zu berühren.

„Etwas ungewöhnlich für eine Lady, nicht wahr?"

Sie sah ihm schnell in die Augen.

„Aye. Aber ich und Roland standen uns sehr nahe."

Lance lehnte sich an den Tisch, auf dem die Werkzeuge lagen. Eigentlich waren hier überall Werkzeuge. Sie hingen an den Wänden und bedeckten nahezu alle Ablageflächen. Aber es war genau diese Unordnung, die sie immer angezogen hatte. Eine willkommene Abwechslung von ihrem ansonsten so strukturierten Leben.

„Ihr erwähntet, dass er hier sehr beliebt war."

„Ja. Schon sein Vater hat hier als Schmied gedient."

Hatte sie sich diese Verdüsterung seiner Gesichtszüge nur eingebildet? Der neue Schmied schien überhaupt wenig zu lächeln, aber ihre Anmerkung hatte ihn wohl beleidigt. Oder war es, weil er hier einen solch kalten Empfang bekommen hatte?

„Ich kann Euch helfen", platzte sie heraus.

Er starrte sie mit undurchdringlicher Miene an.

„Lebt Euch erst einmal hier in Stanton ein", erklärte sie. „In drei Tagen feiern wir ein großes Fest. Die Burg wird überfüllt sein mit Bauern, die hier ihren Ertrag feilbieten und am Fest teilnehmen. Es ist Sitte, dass die Handwerker meinem Vater dann ihr feinstes Werkstück anbieten. Zeigt ihm und allen anderen hier, was Ihr zu leisten imstande seid."

„In drei Tagen schon?"

„Zugegeben, es ist nicht mehr viel Zeit. Und es gibt auch Handwerker, die nicht daran teilnehmen." Sie zuckte mit den Schultern. „Es ist nicht Teil Eurer Pflicht, daran teilzunehmen."

„Aber Ihr denkt, ich sollte teilnehmen?"

„Aye."

„Warum wollt Ihr mir helfen?"

Diese Frage hatte sie nicht erwartet. Warum

wollte sie ihm helfen?

„Weil ich allen hier helfe", antwortete sie knapp. Dies entsprach schließlich der Wahrheit.

Er verlagerte sein Gewicht und stützte die Hände auf dem Tisch auf. Da bemerkte sie die Zeichnung auf seinem linken Arm. Niemals zuvor hatte sie etwas Derartiges gesehen.

„Was ist das?", fragte sie und trat näher. Es war in die Haut seines Oberarms eingeritzt. Er drehte seinen Arm etwas, damit sie es besser sehen konnte.

„Das ist eine Schwertlilie."

Ein seltsames Motiv für einen englischen Schmied. Bevor sie realisierte, was sie gerade tat, streckte sie ihren Arm aus, um die Zeichnung zu berühren. Im letzten Moment zog sie ihre Hand jedoch zurück.

„Nur zu", forderte er sie auf.

Er hatte braune Augen. Es war ein dunkles Braun, das ausgezeichnet zu seinem Gesicht passte. Und auch zu seiner Stärke.

„Das würde ich mir nicht erlauben", antwortete sie. Blut schoss in ihre Wangen, beinahe hätte sie ihn berührt.

„Doch, ich denke, das würdet Ihr."

Hatte sie richtig gehört? Sie sah ihn an.

„Macht nur", ermutigte er sie erneut und hielt ihr seinen Arm hin.

Sie wusste, dass sie etwas anderes tun sollte. Sie sollte die Schmiede verlassen und nie mehr zurückkehren. Vorsichtig berührte sie mit einem Finger die Zeichnung. Sie hatte erwartet, dass die Blume etwas über die Haut erhaben sein würde, so wie eine Narbe, aber sie fühlte nur seine Haut. Hart und warm. Sie zeichnete mit ihrem Finger die Konturen nach, als ob sie sich die Details hätte einprägen wollen.

„Sie ist wunderschön.“

Dann zog sie ihre Hand zurück.

„Aye.“

Lance blickte ihr direkt in die Augen. Sein Blick fesselte sie und schickte ihr ein seltsames Gefühl direkt in ihr Innerstes.

Verlangen.

Idalia trat schnell einen Schritt zurück, um etwas Distanz zwischen sich und ihn zu bringen.

„Hat die Blume eine besondere Bedeutung für Euch?“

Gerade öffnete er seinen Mund, um zu antworten, als eine bekannte Stimme von außerhalb der Schmiede erklang.

„Idalia? Hier bist du also. Dawson fragt nach dir. Und der Koch möchte dich sprechen.“

Ihre Brust ob und senkte sich, während sie zwischen Lance und ihrer Schwester hin und her blickte.

„Das ist unser neuer Schmied, Meister Lance. Darf ich Euch meine Schwester, Lady Tilly, vorstellen?“, brachte sie heraus.

„Es freut mich, Euch kennenzulernen“, sagte ihre Schwester höflich und nickte zur Tür. Sie schien Lance gar nicht zu beachten, so als ob ihr nicht auffallen würde, dass er der faszinierendste Mann war, der jemals Stanton betreten hatte. „Du wirst im Bergfried erwartet.“

Wie immer.

Sie lächelte dem Schmied zu, und Idalia fragte sich, was sein Grinsen wohl zu bedeuten hatte. Dann folgte sie ihrer Schwester hinaus in die Sonne und ließ die Dunkelheit der Schmiede hinter sich. Genauso wie auch den Schmied.

Ein gefährlicher Mann, das war sicher. In mehr als nur einer Hinsicht.

KAPITEL VIER

Seit ihrem Besuch in der Schmiede vor drei Tagen hatte er sie nicht mehr gesehen.

Lance stand ganz hinten in der großen Halle und wartete darauf, den Gegenstand in seinen Händen dem Earl zu zeigen. Dies würde sein erster Kontakt mit dem Mann sein, dessen Hilfe sein Orden so dringend benötigte. Ohne seine Unterstützung wäre ihre Mission zum Scheitern verurteilt.

Während die anderen Handwerker vor ihm dem Earl ihre Werkstücke präsentierten, ließ er seinen Blick auf dem Podium verweilen. Sie saßen dort alle nebeneinander. Der Earl, Lady Idalia, ihre jüngere Schwester, und dann folge ein leerer Platz, vermutlich saß dort normalerweise Lady Emmeline.

Er wusste nichts über die Frau des Earls, abgesehen davon, dass sie seit einiger Zeit erkrankt war. Manche behaupteten, sie lag bereits im Sterben.

Genau wie Idalia es vorhergesehen hatte, waren die Einwohner von Stanton nicht sehr erpicht darauf, den Ersatz für ihren geliebten alten Schmied willkommen zu heißen. Was die Situation komplizierter machte, denn Conrad hatte ihm aufgetragen, sich zu beeilen.

Die Anweisungen seines Freundes waren klar und unmissverständlich.

Geh nach Stanton Castle. Sprich mit den Leuten, bringe die politische Gesinnung des Earls in Erfahrung. Er wurde von vielen Widersachern Johns als einer derjenigen angesehen, die ihre geheime Sache unterstützen könnten.

„Der neue Schmied präsentiert nun Lord Stanton seine Handwerkskunst."

Lance konnte nicht erkennen, wer gesprochen hatte, verstand aber die Wichtigkeit dieses Festes für die Einwohner von Stanton. Miles hatte ihm erzählt, dass die Ernte in einem Jahr, als er selbst noch ein Baby war, so schlecht ausgefallen war, dass dieses Unglück die Einwohner von Stanton beinahe vollständig in die Knie gezwungen hätte. Viele erlitten damals den Hungertod. Im darauf folgenden Jahr hatten sie glücklicherweise eine gute Ernte und feierten aus Dankbarkeit zum ersten Mal dieses Fest. Es hatte sich angefühlt wie das Wunder, das Stanton damals benötigt hatte. Auf diese Weise wurde die neue heilige Tradition des Festes begründet.

Hätte Lance nicht daran teilgenommen, wäre die Ablehnung ihm gegenüber sicherlich noch stärker geworden.

Ich kann Euch helfen. Ich helfe allen hier.

Obwohl er es besser wusste, konnte er doch seine Augen nicht von ihr abwenden. Aus ihren Begegnungen und von Erzählungen einiger Bewohner wusste er, dass sie die eigentliche Lady der Burg war. Sie erfüllte die Pflichten ihrer Mutter mit einer Eleganz und Leichtigkeit, die alle bewunderten.

Seit sie an jenem Tag seinen Arm berührt hatte, wusste Lance dass er sie mit Vorsicht behandeln musste. Würde ihr Vater auf den Gedanken kommen, dass ein einfacher Schmied sich über die Maßen zu seiner Tochter hingezogen fühlt, könnte seine ganze Position hier in Stanton fraglich werden.

Mit diesem Gedanken im Kopf, zwang er sich, den Blick von ihr abzuwenden und sich auf ihren Vater zu konzentrieren.

Lance hatte den Earl zum ersten Mal vor einigen Jahren beim großen Turnier des Nordens gesehen. Der Earl hatte zu diesem Zeitpunkt bereits nicht mehr daran teilgenommen, aber wie viele ältere Adlige sah er das Turnier als eine Gelegenheit an, alte Bündnisse zu bekräftigen und neue zu schließen.

Lance musste lächeln. Genau dies musste bald realisiert werden, ein Bündnis zwischen dem Earl und dem Orden.

„Ein übler alter Bastard", hatte Conrad ihn genannt, aber es schien, als würde niemand in Stanton die Meinung seines Freundes teilen. Tatsächlich war der Earl genauso beliebt wie der alte Schmied. Aber nachdem Conrad aufgrund der alten Fehde zwischen seinem Vater und dem Earl in dieser Hinsicht vermutlich voreingenommen war, musste sich Lance sein eigenes Bild machen.

Jetzt war er an der Reihe.

Ein hellblaues Banner mit einem goldenen Löwen bedeckte die Wand hinter der Familie des Earls. Lance verwarf die Ähnlichkeit zu König Johns Wappen. Er wusste, dass beide Wappen schon vor langer Zeit gegründet worden waren. Lange bevor der Earl und König John geboren wurden.

Aber er musste sich eingestehen, dass die Ähnlichkeit der beiden Banner und der Besuch der königlichen Abordnung in Stanton eher beunruhigend waren.

„Meister Lance Wayland, der neue Schmied", verkündete der alte, groß gewachsene Seneschall würdevoll.

Lance vermied Idalias Blick und sah stattdessen dem Earl von Stanton direkt in die Augen. Er lächelte nicht, genauso wenig wie Lance selbst. Lance verbeugte sich und wartete auf eine Reaktion.

„Wayland?“ Stantons Stimme klang tief und stark. Die Stimme eines wahren Earls. „Wir haben hohe Erwartungen an Euch“, sagte er und erinnerte sich an den berühmten Namen.

„Und ich werde mein Bestes geben, um sie zu Eurer vollsten Zufriedenheit zu erfüllen, Mylord.“

Eine kühne Behauptung, beinhaltete sie doch, dem Geschick eines nahezu mystischen Schmieds auch nur nahe zu kommen, welcher der Sage nach mehr als siebenhundert Ringe für seinen König geschmiedet hatte.

Aber gleichzeitig auch eine passende Einleitung für das feine Stück, das er mit sich gebracht hatte.

„Ich bin erst vor vier Tagen hier angekommen, aber ich bin stolz, Mylord dieses Stück präsentieren zu dürfen.“

Er übergab den Armreif dem Seneschall und beobachtete den Earl. Lance erkannte exakt den Moment, in dem dieser realisierte, dass der Armreif nicht für ihn bestimmt war.

„Ein Geschenk für eine Frau, die dessen Wert zu schätzen weiß.“

Die Leute um ihn herum streckten sich, um einen Blick auf dem Armreif zu erhaschen. Beinahe sofort begann das Getuschel, genau wie er es erwartet hatte.

Wenn Lance eines in den Jahren gelernt hatte, in denen er im Dienst verschiedener Lords gestanden hatte, dann dass ein Adliger wie Stanton keine Geschenke benötigte.

Er ließ den Earl in der falschen Annahme, dass er das eiserne Armband, ein exzellentes Handwerksstück wie es nur wenige anzufertigen wussten, für die seine Gemahlin gemacht habe.

Du spielst gerade mit dem Feuer.

Lance hätte gelächelt, wäre seine Lage nicht so ernst gewesen. Aye, es war ein gewagtes Manöver, und riskant dazu. Aber so war nun einmal der Plan.

„Habt Ihr es hier angefertigt?"

Der Earl drehte das Armband mit prüfendem Blick in seinen Händen.

„Das habe ich, Mylord."

Als der Earl aufsah, erkannte Lance in seinem Blick den Respekt, den er sich hatte erarbeiten wollen.

„Sehr gut, Schmied Wayland. Lady Emmeline wird Euch dafür dankbar sein."

Lance nickte. „Dann bin ich zufrieden."

Ohne sie noch einmal anzusehen, wandte Lance sich der Tür zu und verließ die Halle. Im Stillen dankte er Lady Idalia für ihre Hilfe.

Wenn er ihr nur auf angemessene Art und Weise würde danken können, er würde es sofort und mit Freuden tun.

Idalia saß auf dem hölzernen Besucherstuhl und hatte die Hand ihrer Mutter schon für geraume Zeit gehalten, aber diese war nicht aufgewacht. Idalia war ebenfalls eingeschlafen, erschöpft vom Fest am Tag zuvor, als sie plötzlich einen sanften Händedruck spürte und die Augen öffnete.

„Du siehst müde aus", sagte ihr Mutter mit brechender Stimme. Sie drehte ihren Kopf zum einzigen Fenster der Kammer. „Es ist schon Abend."

Idalia wusste nicht, woher ihre Mutter auf die Zeit schließen konnte, denn die Fensterläden wurden beinahe den ganzen Tag über geschlossen gehalten. Es war der Wunsch ihrer Mutter, denn das Licht schien die Schmerzen in ihrem Kopf noch zu verschlimmern.

„Aye, Mutter."

Immer noch ihre Hand haltend, beugte sich Idalia hinüber zu dem kleinen Tisch neben dem Bett ihrer Mutter, auf dem der wunderbare Armreif lag.

„Ein Geschenk für die Lady von Stanton", sagte sie.

Ihre Mutter nahm ihn mit der freien Hand.

„Von wem?"

„Vom neuen Schmied. Eine Gabe anlässlich unseres Festes."

Sie sah zu, wie ihre Mutter das Schmuckstück in ihrer Hand drehte.

„Was ist das für eine Gravur?"

Es war ein wunderschönes Stück, wie Idalia es nie zuvor gesehen hatte. „Es sieht aus wie ein Kreis."

Sie war versucht, den einzigen Mann danach zu fragen, der es wusste. Aber es schien kein passender Grund für einen Besuch der Schmiede zu sein. Gewiss, sie hatte früher viel Zeit bei Meister Roland in der Schmiede zugebracht, aber Meister Lance war nun einmal nicht Roland. Und ihr Vater war noch nie über ihre Besuche in der Schmiede erfreut gewesen.

Sie hatte nicht bemerkt, dass ihre Mutter sie beobachtete.

Einst hatten sich Mutter und Tochter sehr ähnlich gesehen, aber die Krankheit ihrer Mutter hatte ihren Tribut gefordert. Als das Weiß in den Augen der Gräfin sich in ein Gelb verwandelt hatte, hatte der Medikus dazu geraten, einen Priester kommen zu lassen.

„Es tut mir leid, dass ich das Fest verpasst habe." Sie gab ihrer Tochter den Armreif zurück. „Dein Vater muss erstaunt über diese Gabe gewesen sein."

Idalia nickte. „Das war er." Sie legte das Schmuckstück zurück auf den Tisch.

„Wie ist er denn, der neue Schmied?"

Erneut nahm Idalia die gebrechliche Hand ihrer Mutter. Vor noch nicht allzu langer Zeit waren die Schmerzen gekommen und wieder vergangen. Sie waren nicht mehr als eine Unannehmlichkeit gewesen. Zu dieser Zeit war ihr Händedruck noch entschlossen und stark gewesen.

Aber diese Zeit war nun vorüber.

„Er ist…"

Attraktiv. Stark. Er sorgt dafür, dass mir das Herz bis zum Hals schlägt, wenn ich ihn sehe.

„Freundlich."

Idalia wand sich auf dem hölzernen Stuhl, während ihre Mutter sie prüfend ansah.

„Freundlich?"

„Aye."

„Hmmm."

Die Augen ihrer Mutter schlossen sich wieder. Falls dies überhaupt möglich war, so sah sie an diesem Tag noch schlechter aus als am Tag davor. Angst keimte in Idalia auf. „Marina wird bald mit dem Essen hier sein."

Als ihre Mutter schwach den Kopf schüttelte, nahm Idalia den Befehlston an, den sie von der Frau gelernt hatte, die vor ihr lag.

„Mutter, du *wirst* etwas essen."

Aber ihre Mutter brachte nur noch ein leises Murmeln zustande, während sie bereits wieder in den Schlaf sank. Idalia hasste es, dass ihre Mutter so oft schlief, aber sie wusste auch, dass der Schlaf ihr die ersehnte Schmerzlinderung brachte. Sie drückte noch einmal die Hand ihrer Mutter und begab sich auf die Suche nach der Zofe, die gerade auf dem Weg von der Küche in die Kammer ihrer Herrin war.

Marina war beinahe im selben Alter wie die Gräfin und hatte bereits lange vor Idalias Geburt in Stanton gedient. Ihr Haar war deutlich mit grau durchsetzt, obwohl es schwer war, dies aufgrund der Kopfbedeckung zu erkennen, die sie stets trug.

„Sie schläft wieder", sagte sie der Zofe. „Bitte sorge dafür, dass sie etwas isst."

„Ich werde es versuchen."

Gemeinsam gingen sie durch den Raum, der die Küche mit der großen Halle verband. Hier lagerten viele Getränkefässer und diverse andere Behältnisse, denn die Steinwände hielten den Raum stets kühl. „Unsere Weinvorräte sind recht knapp", kommentierte Idalia, während sie weiterging.

Es entsprach der Wahrheit. Idalia hatte am Markttag mit einem neuen Weinhändler Kontakt aufnehmen wollen. Die letzte Lieferung hatte zu viele Fässer enthalten, die dann sauer geworden waren. Sie konnten es sich in diesen Tagen nicht leisten, so viel zu vergeuden.

„Ich werde gleich morgen mit Dawson sprechen."

„Sehr gut. Nun erholt Euch etwas, Mylady."

Mit diesen Worten verschwand Marina in der großen Halle, offenbar auf dem Weg in die Gemächer des Earls und seiner Frau.

Es war ein langer Tag für sie gewesen, aber Idalia war noch nicht bereit, sich für die Nacht zurückzuziehen. Sie ging hinaus auf den Burghof, ohne einen Gedanken an eine Fackel zu verschwenden. Der Vollmond spendete ihr genügend Licht, um den Pfad zum kleinen Turm zu finden.

Der Burghof war bereits beinahe menschenleer, nur ein paar Wachen machten sich bereit für ihren Dienst. Gerade als sie die Tür zum Turm aufschließen wolle, rannte ein Huhn vorbei, das von einem Jungen gejagt wurde, den Idalia nicht sofort erkannte. Normalerweise kannte sie alle Menschen innerhalb der Burgmauern, also überlegte sie kurz, dem Jungen zu folgen.

Aber er war schnell und sie sehnte sich nach ein paar ruhigen Augenblicken. Also verwarf sie die Idee und bestieg stattdessen ihren Lieblingsturm. Oben angelangt, atmete sie tief ein und beobachtete, wie die Lichter im Dorf außerhalb der Mauern langsam nacheinander erloschen. Eins nach dem anderen.

„Ein sehr ungewöhnlicher Turm."

Erschrocken drehte sie sich zu der tiefen, bekannten Stimme herum. Sie hatte nicht bemerkt, dass ihr jemand gefolgt war.

Sofort begann Idalias Herz in ihrer Brust zu pochen, so schnell und laut, dass sie sich unwillkürlich fragte, ob er es hören konnte.

„Guten Abend, Meister…"

„Nur Lance, wenn es Euch beliebt."

Lance. In ihren Gedanken hatte sie ihn oft beim Vornamen genannt, aber es laut auszusprechen…

„Ihr seid mit gefolgt."

„In der Tat. Ihr habt die Tür nicht hinter Euch abgeschlossen."

Beinahe platzte eine weitere Frage aus ihr heraus. Eine, die sie besser nicht stellen sollte. Aufgrund seiner sauberen Kleidung und der noch dampfenden Haare fragte sich Idalia, ob er wohl im Badehaus des Dorfes gewesen war.

Warum hatte sie solche Gedanken? Ihre ältere Schwester war stets die mutigste von ihnen gewesen, obwohl Tilly in dieser Angelegenheit langsam zu ihr aufschloss.

„Warum?", fragte sie.

„Ich dachte, die Aussicht hier oben wäre schöner als unten im Burghof."

Eigentlich hätte ihr Herzschlag jetzt wieder normal sein müssen.

Aber er hatte sich kein bisschen verlangsamt oder gar beruhigt.

„Und wie gefällt Euch die Aussicht nun?", presste sie hervor.

Er stellte sich neben sie. Lance war nahe genug, um ihn zu riechen. Sie konnte getrockneten Waldmeister riechen. Der Geruch war in Stanton ungewöhnlich, aber sie mochte ihn.

Genauso wie den Mann an sich. Sie standen Seite

an Seite, aber er war viel größer als sie, ihre Schulter reichte bis an seinen Oberarm.

„Was ist das dort hinten?", fragte er und deutete mit dem Finger auf eine Stelle in der Ferne, an der ein Licht zu erkennen war.

Idalia lächelte über die Sage, die sie ihm darüber erzählen würde.

„Dort wohnen die Geister von Eller's Green."

Sie war nicht überrascht, dass er sie skeptisch ansah.

Idalia versuchte zu ignorieren, dass ihr Herz immer noch so raste wie ihre Schwester Tilly, wenn sie vor ihren Pflichten Reißaus nahm, dann erklärte sie ihm: „Wir Einwohner des Nordens sind ein abergläubisches Volk."

„Das weiß ich nur zu gut", antwortete er, und seine Lippen zogen sich leicht nach oben, obwohl er nicht wirklich lächelte. „Ein guter Freund von mir, ein Schotte, trägt in jeder Schlacht eine bestimmte Münze bei sich. Er ist der festen Meinung, dass er sterben wird, wenn er sie nicht bei sich hat. Er fand sie nach seiner ersten Schlacht auf dem Boden. Sie lag dort, ohne einen Hinweis darauf, wer sie verloren haben könnte. Nachdem er die blutige Schlacht heil überstanden hatte, nahm Terric diese Münze als ein Zeichen. Ich hoffe, er verliert sie niemals. Nicht, weil ich denke, dass sie ihn beschützt, sondern weil er wirklich an ihre besonderen Kräfte glaubt."

Das verstand Idalia, lächelte und nickte.

„Niemand weiß mehr, warum diese Gegend Eller's Green genannt wird, sie heißt bereits seit Generationen so. Stanton Castle wurde meinem Urgroßvater als Lehen gegeben, und wenn man den Alten Glauben schenkt, dann wohnten die Geister schon lange vorher dort."

Aufgrund seines ungläubigen Gesichtsausdrucks musste sie nun beinahe lachen.

„Der Lord von Stanton kam eines Tages von der Schlacht zurück und stieg genau dort von seinem Ross." Sie zeigte auf ein bewaldetes Gebiet, das sich in der Nähe des Lichtes befand. „Genau unter diesen Bäumen."

Die Geräusche des Tages waren nun vollständig verklungen, und Idalia erinnerte sich daran, dass sie ganz alleine mit diesem wunderschönen Mann hier war.

„Manche sagen, er wurde bereits in der Schlacht verwundet. Manche streiten dies ab. Aber alle sind sich darin einig, dass er tot umfiel und die Geister dort dafür verantwortlich waren."

Lance trat von der Zinne zurück, lehnte sich gegen die Mauer hinter ihnen und verschränkte die Arme vor der Brust.

„Dann müssen sie wohl sehr zornig auf ihn gewesen sein?"

Natürlich glaubte er diese Geschichte nicht. Und auch wenn Idalia sie unterhaltsam fand, so schenke auch sie ihr keinen Glauben. Aber viele Bewohner von Stanton glaubten daran.

„Aye, weil er gegen seinen Nachbarn in die Schlacht zog, einen Mann, der als ehrenwert galt."

Sie zeigte erneut auf das Licht. „Sein Sohn ließ dort einen kleinen Wachturm errichten. Heute befindet sich stets eine Wache auf Eller's Green."

Dies schien ihn zu überraschen. „Das Licht stammt also von der Fackel einer Wache?"

„Aye."

Lance schüttelte den Kopf. „Nun, das scheint mir eine Verschwendung zu sein. Könnte man die Wache nicht besser an einem anderen Ort einsetzen?"

„Die Wache sorgt jedenfalls dafür, dass die Geister nicht zurückkehren."

Sie blickte ihm direkt in die Augen und wünschte sich gleich darauf, es nicht getan zu haben. Lances Gesicht war einfach perfekt. Sein intensiver Blick sorgte nicht gerade dafür, dass sich ihr Herz beruhigte. Eher das Gegenteil war der Fall.

„Glaubt Ihr denn an böse Geister, Mylady?"

„Nein", gab sie zu. „Das tue ich nicht."

„An was glaubt Ihr dann, Lady Idalia von Stanton?"

KAPITEL SECHS

Er hätte ihr nicht folgen sollen.

Genauso wenig hätte er Lady Idalia solche Fragen stellen sollen, aber er fühlte sich von ihr angezogen und war einfach nicht in der Lage, sie aus seinen Gedanken zu verdrängen.

Die Tatsache, dass sie bereits zweimal die Schmiede besucht hatte, zeigte ihm, dass sie anders war als die meisten adligen Damen, denn diese würden es niemals riskieren, sich in der Schmiede ein Kleid zu ruinieren. Aber das war nicht das einzige, was ihn immer wieder in ihre Richtung trieb.

Lance hatte in den vergangenen Tagen mit vielen Burgbewohnern gesprochen, um ein mögliches Interesse des Lords an einem Bündnis mit dem Orden zu erkunden. Dabei hatte er auch einiges über die Tochter des Earls herausgefunden. Sie hatte die Pflichten ihrer Mutter nicht nur einfach übernommen, sie erfüllte sie auch wahrhaft hingebungsvoll.

Freundlich. Mitfühlend. Umsorgend.

Dies waren die Worte, mit denen die Burgbewohner die junge Lady am meisten beschrieben. Und dies schien der Wahrheit zu entsprechen.

Wunderschön. Bezaubernd.

Diese Worte würde *er* benutzen, wenn ihn jemand über die Frau befragen würde, die ihn ungewollt von seiner wichtigen Mission abgelenkt hatte.

„In die Liebe."

Er brauchte einen Augenblick, um zu realisieren, dass es ihre Antwort auf seine Frage war, die er ihr so unbedacht gestellt hatte. Sie glaubte an die Liebe.

Manchmal wirkte sie schüchtern, aber sie konnte auch genauso forsch sein wie Guy, der stets sagte, was er dachte und die Konsequenzen vollkommen ignorierte.

„Ihr glaubt also an die Liebe", wiederholte er und blickte gedankenverloren hinaus auf den kleinen Lichtschein in der Ferne.

„Stimmt Ihr mir etwa nicht zu?"

„Ihr glaubt daran, Mylady. Und es steht mir nicht zu, Euch zu widersprechen oder zuzustimmen."

Eine bessere Antwort als ein ungehobeltes Nein. In seinem Leben war kein Platz für die Liebe. Nicht mehr. Sie war nicht mehr als ein gefährliches Gefühl.

„Man sagt, dass Frauen wie ich nicht aus Liebe heiraten könnten", erklärte sie mit trauriger Stimme. „Aber meine Mutter und meine ältere Schwester haben diese Behauptung widerlegt."

Dies war das erste Mal, dass sie zu ihm über ihre Mutter sprach.

„Eure Eltern haben aus Liebe geheiratet?" Er drehte sich erneut zu ihr um und versuchte, nicht auf ihren zarten, weißen Hals zu starren. Und auf das, was sich darunter im Dunkeln befand.

„So könnte man sagen."

Es schien, als wollte sie nicht mehr darüber erzählen, und Lance wollte sie nicht drängen.

„Nun", sagte sie und sah ihm in die Augen, „wenn Ihr nicht an Liebe oder an böse Geister glaubt, an *was* glaubt Ihr dann... Lance?"

Es gefiel ihm, wie sie seinen Namen aussprach.

Mehr als es ihm gefallen sollte.

Darauf konnte er nicht ehrlich antworten. Die Wahrheit zu sprechen, würde bedeuten, sich selbst auf eine Weise zu offenbaren, wie er es einfach nicht konnte. Stattdessen sagte er: „Ich glaube, dass es viel für uns beide zu beantworten gäbe, wenn Ihr hier alleine mit dem Schmied gefunden werden würdet."

Sie zuckte mit den Achseln. „Mein Vater gibt sich nicht mit Frauenangelegenheiten ab."

„Auch wenn es sich dabei um seine Töchter handelt?"

„Er ist ein vielbeschäftigter Mann. Natürlich liegt ihm viel an meinem Ruf, aber seine volle Aufmerksamkeit liegt darauf, den Bewohnern von Stanton Sicherheit und Schutz zu bieten", erklärte sie im Tonfall ihres Vaters.

„Ein nobler Vorsatz." Und einer, der sich für den Orden als vor- oder nachteilhaft herausstellen könnte. Je nachdem, was der Earl als vorteilhaft für sein Volk ansah.

Idalia seufzte. „Aye."

Lance spürte eine gewisse Traurigkeit in ihr, während sie von ihrem Vater sprach. Er kannte den Earl von Stanton kaum, aber er hatte bereits viele wie ihn getroffen. In gewisser Hinsicht waren sich Idalias Vater und Conrad nicht unähnlich. Beide fühlten sich zutiefst verantwortlich dafür, ihr Land und ihre Leute vor allen möglichen Feinden zu beschützen. Egal, ob es sich dabei um einen Nachbarn, einen entfernten Verwandten oder um den König selbst handelte.

Zu diesem Zeitpunkt war beinahe jegliches Treiben aus dem Burghof verschwunden. Versteckt hinter den Turmwänden waren sie vollständig außer Sichtweite der Wachen.

Sie waren alleine.

Als er dies erkannte, traf ihn eine Vision von der sanften Lady von Stanton, die mit offenem Haar vor ihm stand, während er seinen Arm ausstreckte, um sie für einen Kuss an sich zu ziehen. Die sofortige Reaktion seines Körpers zwang ihn dazu, sich daran zu erinnern, dass er es hier nicht mit einem gewöhnlichen Bauernmädchen zu tun hatte.

Mit Sicherheit war sie aber auch keine gewöhnliche Adlige. Lady Idalia war die Tochter des Mannes, dessen Unterstützung sie benötigen würden, wenn die Rebellion gelingen sollte.

„Ich bin mir sicher, dass er ein besserer Vater ist als meiner."

Lance wusste nicht, warum er ihr dies anvertraute. Aber nun hatte er es getan.

„Oh?"

Die Einzelheiten würde er nicht erwähnen. Weder ihr noch sonst jemandem gegenüber. Nicht einmal dem Ordern würde er dies anvertrauen. Nur Guy kannte die ganze Geschichte, und Lance hatte sich immer gefragt, ob sein Freund deshalb wohl schlecht über ihn dachte.

„Wir sollten gehen."

„Lance." Sie hielt ihn mit der Hand zurück.

„Ich kenne Euch nicht gut", sie zog ihre Hand zurück, „aber ich möchte nicht, dass Ihr schlechte Gedanken gegenüber meinem Vater hegt. Er ist ein guter Mann. Ein ehrenvoller Anführer. Ich denke, wenn Ihr ihn und auch die Bewohner von Stanton erst etwas besser kennt, werdet Ihr es nicht bereuen, hierhergekommen zu sein."

Aus Gründen, die nichts mit seiner Mission zu tun hatten, pflichtete er ihr bei. „Das bereue ich auch jetzt nicht."

Idalia wurde aus dem Schlaf gerissen und schlug ihre Augen auf, während die Tür geräuschvoll geöffnet wurde. Verwirrt setzte sie sich auf und fragte sich, warum ihre Zofe sie so seltsam anstarrte.

„Bitte entschuldigt, Mylady", sagte Leana. „Ich habe nicht gewusst, dass Ihr noch schlaft."

Erstaunt blickte Idalia auf das Licht, das durch die Ritzen in den Fensterläden drang. Die Sonne war bereits aufgegangen. Und sie war immer noch im Bett.

„Habe ich schon viel verpasst?", fragte sie, als sich die Zofe umdrehte, um die Kammer zu verlassen.

„Aye, Mylady."

Leana, die ebenfalls zweiundzwanzig war, hatte schon ihr ganzes Leben lang in Stanton gelebt. Ihr Vater, der Koch von Stanton, war damals mit seiner Braut aus Schottland geflohen, weil es ihr dort verboten worden war, einen Engländer zu heiraten.

Groß und kräftig und mit ihrem blonden Haar, konnte ihre Zofe jederzeit das verwegene Lächeln eines schottischen Kriegers aufsetzen.

„Jetzt bin ich wach." Sie schwang ihre Beine über die Bettkannte und signalisierte Leana, in der Kammer zu bleiben.

Idalia wusch sich mit dem nach Rosen duftenden Wasser, das Leana gebracht hatte, während die Zofe ein hellgelbes Tagesgewand ausschüttelte.

„Habe ich die Messe verpasst? Hat meine Abwesenheit Aufsehen erregt?"

Leanas Blick war die einzige Antwort, die sie benötigte.

Wenn sie die Messe verpasst hatte, hatte sie auch das Morgenmahl verpasst. Dawson hatte ihre Pflichten sicherlich übernommen, aber ihr Vater ging gerne mit ihr nach dem Morgenmahl die Buchführung durch. Ihr Vater bevorzugte es meistens, alleine zu essen und zu arbeiten. An manchen Tagen sah sie ihren Vater bis zum Abendmahl nicht, an dem er zwar regelmäßig teilnahm, in letzter Zeit war er allerdings auch einige Male ferngeblieben.

Seit der Priester erklärt hatte, dass sie Krankheit der Gräfin eine Prüfung Gottes sei, hatte er sich mehr denn je zurückgezogen.

„Ich weiß nicht, was über mich gekommen ist", sagte sie, während sie ihr Nachgewand ablegte und in das Kleid schlüpfte.

Erneut warf sie der Zofe einen prüfenden Blick zu. Sie hatte ihrer Zofe viele Male erklärt, sie solle ihre Meinung frei äußern, aber Leana weigerte sich immer noch.

„Leana?"

Sie schob ihre Arme in das Kleid. Die Ärmel waren lang, nach der neuesten Mode, aber nicht so lang, dass es ihr unbequem gewesen wäre, darin ihren Tagesaufgaben nachzukommen.

„Dein Körper scheint die Erholung zu benötigen." Leana schnürte das Kleid am Rücken zu. „Seit Lady Roysa uns verlassen hat, hast du ihre Aufgaben und die Aufgaben eurer Mutter übernommen. Lass Dawson mehr von deinen Pflichten erledigen."

„Dawson verärgert die Leute leider zu oft als dass er ihnen entgegenkommt."

Leana antwortete nicht, sie wusste, dass dies der Wahrheit entsprach. Mit Stantons Bewohnern umzugehen, egal ob sie ihr Haus reparieren sollten oder ob es um die Schlichtung von Streitigkeiten und Beschwerden ging, war nicht gerade die Spezialität des

Seneschalls. Er war effizient und auch intelligent, aber sein schroffes Auftreten sorgte dafür, dass er für manche Aufgaben ungeeignet war.

„Meine Mutter würde sagen, dass das Ignorieren der Signale des Körpers…"

„Auch das Ignorieren des Lebens bedeutet, dass in diesem Körper steckt", beendete Idalia den Satz. „Aye, das habe ich schon viele Male gehört."

„Und trotzdem…"

„Und trotzdem gibt es niemanden, der mir diese Pflichten abnehmen könnte", erklärte sie und blickte Leana in die Augen.

Sie fand durchaus Gefallen an den Aufgaben, die sie im Namen ihrer Mutter erfüllte, aber es waren sehr viele. Während Leana ihr das Kleid glattstrich, fiel ihr ein, dass es noch einen anderen Grund für ihr Verschlafen gab.

Lance.

Den Traum hatte sie ganz vergessen.

Anstatt ihm am Abend zuvor die Stufen des kleinen Turms hinab zu folgen, hatte sie im Traum seinen Arm genommen und ihn erneut zurückgehalten. Er hatte sich umgedreht und sie angesehen, als ob er um Erlaubnis fragen würde. Dann hatte er sie geküsst.

Benommen ob der Erinnerung daran, setzte Idalia auf das Bett, und Leana zog ihr die ledernen Schuhe über. Ihre Gedanken verweilten bei diesem geträumten Kuss. Dabei wurde ihr klar, dass sie mehr Gefallen daran fand, sich einen Kuss mit dem Schmied vorzustellen als einen Kuss mit dem Mann, dem sie einst versprochen worden war.

Der Sohn eines Barons, Sir Christopher, hatte Stanton schon oft besucht. Ihre Heiratsvereinbarung war gleich nach Roysas geschlossen worden. Bei seinem letzten Besuch hatte er sie in einen abgelegenen Alkoven im Erdgeschoss gezogen und geküsst.

Später hatte sie Leana den Kuss als *erfreulich* beschrieben. Er war durchaus gutaussehend und freundlich, die Sorte Mann, die eine junge Lady gerne zum Ehemann nehmen wollte.

Aber ihre Verlobung war einige Tage später gelöst worden, als ihre Väter in einen Streit geraten waren, der nicht mehr zu schlichten gewesen war.

„Mylady?"

Sie hatte nicht bemerkt, dass Leana sie beobachtet hatte. Ihre Wangen färbten sich rot. Auch wenn Leana sie fragend ansah, wusste Idalia, dass sie ihr diese Gedanken nicht mitteilen durfte.

Oder doch?

Idalia betrachtete Leana als eine gute Freundin und vertraute ihr wie ihren Schwestern. Sie beide waren neugierig auf alles, was sich außerhalb der Mauern von Stanton abspielte. Und gleichzeitig waren sie darauf bedacht, Stanton Castle zu einem gemütlichen und sicheren Ort für alle Bewohner zu machen. Geboren an der Grenze, wussten beide Frauen, wie schnell sich alles verändern konnte. Obwohl Idalias Vater nie mit ihr über derlei Dinge redete – er betrachtete es als unpassend, mit Frauen darüber zu sprechen – wusste sie genauso viel über die politische Lage von Stanton wie er. Glücklicherweise waren weder ihre Mutter noch Dawson so verschlossen, wenn es um die prekäre Situation von Stanton ging.

Idalia schauderte.

Dann blickte sie ihre Zofe, ihre Freundin, an. Nachdem Roysa die Burg verlassen hatte und ihre Mutter krank wurde, war Leana ihre einzige Vertraute, denn dies war keine Angelegenheit für Tillys Ohren.

Idalia setzte sich wieder hin und verschränkte ihre Finger auf ihrem Schoß.

„Du darfst niemandem davon erzählen."

Leanas Augen weiteten sich.

„Versprich es mir."

„Du weißt, dass ich nichts verraten werde."

Sollte sie es wirklich laut aussprechen?

„Der neue Schmied." Idalia wartete und hoffte, dass ihre Freundin erkannte, was sie sagen wollte, ohne dass sie es laut aussprach.

Aber Leana sah sie einfach nur an.

„Hast du ihn in der großen Halle gesehen, beim Fest?"

Leana schüttelte den Kopf. „Ich war mit Vater in der Küche und habe die Präsentation der Geschenke verpasst."

Auch wenn Leana keine Küchenmagd war, so half sie ihrem Vater doch oft aus.

Verwirrt schüttelte Leana erneut den Kopf. „Nein. Was ist mit ihm?" Dann formte ihr Mund ein O.

Keine der beiden jungen Frauen hatte viel Erfahrung mit Männern. Leana war einst einem Jungen aus dem Dorf versprochen worden, aber er war bei einem Überfall vor mehr als drei Jahren getötet worden. Ihr Vater gab sich Mühe, einen geeigneten Bewerber zu finden, genauso wie Idalias Vater danach strebte, ihr einen neuen Ehemann zu finden, nachdem Roysa nun verheiratet war.

Keine der beiden wollte einen Mann heiraten müssen, den sie nicht liebte, aber beide wussten – und besonders Idalia – dass dies ein Kampf war, den sie sehr wahrscheinlich verlieren würden. Letztlich würde sie als Tochter des Earls denjenigen heiraten, den ihr Vater für sie aussuchen würde.

„Ist er gutaussehend?"

Sie dachte daran zurück, wie sie am Abend zuvor Seite an Seite auf dem Turm gestanden hatten.

„Sehr sogar."

„Lord Steffinshires Sohn war auch sehr stattlich", sagte Leana, „aber ich kann mich nicht daran erinnern, dass du jemals beim Gedanken an ihn so rot im Gesicht geworden bist."

Sie erinnerte Idalia an einen weiteren ihrer Anwärter. Leana hatte recht, der Sohn des Barons war durchaus gutaussehend, aber er war eben kein Lance Wayland von Marwood.

„Ich will ihn sehen!", verkündete Leana. Sie packte die Waschschüssel und das Handtuch. „Wir treffen uns auf dem Burghof."

„Warte!"

Ihre Zofe hatte schon fast die Kammer verlassen, als Idalia sie endlich aufhalten konnte.

„Wir können nicht einfach in die Schmiede gehen, weil du ihn sehen willst."

Leanas Gesichtsausdruck verkündete das genaue Gegenteil.

„Ich habe viel zu tun heute Morgen."

„All deine Aufgaben werden auf dich warten, bis wir wieder hier sind."

Bei der Aussicht, ihn wiederzusehen, vollführte ihr Herz einen Sprung.

„Es gibt keinen Grund für uns, dort hinzugehen", bekräftigte sie.

„Brauchen wir denn unbedingt einen Grund?", fragte Leana und hob keck ihre Augenbraue an. „Wir werden ihm einfach die Wahrheit sagen. Es tut mir leid, dass ich die Präsentation seines Werkstückes verpasst habe. Und nun möchte ich ihm vorgestellt werden. Was hat er deinem Vater gegeben?"

„Einen eisernen Armreif. Für Mutter."

Obwohl Leana dies nicht kommentierte, kannten

sich die Freundinnen zu gut. Auch ohne viele Worte verstanden sie einander. Lances Geste war aufmerksam, freundlich und auch scharfsinnig gewesen.

„Ich kann nicht", begann Idalia erneut.

„Dann werde ich eben alleine hingehen."

Mit diesen Worten schlüpfte die Zofe aus der Tür, und Idalia hatte Probleme, mit ihr Schritt zu halten. Sie kannte Leana gut und wollte sich lieber nicht vorstellen, mit welchem vorgeschützten Grund sie dem Schmied einen Besuch abstatten wollte. Sie zweifelte daran, dass Leana ihr Interesse an Lance enthüllen würde, wollte es aber lieber nicht darauf ankommen lassen.

Ob sie es nun mochte oder nicht, es schien, als wäre ihre erste Aufgabe an diesem Tag, Lance einen Besuch abzustatten. Und wenn sie ganz ehrlich zu sich selbst war, so fand sie durchaus Gefallen an dieser Aufgabe.

KAPITEL SIEBEN

„Das reicht", sagte Lance zu Daryon. Der Junge hörte auf damit, den Blasebalg zu bedienen, als Lance das Metall in das helle Feuer rammte. Er arbeitete ohne nachzudenken, und hämmerte das Metall solange, bis es wieder abgekühlt war.

Ein letztes Mal noch musste die Klinge noch erhitzt werden. Die Messer waren vom Marschall des Earls in Auftrag gegeben worden, und Lance hatte bislang mehr als zwanzig davon hergestellt. Er legte die fertige Klinge zum Abkühlen auf die Seite, zog seine Handschuhe aus und wies den Jungen an, sich etwas zu trinken zu holen.

In dieser Hitze war es lebenswichtig, ausreichend Flüssigkeit zu sich zu nehmen. Eine Lektion, die ihn sein Vater früh gelehrt und oft wiederholt hatte. Lance verdrängte den Gedanken und erinnerte sich an eine Unterhaltung, die er an diesem Morgen mitangehört hatte. Er hatte am Morgenmahl teilgenommen, auch wenn er dies normalerweise nicht tat, weil er gehofft hatte, auf diese Weise mit weiteren Bewohnern von Stanton in Kontakt zu treten. Er war neben einem Soldaten gesessen, dessen Gespräch mit einem Ritter des Königs interessant gewesen war.

„Es wird nicht mehr lange dauern, bis die Steuern erneut erhöht werden", hatte der Mann seinem Freund anvertraut.

Die Unbeliebtheit von King Johns Steuerpolitik war nicht notwendigerweise ein Hinweis darauf, dass ihr Lord eine Rebellion gegen den König unterstützen würde. Trotzdem hatte Lance ihre Unterhaltung mit wachsendem Interesse verfolgt.

„Steuern, um einen Krieg zu bezahlen, den wir nicht gewinnen können", sagte der Mann.

„Nicht gewinnen können? Er ist bereits verloren."

Ein berechtigter Gedanke. Die Schlacht von Bouvines war ein Desaster gewesen. Genauso wie König Johns vorhergehenden Versuche, sich mit Frankreich anzulegen.

Englische Könige hatten sich seit jeher über die Bedenken der Adligen an der Grenze hinweggesetzt, aber dieser König könnte zu weit gegangen sein.

Nie zuvor waren die Steuern höher gewesen. Und die Methoden der Steuereintreiber waren niemals rücksichtsloser gewesen. Und das Geld wurde nicht zum Wohle Englands, sondern für einen endlos erscheinenden Krieg gegen Frankreich verwendet. Nach der jüngsten Niederlage in Frankreich war Conrad der Meinung, dass nun die Zeit zu handeln gekommen war.

Aber um gegen einen König zu revoltieren, benötigte es mehr als nur vier Männer.

„Meister Lance."

Er war so tief in Gedanken, dass Lance beinahe den Farbschimmer an seiner Tür übersehen hätte.

„Guten Morgen, Mylady." Daryon verbeugte sich elegant vor Idalia und ihrer Begleitung, die er noch nicht kannte.

„Geh zu deinem Bruder", wies Lance Daryon an, der noch geblieben war, um den Blasebalg zu bedienen und für ausreichende Hitze des Feuers zu sorgen. Miles hatte er zuvor zum Kohlenhändler geschickt, um die Vorräte an Holzkohle aufzustocken.

Während Lance sich die Hände an einem Tuch abwischte, bedeutete er den beiden Frauen, dass er sich gleich zu ihnen gesellen würde. Wie immer benötigten seine Augen einen Moment, um sich an das helle Sonnenlicht zu gewöhnen. Er war immer noch an das dämmrige Licht in der Schmiede gewöhnt, aber es schien ihm...

Es schien ihm heute heller zu sein als sonst, obwohl er nicht zum Himmel hinauf blickte. Lances Blick ruhte auf ihr. Der Kragen und die Ärmel von Idalias gelbem Kleid waren mit Goldfäden durchwirkt. Das Kleid war so geschnitten, dass es nur wenig Haut zeigte, der Rest blieb seiner Vorstellungskraft überlassen.

Und seine Vorstellungskraft war in den letzten Tag eindeutig zu aktiv gewesen.

„Gerne möchte ich Euch meine Zofe, Leana Adley, vorstellen."

„Adley", wiederholte er und zwang sich, seinen Blick von Idalia loszureißen und ihre Zofe anzusehen. Sie war hübsch, und die Tatsache, dass sie ihn vollkommen kalt ließ, zeigte ihm erneut, wie sehr er die Lady von Stanton bewunderte.

„Aye, genau wie der Koch. Er ist mein Vater", erklärte sie.

„Ich bin erfreut, Euch kennenzulernen, Mistress Leana."

„Ich bedaure, dass ich nicht in der großen Halle sein konnte, als die Handwerker ihre Stücke präsentiert haben. Mylady hat mir von dem wunderschönen Armreif erzählt, den Ihr ihrer Mutter geschenkt habt."

Für die Tochter eines Kochs drückte sie sich gewählt aus. Zweifellos hatte sie ihr ganzes Leben unter Adligen verbracht. Als Idalias Zofe?

„Es war mir eine Ehre, das Stück für sie anzufertigen."

Dann wandte er seine Aufmerksamkeit wieder Lady Idalia zu. „Ich hoffe, Ihr seid wohlauf heute Morgen, Mylady?"

„Bei bester Gesundheit."

Dieses Lächeln war in der Lage, selbst seine innersten Dämonen zu vertreiben. Und davon hatte Lance viele.

„Auch wenn Mylady Roland hier oft besuchen konnte, so war ich doch nur selten hier", sagte Leana und warf einen Blick ins Innere der Schmiede. „Ihr seid noch jung für einen Meisterschmied."

„Leana!"

Er bemühte sich, Lady Idalia zu versichern, dass er sich von dieser Aussage keineswegs beleidigt fühlte. „Ich habe eine Lehre bei meinem Vater durchlaufen", erklärte er der Zofe, „und habe die letzten Jahre als Meisterschmied unter Lord Bohun gedient."

„Bohun", wiederholte sie nachdenklich und rieb sich das Kinn. „Ein Lord an der Grenze?"

„Aye."

„Wir können uns glücklich schätzen, Euch hier in Stanton zu haben. Roland war hier sehr beliebt..."

„Leana..." Lady Idalia räusperte sich.

„Entschuldigt bitte, Meister Lance. Es scheint, als hätte ich meine Manieren heute Morgen in meiner Kammer vergessen."

Den Blick, den sie daraufhin ihrer Lady zuwarf, verstand er nicht. Aber irgendetwas sagte ihm, dass die Zofe etwas im Schilde führte.

„Oh je, ich habe fast vergessen, dass ich heute Vormittag meinem Vater helfen sollte. Eine der Küchenmägde ist krank geworden. Bitte entschuldigt mich", murmelte sie, drehte sich um und lief den kleinen Hügel hinauf.

Einen Augenblick später war sie außer Hörweite, ihr blonder Zopf baumelte hin und her, während sie zu ihren Aufgaben hastete.

Lance sah ihr nach.

„Eure Zofe ist…"

Lady Idalia verschränkte die Arme vor der Brust und blickte auf die Stelle, an der Leana eben noch gestanden hatte.

„Unverbesserlich."

Ihr liebevoller Tonfall milderte das Wort ab, das sie gewählt hatte. Offensichtlich mochte sie die junge Frau, die nun bereits verschwunden war.

„Bitte entschuldigt die Unterbrechung. Ihr wart in Eure Arbeit vertieft."

„Nein", entgegnete er.

Viel zu schnell.

Er hatte noch zehn Messer anzufertigen, das entsprach der Wahrheit. Aber wollte nicht, dass sie wieder ging.

„Daryon und Miles machen Besorgungen."

Es sah ihm nicht ähnlich, nach Worten suchen zu müssen. Aber es sah ihm auch nicht ähnlich, wissentlich ein Desaster heraufzubeschwören. Er wusste, dass es nicht gut war, sich mit Stantons Tochter einzulassen. Sie so anzusehen. Nach ihr zu verlangen.

Höchstens, um Information durch sie zu erlangen.

Am Abend zuvor hatte er beschlossen, jegliche Konversation mit Idalia zu vermeiden, aber diese Entscheidung hatte er getroffen, als sie nicht direkt vor ihm gestanden hatte. Da sie nun so nahe bei ihm stand, war es ihm unmöglich, sich nicht mit ihr abzugeben.

Da die Schmiede etwas abgelegen von den anderen Gebäuden lag, die überall über den Burghof verteilt waren, war es leicht, die einsame Gestalt auszumachen, die auf dem Hügel stand und sie von oben zu beobachten schien. Als Lady Idalia ihn erkannte, drehte sie sich seufzend um.

„Vater Sica", erklärte sie. Der Mann entfernte sich, und Lance fragte sich unwillkürlich, wie lange er sie wohl von dort oben aus beobachtet hatte.

„Ich halte nicht viel von unserem Priester." Sofort schlug sie sich die Hände vor den Mund und fügte hinzu „Natürlich ist er ein Mann Gottes. Und schon allein deshalb verehre ich ihn, so wie alle anderen Bewohner von Stanton es auch tun."

Ihre Wangen hatten einen hübschen rosa Farbton angenommen.

Um sie zu beruhigen sagte er: „Ich mag ihn auch nicht besonders."

„Dann habt Ihr bereits mit ihm gesprochen?", fragte sie mit großen Augen.

„Nein, aber ich habe an der Messe teilgenommen."

Betreten blickte Idalia zu Boden. „Ich habe sie heute Morgen verpasst."

„Was nicht gerade typisch für Euch ist, nicht wahr?", riet er.

„Nein."

Lance hatte den Blick nicht erwartet, den sie ihm zuwarf.

Sie sah peinlich berührt aus, aber warum? Schließlich hatte er klargemacht, dass er ebenfalls eine Abneigung gegenüber dem Priester empfand. Die Art, wie sie seine Arme ansah...

Ich sollte besser nicht fragen.

„Sagt mir, was Euch bedrückt", platzte er heraus, wohlwissend, dass es falsch war.

Sie öffnete den Mund, sagte aber nichts. Ihre Wangen röteten sich noch mehr.

„Ihr habt nicht gut geschlafen."

Als Antwort erhielt er ein Kopfschütteln.

„Mir erging es ebenso", gab er zu. „Lady Idalia."

„Nur Idalia, wenn es Euch gefällt."

Nichts würde ihm mehr gefallen, aber er konnte nicht. Sie war die Tochter eines Earls. Die Tochter *dieses* Earls.

„Es würde mir sehr gefallen, Euch bei Eurem Vornamen anzusprechen, aber…"

„Dann tut es."

Lance schluckte.

„Lance."

Sie war schüchtern und mutig zugleich. Ein Mysterium, das er entschlüsseln wollte. Und doch war er zu einem bestimmten Zweck hier, den er nicht vergessen durfte. Und dieser Zweck bestand nicht darin, den Earl zu verärgern, indem er seiner Tochter zu nahe kam.

Seine jungen Lehrlinge waren auf dem Weg zu ihnen, einen Karren im Schlepptau. Jeden Augenblick würden sie hier sein.

„Idalia", sagte er, obwohl er wusste, dass er es nicht tun sollte. Und dann machte er alles noch schlimmer.

„Kann ich Euch heute Abend sehen?"

Er sagte nicht wo oder wann.

Aber sie wusste es und nickte.

Dann raffte sie ihre Röcke und ging davon. Etwa auf der Mitte des Hügels traf sie die beiden Jungen. Lance sah zu, wie sie die Lehrlinge grüßte und dann langsam verschwand.

Was zur Hölle habe ich gerade getan?

KAPITEL ACHT

„Er ist ein Hurensohn", murmelte Idalias Vater in seinen Bart. Ihr Gast war kurz vor dem Abendmahl eingetroffen. Sie kannte ihn nicht, aber Dawson zufolge war er der Sohn eines schottischen Clan-Oberhauptes. Als solcher saß er bei ihnen am hohen Tisch. Sie gab sich Mühe, Tilly von den Schimpfworten ihres Vaters abzulenken, die dieser gerade laut genug aussprach, damit seine Töchter sie hören konnten.

Idalia war an die Sprache ihres Vaters gewöhnt. Aber er hatte sich seine schlimmsten Ausdrücke für den Mann vorbehalten, über den ihr Gast gerade bewundernd sprach – den König von Schottland, der Stanton nur erlauben wollte, Wolle über die nicht existierende Grenze zu liefern, wenn er im Gegenzug ein stattliches Bestechungsgeld erhielte.

„Nichts läge mir ferner als den englischen König hier in Eurer Halle zu diskreditieren", sagte der Mann gerade, „aber seine Politik macht uns den Handel nicht gerade einfacher."

Idalia lächelte höflich, als der junge Mann sie ansah. Dann drehte sie sich weg.

„Ich wünschte, Mutter wäre jetzt hier." Tilly stocherte lustlos im Gemüse auf ihrem Brett herum. „Sie wusste, wie man Vater besänftigen kann.“

„Weiß“, verbesserte Idalia sie mit sanfter Stimme. „Sie weiß es immer noch. Mutter wird sich wieder erholen.“

Tilly sah nicht überzeugt aus. Wenn sie doch ihren eigenen Worten nur selbst mehr Glauben schenken könnte, würde es Idalia leichter fallen, auch ihre Schwester davon zu überzeugen.

„Ihr Zustand verschlechtert sich immer mehr.“

Das war richtig. Marina hatte berichtet, dass die Gräfin an diesem Tag das Essen verweigert hatte. Leider war dies immer öfter der Fall.

„Oh, aber sie hat doch etwas Brot und Käse gegessen.“

„Wann? Marina hat mit berichtet, dass sie nichts zu sich genommen hätte.“

„Vor dem Abendmahl. Du warst gerade in der Küche. Vater hat es mir erzählt.“ Tilly senkte die Stimme. „Ist das nun gut oder nicht?“

„Aye“, versicherte ihr Idalia.

Tilly blickte über Idalias Schulter und lehnte sich näher an sie. Ihre Stimme war nur noch ein Flüstern. „Vater Sica war dabei. Er und Vater gerieten in einen Streit darüber.“

„Sie streiten beinahe täglich.“

Der Priester bestand mehr und mehr darauf, ihre Mutter *behandeln* zu dürfen. Bislang waren seine Forderungen stets abgelehnt worden. Bis auf den Priester glaubte niemand daran, dass ihre Krankheit eine Strafe Gottes war oder dass die Gräfin gar vom Teufel besessen war.

„Er darf sie nicht alleine sehen“, stellte sie klar.

„Mmmm.“ Tilly dachte bereits wieder an etwas anderes. Idalia konnte es stets erkennen, wenn ihre Gedanken abdrifteten.

„Was denkst du gerade?" Idalia nahm den Weinkelch und setzte ihn an ihre Lippen.

„Manchmal mache ich mir Sorgen um dich."

Sie ließ ihren Blick schweifen, wollte Tilly nicht in die Augen sehen. Dann realisierte sie, dass ihr Gast sie beobachtete. Sie straffte sich, nickte ihm zu und fragte: „Ist das Mahl zu Eurer Zufriedenheit, Mylord?"

Sie wollte nicht länger über ihre Mutter oder über das Treffen nachdenken, dass sie an diesem Abend noch erwartete. Stattdessen unterhielt sie sich mit ihrem Gast und ihrem Vater, bis die beiden Männer sich erhoben und das Mahl für beendet erklärten.

Mit klopfendem Herzen ging sie ihren Pflichten nach. Sie sprach mit den anderen Gästen in der Halle – darunter zahlreiche Händler – und stattete dann ihrer Mutter einen Besuch ab, so wie sie es jeden Abend zu tun pflegte. Dann zog sie sich zurück, um sich frisch zu machen. Dafür benutzte sie das Rosenwasser, das Leana für sie vorbereitet hatte. Sie war gerade im Begriff, ihre Kammer zu verlassen, als ihr klar wurde, was sie gerade tat.

Sie bereitete sich auf ein Stelldichein vor.

Mit dem Schmied.

Idalia dachte über ihn nach. Lance war kein Mann, mit dem man Spielchen treiben konnte. Obwohl er stets freundlich war und sich ehrbar verhielt, gab es auch eine dunkle Seite in ihm. Tief in ihrem Inneren wusste sie auch, dass nichts Ernstes aus ihrer Freundschaft werden konnte.

Der Gedanke an die Reaktion ihres Vaters auf eine mögliche Verbindung seiner Tochter mit einem Schmied ließ sie beinahe laut auflachen. Er würde seinen Becher auf den Tisch schlagen. Und wenn er über ihre Unverfrorenheit hinweg war, würde er jedes gotteslästerliche Schimpfwort benutzen, das er kannte.

Warum treffe ich mich dann mit ihm? Vater Sica hat uns bereits zusammen gesehen.

Zufrieden damit, dass nur noch wenige Menschen auf dem Burghof unterwegs waren, ließ Idalia die schwere hölzerne Tür unabgeschlossen hinter sich und machte sich auf den Weg zu der Stelle, wo sie sich am Abend zuvor mit Lance unterhalten hatte.

Abrupt blieb sie stehen, als sie erkannte, dass er bereits auf dem Turm auf sie wartete.

Er drehte sich zu ihr um, und Idalia konnte bei seinem Anblick ein Keuchen gerade noch zurückhalten.

Er sah genauso aus wie früher am Tage, allerdings natürlich sauberer. Es lag etwas in seinem Gesichtsausdruck...

Lance wusste, was sie auf sich nahm. Die gegenseitige Anziehung hatte weder in ihrem noch in seinem Leben Platz. Und trotzdem waren sie beide nun hier.

„Wie seid Ihr hier heraufgekommen?" Sie nahm an, dass er ihr hierher folgen würde, schließlich hatten nur sie selbst und Dawson einen Schlüssel zum Turm.

Lance hielt einen Eisenring hoch, an dem ein kleiner Schlüssel baumelte.

„Ich bin Schmied", war seine Antwort darauf.

„Und wohl ein begabter, wenn Ihr in der Lage seid, den Schlüssel so einfach nachzumachen."

Er lächelte selten, was wohl auch besser für Idalia war. Denn sein Lächeln war atemberaubend. Es war neckisch und bezaubernd zugleich.

„Roland war nicht annähernd so begabt", gab sie ehrlich zu und gesellte sich zu ihm an die Zinnen.

„Mein erster Meister..."

„Euer Vater." Sie half ihm, es auszusprechen, denn sie hatte erkannt, dass er nur widerwillig über den Mann sprach.

„Aye, mein Vater. Er diente König Henry, und sein Meister galt als einer der besten Schmiede, die England jemals hervorgebracht hatte."

„Also hat er Euch dieselben Lektionen gelehrt."

Lance antwortete nicht.

Sie warf einen Blick auf sein Profil, und es überraschte Idalia nicht, dass er die Kiefermuskulatur anspannte. Es war offenbar kein Thema, über das er gerne sprach, aber die Neugierde überkam sie.

„Ihr habt nicht viel für Euren Vater übrig."

Als sie hörte, dass er schwer einatmete, bedauerte sie ihre Neugier sofort.

„Es tut mir leid."

„Ihr müsst Euch nicht entschuldigen, Mylady."

„Mylady?"

„Idalia", verbesserte er sich. Die Freude darüber, dass er sie bei ihrem Vornamen ansprach, sorgte dafür, dass sich ihr Magen zu verknoten schien.

Freude? Konnte das sein?

„Es war eine ungehörige Annahme."

Dann tat er wieder mit seiner Zunge, was Idalia ihn bereits zuvor hatte machen sehen. Er leckte sich nicht direkt über die Lippen, aber einen Augenblick lang konnte sie seine Zunge erkennen, als er zuerst seine Ober- und gleich darauf seine Unterlippe befeuchtete.

Sie ertappte sich dabei, wie sie ihn anstarrte.

„Nein", antwortete er. „Ich mag meinen Vater nicht."

Auch wenn sie dies erwartet hatte, es ihn so direkt aussprechen zu hören, war seltsam.

Ihr eigener Vater konnte bisweilen auch recht schwierig sein. Und das Verhalten ihres Vaters verschlechterte sich immer mehr, seit ihre Mutter immer kranker wurde. Natürlich mochte sie ihn. Nein, sie liebte ihn aufrichtig.

Wie konnte ein Vater seinen Sohn nur so gegen sich aufbringen wie Lances Vater?

„Und doch hat er Euch viele Dinge gelehrt."

„Aye."

Es war klar, dass er nicht mehr darüber reden wollte, also wechselte sie das Thema.

„Und Eure Mutter?"

Lance schloss die Augen und Idalia verfluchte insgeheim die Wahl ihrer Gesprächsthemen.

„Sie weilt nicht mehr unter uns", sagte er mit sanfter Stimme.

Idalia fühlte sich schuldig. „Es tut mir so leid."

In ihr keimte das Verlangen auf, ihn zu berühren. Seine Hand, seine Wangen. Irgendeine Berührung, die ihm Trost spenden könnte. Natürlich widerstand sie diesem Verlangen.

Ihn zu berühren würde bedeuten, diesem Wahnsinn nachzugeben, der sie beide zu verschlingen drohte.

„Zwei Jahre nachdem ich Marwood verlassen hatte, erhielt ich die Nachricht, dass sie krank sei. Als ich zuhause ankam..."

Idalia dachte an ihre eigene Mutter, die gerade in diesem Augenblick in ihrem Krankenbett lag. Dieses Mal hatte der Schmerz nicht nachgelassen.

„Nun liegt es an mir, mich zu entschuldigen." Er sah sie an. „Ich wollte nicht, dass Ihr Euch Sorgen um Eure Mutter macht."

„Nein", antwortete sie und zwang sich, stark zu klingen. „Mutter wird sich erholen. Daran hege ich keinen Zweifel."

Sich dies immer und immer wieder einzureden, machten die vielen Krankenbesuche bei ihrer Mutter erträglicher. Es schmerzte sie sehr, ihre Mutter so hilflos zu sehen. Ihre Mutter, zu der sie stets aufgeblickt hatte, und die eine solche natürliche Stärke besessen hatte.

„Es freut mich, dies zu hören."

Er sah sie mit fragendem Blick an, und etwas in seinem Blick brachte sie dazu, sich auszusprechen. Mit wem konnte man besser über derlei Dinge sprechen als mit einem Neuankömmling in Stanton?

„Etwa zur Zeit der letzten Ernte klagte Mutter über Schmerzen an dieser Stelle." Sie deutete auf die Seite ihres Kopfes. Das Licht des Mondes sorgte dafür, dass sie einander sehen konnten, doch sein Gesicht lag im Schatten. „Sie kamen und gingen, wurden aber von Monat zu Monat stärker. Der Medikus gab ihr Helmkraut, das den Schmerz für eine Weile lindern konnte. Doch dann..."

Sie sah hinüber zum Bergfried, ihre Augen fanden den Teil des großen Gebäudes, in dem ihre Mutter gerade schlief.

„Der Schmerz in ihrem Kopf wanderte nach unten in ihren Magen. Seit Anfang der Woche verweigert sie das Essen, und ihre Augen werden langsam gelblich."

Idalia konnte es nicht ertragen, daran zu denken. Vater Sica behauptete stets, dass die Farbe ihrer Augen ein Beweis für das Wirken des Teufels wäre. „In den letzten Tagen sehen ihre Augen mehr gelb als weiß aus."

Da. Jetzt hatte sie es ausgesprochen.

Lance fuhr sich mit einer Hand durch das Haar. „Das hört sich ungewöhnlich an."

„Sollte sich die Kunde über den schlechten Zustand meiner Mutter verbreiten", fuhr sie fort, „und auch die Ansichten Vater Sicas in dieser Angelegenheit, so fürchtet mein Vater um eine gute Heiratspartie für mich und meine Schwester."

Idalia blickte auf Eller's Green in der Ferne. „Wenn es böse Geister gibt, so muss es doch auch gute geben?"

Lance stellte sich direkt neben sie. Er war so nahe. Sie trat nicht zurück, zwang sich aber dazu, nicht ihrem Wunsch nachzugeben und ihm noch näherzukommen.

„Manche würden sagen, Ihr sprecht von den Heiligen. Oder von Gott."

„Manche?"

Er antwortete nicht, und sie drängte ihn nicht dazu.

„Wir sollten nicht hier sein", stellte er mit monotoner Stimme fest.

„Nein, das sollten wir nicht."

Idalia blickte auf seine Hand, in der er immer noch den Schlüssel hielt. „Soll das bedeuten, dass wir uns nicht mehr treffen sollten?"

Sie wünschte sich, diese Worte zurücknehmen zu können, auch wenn ein Teil von ihr stolz darauf war, sie ausgesprochen zu haben. Es war geradezu ungewöhnlich mutig von ihr gewesen.

„Möchtet Ihr mich denn wiedersehen?"

Sie zögerte nicht. „Aye."

„So sei es dann. Morgen Abend?"

Ihr Herz pochte. „Morgen Abend."

Lance verbeugte sich tief. Tiefer als nötig.

„Bis morgen dann, Mylady."

Sie vermisste ihn bereits, als er umdrehte. Als Lance noch einmal anhielt, dachte sie für einen Augenblick, er hätte seine Meinung geändert und wollte bleiben.

„Idalia", korrigierte er sich selbst.

Dieses Mal interpretierte sie seinen Tonfall richtig. Seine Stimme klang nach Verlangen. Und sie war sich sicher, wenn sie seinen Namen nun ebenfalls laut aussprechen würde, so würde ihre Stimme ebenfalls danach klingen.

Was sicher nicht gut wäre.

KAPITEL NEUN

Lance gab Daryon das Locheisen.

„Das habe ich noch nie benutzt."

Sein Bruder, der wesentlich selbstsicherer war, hatte die Schmiede gerade verlassen. Genau deshalb hatte Lance Daryon nun das Werkzeug gegeben. Obwohl Miles nicht die Absicht hatte, seinem Bruder zu schaden, so schüchterten seine Fähigkeiten den zurückhaltenden Daryon des Öfteren ein.

„Das weiß ich, mein Junge."

Lance trat zur Seite. „Zuerst stelle sicher, dass es heiß genug ist", wies er ihn an, während er zusah, wie Daryon seine Handschuhe anzog und das Hufeisen erhitzte. Als das Eisen glühte, legte er es zurück auf den Amboss, nahm das Locheisen und sah Lance mit großen Augen an.

„Jetzt drehe das Hufeisen um und verwende das Locheisen", sagte Lance, obwohl Daryon bereits wusste, was er zu tun hatte. Wenn es etwas Gutes an seinem Vater gegeben hatte, dann war es die Tatsache, dass er niemals angenommen hatte, dass Lance etwas nicht kann, nur weil er es noch nie zuvor probiert hatte. Zuzusehen und es selbst zu tun, waren zwei verschiedene Dinge.

„Genau so", ermutigte er den Jungen, während dieser das erste von sechs Löchern stanzte. Er arbeitete schnell und effizient und war fertig, bevor das Hufeisen abgekühlt war.

Und es war ihm nicht schwergefallen.

„Das machst du sehr gut."

„Er hat einen sehr guten Meister."

Lance drehte sich zur Tür, ließ seinen Lehrling zurück und rannte los, um den Mann zu umarmen, der da auf ihn zukam.

„Was machst du hier?"

Guy ließ ihn los und nickte in Daryons Richtung, der sein Werkstück gerade in einem Wassereimer abkühlte. Lance verstand. Es war nicht vorteilhaft, offen vor dem Jungen zu sprechen.

Guy näherte sich dem Jungen, der gerade sein Werkstück beiseitelegte und hielt ihm seine Hand entgegen.

Der Söldner konnte schroff und herzlos sein, aber er konnte durchaus auch charmant auftreten, wenn er es nur wollte.

Daryon zog seine Handschuhe aus und nahm zögernd Guys Hand.

„Du bist ein Glückspilz", sagte Guy zu dem verwirrten Lehrling. „Dein Meister ist der meistgefragteste Schmied in ganz England."

Daryons Augen wurden groß wie Münzen.

„Wirklich? Von ganz England?"

„Und von Schottland", prahlte Guy.

Lance verdrehte die Augen, aber die beiden anderen merkten es nicht.

„Ich habe sogar Menschen in Frankreich von ihm reden hören, so begehrt sind seine Dienste."

„Daryon", unterbrach Lance. „Geh und suche deinen Bruder. Ich werde die Arbeit fertigstellen."

Der Junge blickte betreten auf seine Schuhe. Seine Augen sprachen Bände.

„Wir werden Miles deine Arbeit morgen zeigen, bevor wir sie dem Marschall übergeben", versprach Lance. Er hatte die Gedanken des Lehrlings erraten.

Daryon grinste ihn erleichtern an, bevor er die Schmiede verließ. Die Tür der Schmiede stand beinahe den ganzen Tag über offen, um Sonnenlicht herein und den Rauch hinaus zu lassen. Aber dieses Mal schloss Lance die Tür hinter Daryon und begann wie selbstverständlich damit, aufzuräumen.

„Du kommt früher als ich erwartet habe", bemerkte er.

Sie hatten ursprünglich darin übereingestimmt, dass Lance mindestens eine Woche, vielleicht sogar noch länger benötigen würde, um alle erforderlichen Informationen zu sammeln.

„Ich bin eben ungeduldig."

„Ich habe noch nicht genügend Informationen."

Guy lehnte sich gegen die einzige halbwegs saubere Oberfläche in der Schmiede, die Steinwand hinter ihm. „Baron Chauncey hat sich uns angeschlossen."

Lance pfiff anerkennend. Der mächtige Adlige aus East Anglia war sowohl ein reisender Richter als auch der Sheriff von Norfolk und Suffolk. Im Gegensatz zu Stanton, hielt er sich mit seiner Meinung über den König nicht zurück. Es wurde allgemein erwartet, dass der König ihm schon in Kürze sein Lehen aberkennen würde.

Aber noch war ein mächtiger Verbündeter. Einer von der Sorte, von der Lance nicht geglaubt hätte, dass er sich dem Orden so bald anschließen würde.

„Haben wir das Conrad zu verdanken?"

Guy nickte. „Gleich nach deiner Abreise hat er mit ihm gesprochen.“

„Wird der Baron wirklich Stillschweigen bewahren?“

„Unser Verrat ist nun auch der seine.“

Eine typische Antwort von Guy. Auch wenn er ihn schon jahrelang kannte, so hatte Lance immer noch Probleme damit, eine eindeutige Antwort aus seinem Freund herauszubekommen.

„Und wie ist es dir ergangen?“

Jeder der vier Männer hatte die Aufgabe erhalten, Verbündete anzuwerben. Lances Rolle dabei war genauso wichtig wie die der anderen Männer.

„Ich habe Terric seit dem Turnier nicht mehr gesehen“, berichtete Guy von ihrem Freund, der die besondere Aufgabe hatte, den König von Schottland für ihre Sache zu gewinnen. „Aber Fitzwalter ist nun auf unserer Seite.“

„So schnell?“

Guys Lächeln war seine einzige Antwort. Jeder wusste, dass Robert Fitzwalter einen persönlichen Grund hatte, sich gegen den König zu stellen, aber dass es Guy gelungen war, ihn in so kurzer Zeit für ihr Vorhaben zu gewinnen, überraschte Lance.

„Stanton?“, fragte Guy knapp.

Lance ging zum einzigen Fenster und zog die Fensterläden bis auf einen kleinen Spalt zu, durch den sie den Pfad, der zur Schmiede führte, beobachten konnten. Dann wandte er sich an seinen Freund.

„Ich bin mir noch nicht sicher, wem seine Loyalität gilt. Die Menschen hier müssen sich erst an mich gewöhnen. Dass mein Vorgänger hier so beliebt war, hat mir nicht gerade geholfen.“

Guy kicherte. „Dein mürrisches Wesen wird auch nicht hilfreich gewesen sein.“

Lance sah ihn schief an. „Wenn wir nur alle so feinfühlig sein könnten wie du."

Beide wussten, dass Guy nicht unrecht hatte. Sicherlich lächelte Guy öfters, aber diejenigen, die ihn kannten, würden ihn kaum als freundlich oder feinfühlig beschreiben.

Selbstsicher. Manchmal sogar witzig und charmant.

Aber niemals freundlich.

„Was konntest du bisher herausfinden?"

Bei einem Blick durch den Spalt in den Fensterläden dachte Lance kurz über die Gespräche nach, die er in den vergangenen Tagen geführt hatte.

„Zwei Männer des Königs machten Station in Stanton, als ich ankam."

Guy knurrte.

„Aber ich glaube nicht, dass die Gastfreundschaft, die sie hier erwartet hat, mehr war als pure Höflichkeit. Ich habe zugehört. Niemand redet offen feindselig über den König, aber die allgemeine Stimmung spielt uns in die Karten."

„Hast du bereits mit dem Earl gesprochen?"

„Nur kurz." Lance warf erneut einen Blick durch die Fensterläden. Die Sonne ging bereits unter, jede vergangene Minute brachte ihn seinem ersehnten Treffen mit Idalia näher.

Guy beobachtete ihn.

„Du verschweigst etwas."

Als sein Freund ankam, wusste Lance, dass seine Verbindung zu Idalia nicht länger geheim bleiben konnte. Guy war jemand, der unbequeme Fragen stellte. Das war schon immer so.

„Ich habe ihm ein Geschenk anlässlich eines Festes überreicht, aber ich habe nichts Wichtiges dabei herausfinden können."

Guy sah ihn mit hochgezogener Augenbraue an,

seine Meinung darüber war offensichtlich. Er würde nicht nachgeben, bis Lance ihm alles erzählen würde.

„Ich habe mit seiner Tochter gesprochen", gab er zu.

„Und was hast du dabei herausgefunden?"

Lances Gesicht blieb ausdruckslos. „Dass ihre Mutter, die Gräfin, schwer krank ist. Es war Lady Idalia, die mir geraten hat, ihrem Vater ein Geschenk zum Fest zu überreichen."

„Und?"

Er seufzte. „Nichts, obwohl das Geschenk Gefallen fand."

Guy wartete immer noch.

„Ich treffe mich nach dem Abendmahl auf dem kleinen Turm mit ihr", murmelte er undeutlich.

Natürlich erhielt er darauf genau die Reaktion, die er befürchtet hatte.

„Wie bitte?" Guy lehnte sich nach vorn. „Das hat sich so angehört als ob du gesagt hättest, dass du dich mit der Tochter des Earls an einem geheimen Ort zu einer zuvor festgelegten Zeit treffen würdest."

Lance knirschte mit den Zähnen.

„Ich vermute, dass du mit dieser Frau auch bereits zu anderen Gelegenheiten gesprochen hast?"

Lance blieb still, was Bestätigung genug war.

„Wie alt ist die Tochter des Earls?"

„Ungefähr im selben Alter wie wir waren, als wir uns kennengelernt haben." Glücklicherweise hatte Guy nicht gefragt, *welche* Tochter. Und Lady Tilly war in etwa dreizehn oder vierzehn Jahre alt.

Guy kniff die Augen zusammen. „Hat er möglicherweise mehr als eine Tochter?"

Lance versuchte nicht zu lächeln, was normalerweise kein großes Problem aufgrund seiner Wesenszüge war.

„Aye."

„Beim Blute unseres Herrn, Lance."

Lance gab nach. „Seine älteste Tochter ist verheiratet und hat Stanton verlassen. Die mittlere, Lady Idalia, ist ein paar Jahre jünger als ich, vielleicht zweiundzwanzig. Und bevor du fragst, ja, sie ist sehr ansehnlich." Nach einer kurzen Pause fügte er hinzu: „Um die Antwort auf die Frage vorwegzunehmen, die du noch nicht gestellt hast: Ich werde meine Beziehung zu ihr nicht für unsere Zwecke missbrauchen."

Guys Lächeln verschwand.

„Denke sorgfältig darüber nach."

„Das habe ich. Und ich werde es nicht tun."

Lance hatte seit dem Abend zuvor an wenig anderes gedacht. Der Earl verließ sich auf seine Tochter, mehr als er realisierte, und sie würde eine mächtige Verbündete abgeben. Aber Lance weigerte sich, die junge Lady zu manipulieren, besonders nachdem sie ihm so viel Vertrauen entgegengebracht hatte.

Dies war unumstößlich für ihn.

„Du verstehst doch die Wichtigkeit dieser Mission?"

„Erwartest du wirklich eine Antwort darauf?"

Er war nicht wirklich wütend. Lance verstand die Haltung seines Freundes.

„Du könntest es uns einfacher machen als wir es erwartet haben", stellte Guy fest.

Lance begab sich zur Tür. „Gegessen wird in der große Halle."

Er ging los, ohne auf Guy zu warten, dessen Schritte er einige Augenblicke später hinter sich vernahm. „Bleibst du über Nacht?"

Guy holte ihn ein und stieß ein Grunzen als Zeichen der Zustimmung aus, während sie sich auf den Weg zu dem kleinen Gebäude mit zwei Kammern machten, dass nun Lances neues Zuhause war.

„Ich werde mich in dem kleinen Bach vor den Toren waschen. Du kannst gerne hier bleiben, wenn du möchtest."

Bevor sein Freund ihm weitere Informationen über Idalia entlocken konnten, ging Lance davon. Er hörte Guys leise Flüche hinter sich.

KAPITEL ZEHN

Er kam nicht.

Idalia sah auf ihre Finger, die sie vor sich verschränkt hatte. Auch wenn ihr Kleid nicht gerade der neuesten Mode entsprach, so mochte es sie dennoch nicht, Kleider mit weit ausgeschnittenen Ärmeln zu tragen, die dann stets zurückgeschoben werden mussten. Ihre Schwester Roysa hatte jedes Mal missbilligend den Kopf geschüttelt, wenn Idalia dieses Kleid getragen hatte.

Auch wenn Roysa die Fähigkeit hatte, Idalia mit nur einem Blick in die Schranken zu weisen, so vermisste sie ihre ältere Schwester dennoch schrecklich. Roysa wusste stets, was zu sagen war oder wie man sich zu verhalten hatte. Sie war einfach als die Erstgeborene erzogen worden. Und Tilly benahm sich wie die Jüngste.

Idalia war stets das mittlere Kind, das manchmal einfach vergessen wurde. Mittlerweile grämte sie sich nicht mehr deswegen. So lange ihre Familie sicher und zufrieden leben konnte, war sie glücklich. Sie wollte niemals etwas anderes. Und sie dachte auch nie daran, etwas anderes zu wollen.

Bis jetzt.

Stets hatte Idalia ihre Gefühlswelt unter Kontrolle gehabt, eine Fähigkeit, die selbst ihr Vater an ihr bewunderte. Aber diese Fähigkeit schien ihr in letzter Zeit abhandengekommen zu sein. Seit Lance in Stanton war, um genau zu sein.

Das Wissen darum, dass eine Beziehung zu ihm falsch war, sorgte nicht dafür, dass er aus ihren Gedanken verschwand. Stattdessen konnte sie den ganzen Tag an nichts anderes mehr denken als an sein Gesicht. Am Bett ihrer Mutter sitzend, die sich an diesem Tag gottlob etwas besser fühlte, schwor sich Idalia, nicht mehr an ihn zu denken. Ihre Mutter hatte Besseres verdient als eine gedankenverlorene Tochter, die nur Tagträumen über einen Mann hinterherhing, die letztlich niemals in Erfüllung gehen würden.

Aber er weigerte sich, aus ihren Gedanken zu verschwinden.

Natürlich hatte ihre Mutter Idalias Ablenkung bemerkt. Idalia hatte darauf bestanden, dass es nur die Bürde war, als Lady von Stanton aufzutreten, die sie derart in Beschlag nahm. Nachdem sie den letzten Markttag verpasst hatte, waren die Getreide- und Weinvorräte sehr knapp geworden, und es würde an ihr liegen, dieses Problem zu lösen.

Aber der Grund ihrer Unruhe war etwas anderes.

Idalia war dabei, sich in den Schmied zu verlieben.

Das kam ganz und gar ungelegen. Seit Roysas Hochzeit rechnete sie beinahe täglich damit, dass ihr Vater für sie einen neuen Verlobten ankündigen würde. Wäre ihre Mutter nicht krank gewesen, wäre Idalia sicherlich bereits verheiratet.

Trotzdem war sie noch hier und wartete auf Lance.

Es war schon später als die Zeit, zu der sie sich

am Abend davor getroffen hatten. Sie sollte nicht hier sein. Egal, was sie sich für ihre Zukunft auch wünschen mochte, aus diesem Treffen konnte nichts werden. Vielleicht war er zum selben Schluss gekommen.

Nach einem letzten Blick auf die langsam erlöschenden Lichter im Dorf, drehte sie sich um.

Und sog erschrocken die Luft ein.

„Ich habe Euch nicht kommen hören."

Ihr Herz schlug wild, ähnlich wie am Abend zuvor. Seine Ärmel waren bis zum Ellenbogen hochgekrempelt, der tiefe Ausschnitt seines Hemdes gewährte ihr mehr als nur einen flüchtigen Blick auf seine muskulöse Brust. Und obwohl die Zeichnung durch sein Hemd bedeckt war, dachte sie daran. Und an die Muskeln unter ihr.

„Ihr wolltet gerade gehen."

Keinerlei Emotion. Keine Verurteilung. Nur eine einfache Aussage.

„Aye. Ich dachte, Ihr hättet womöglich Eure Meinung geändert."

Idalia hatte niemals zuvor so sehr das Verlangen gespürt, von jemandem berührt zu werden. Er stand vor ihr, und sie stellte sich vor, wie er seinen Arm ausstrecken und ihre Haut berühren würde. Sie befeuchtete ihre Lippen und versuchte, ruhig zu atmen.

„Ich habe einen Gast."

Weder er noch sie bewegten sich.

„Oh?"

„Ein Freund."

„Ein Freund", wiederholte sie und wartete auf mehr. Dann erinnerte sie sich daran, dass er kein Mann großer Worte war und beschloss, nachzuhelfen. „Wie lautet der Name Eures Freundes?"

„Guy." Er blinzelte. „Guy Lavallais."

„Ist er ebenfalls Schmied?"

Die Art, wie er sie ansah, ließ Idalia ihr Gewicht von einem Fuß auf den anderen verlagern. Sie wollte am liebsten aus der Haut fahren. Sie wartete ungeduldig auf... irgendetwas.

Auf ihn. Auf seine Berührung. Lance behielt seine Gedanken und Gefühle für sich, das hatte sie schnell erkannt, aber dennoch wollte sie seine Gefühle kennenlernen. Ihn kennenlernen. Sie wollte ihm näher kommen.

„Er ist ein Söldner."

„Oh."

Sie wusste nicht, was sie darauf antworten sollte. Idalia hatte niemals zuvor einen Söldner getroffen. Stanton hatte keine Verwendung für Söldner, aber natürlich hatte sie von solchen Männern gehört.

„Für wen kämpft er?"

„Für denjenigen, der ihm am meisten dafür zahlt."

Idalia schluckte und schalt sich selbst für diese Frage. „Ich verstehe."

„Wir haben uns beim Turnier des Nordens kennengelernt, als wir noch Jungen waren."

Sie hatte viele Fragen, aber Lance schien nicht bereit dazu, Antworten zu geben.

„Seid Ihr immer so...?" Sie suchte nach dem passenden Wort.

„Wortkarg?", schlug er mit einem Anflug von Belustigung vor.

„Aye." Das war das passende Wort.

„Oftmals, ja."

„Ihr habt keine Geschwister, nicht wahr?"

„Wie kommt Ihr darauf?"

Sie lächelte und stellte sich vor, dass Roysa jetzt hier wäre. „Hättet Ihr eine Schwester, wäret Ihr niemals damit durchgekommen, so wenig zu erzählen."

Er lächelte tatsächlich. „Ich könnte doch Brüder haben."

„Habt Ihr aber nicht."

„Nein, habe ich nicht."

„Ich habe keine Vorstellung davon, wer Ihr seid, Lance Wayland." Wahrlich, sie wusste wenig über ihn. Alles, was sie über seine Vergangenheit wusste war, dass er bei seinem Vater in der Lehre gewesen war, den er nicht mochte, seine Mutter verloren hatte und ohne Geschwister aufgewachsen war. Jetzt war er hier in Stanton, wo ihn die Leute mieden, weil er nicht Roland war. Sie hütete dieses wenigen Fakten als ob sie Goldmünzen wären, und sie wollte mehr davon.

Als er einen Schritt auf sie zukam, wusste Idalia, dass etwas geschehen würde.

Nein, nicht nur irgendetwas. Mehr als etwas.

Und sie konnte nichts dagegen tun, genauso wie sie nichts gegen die Erkrankung ihrer Mutter tun konnte. Genauso wie sie ihrem Vater niemals würde deutlich machen können, dass sie mehr als eine begabte Verwalterin war.

Unbeweglich stand Idalia vor ihm. Sie versuchte, normal zu atmen.

„Was wollt Ihr über mich wissen?"

Ihr Blick wanderte zu seinen Lippen.

„Das, Mylady, wird uns beide in schreckliche Schwierigkeiten bringen."

Sie sah ihm in die Augen. „Das?"

„Aye. *Das.*"

Natürlich wusste sie, was er meinte. Idalia sah hinüber zu der Stelle, an der sie die Wache vermutete, aber sie befanden sich vollkommen außer Sichtweite.

„Idalia..."

Lances Schultern hoben und senkten sich.

Das wird uns in Schwierigkeiten bringen.

Er hatte recht.

Idalia drehte sich von ihm weg, nur um von ihm zurückgehalten zu werden. Zwei starke Hände führten ihr Gesicht zu seinem. Und plötzlich waren seine Lippen auf den ihren.

Sie küsste ihn, seine Lippen waren weich und warm.

Plötzlich zog er sich zurück.

„Ihr habt noch niemals zuvor einen Mann geküsst."

„Ich... doch, ich habe..."

Seine Hände berührten immer noch ihre Wangen.

Lance zog sie erneut an sich.

„Habt keine Angst."

„Angst?"

Dieses Mal schloss sie die Augen. Sie erschrak, als seine Zunge über ihre Lippen glitt. Idalia öffnete ihre Lippen nur ein klein wenig und stellte fest, dass seine Zunge immer noch da war. Unsicher darüber, ob sie es richtig machte, berührte sie eine Zunge mit ihrer.

Auf jeden Fall fühlte es sich richtig an.

Sein Mund verschob sich leicht an ihrem und zeigte ihr, was als nächstes kam.

So ließ sie sich führen und wurde mutiger, als seine Hände von ihrem Gesicht zu ihrem Hinterkopf wanderten. Lance zog sie enger an sich, und als sie ihm antwortete, indem sie ihre Arme um seine Schultern schlang, drang ein Geräusch aus seinem tiefsten Innern, das sie geradezu schockierte.

Es war ein Geräusch der Lust. Des Verlangens.

Er begehrte sie.

Der Gedanke daran, zusammen mit dem, was er mit seinem Mund tat, entführte Idalia in eine Welt, die sie nie zuvor erlebt hatte. Sie wollte ihm noch näher sein, von diesem Mann vollkommen umgeben sein. Und dies schien sie mit ihren Lippen auszudrücken, denn er presste sie an sich.

Ihre Finger ruhten auf seinem Nacken, während sein Mund sich weiter über den ihren bewegte.

Als er sich zurückzog, leckte sie instinktiv über ihre Lippen. Sie wollte die Stellen schmecken, an denen er gerade gewesen war.

„Du lernst schnell."

Obwohl sie ihn nicht losließ, warf Lance einen schnellen Blick in Richtung der Wache. Sie waren immer noch außer Sichtweite.

Idalia wollte wissen, wie Lance darüber dachte, was sie gerade getan hatten.

„Mein Lehrer sagt das auch."

Er zog seine Augenbrauen hoch. „Dein Lehrer, aye?"

Ein Lachen bahnte sich den Weg aus ihrer Brust, klang allerdings nach einem schüchternen Kichern. Aber Idalia kicherte normalerweise nicht. Das tat nur ihre jüngere Schwester.

„Du weiß sehr wohl, welchen Lehrer ich gemeint habe."

Sein Blick wanderte zu ihren Lippen, und aus Idalia platzte die Frage beinahe heraus.

Möchtest du mich noch einmal küssen?

„Es hat mir sehr gefallen."

„So wie die anderen Küsse?"

„Die anderen?" Dann fiel ihr ein, dass sie ihm erklärt hatte, sie wäre bereits zuvor geküsst worden. „Die waren nichts dagegen."

Er lehnte sich zu ihr hinunter und öffnete ihren Mund, so wie er es zuvor getan hatte. Dieses Mal wusste sie, was zu tun war und ihre Zungen liebkosten einander. Als ein lautes Geräusch unter ihnen erklang, zog sie sich zurück.

Aber sie blieb in seinen Armen.

„Wahrscheinlich", sagte er und lockerte seinen Griff nur leicht, „weil die Tochter eines Earls nicht auf diese Art und Weise geküsst werden sollte. Zumindest nicht von jemandem, der nicht ihr Ehemann ist.“

„Wie traurig das ist.“

Als er lachte, explodierte Idalia beinahe vor Freude. Es war ein Geräusch, das nur selten über seine Lippen drang, umso mehr wusste sie es zu schätzen.

„Du solltest öfter lachen.“

„Und du solltest öfter küssen.“

Sie grinste über das ganze Gesicht.

„Denkst du? Ich frage mich gerade, ob es noch jemand anderen gibt, der es mich lehren würde?“ Sie gab vor, nachzudenken. „Derzeit habe ich keine passenden Kandidaten, aber...“

„Ich dachte eigentlich an mich.“

Natürlich hatte er das. Aber Idalia freute sich geradezu diebisch daran, diesen Mann aufzuziehen, dem so wenig Erfreuliches in seinem Leben beschieden war.

„Oh wirklich, das habe ich gar nicht bemerkt.“

Er brachte sie mit einem weiteren Kuss zum Schweigen, und dieses Mal öffnete sie ihren Mund sofort, als ihre Lippen sich berührten.

Das Gefühl, als seine Zunge die ihre berührte, während seine Lippen sich über den ihren bewegten... Idalia war sich sicher, dass dies das Angenehmste war, was sie jemals in ihrem Leben erfahren hatte.

Sie wollte, dass es nie mehr aufhörte.

Aber es hörte auf.

„Sicherlich wird man dich bereits vermissen“, stellte Lance fest und zog sich von ihr zurück, auch wenn ihm der Widerwille anzusehen war.

„Nicht heute Abend. Erst morgen früh.“

Er strich ihr eine Locke aus dem Gesicht.

„Du bist die Lady von Stanton in Vertretung deiner Mutter."

Lance drehte die Locke zwischen seinen Fingern.

„Aye."

„Belastet es dich nicht?"

Aus dem Augenwinkel blickte sie auf die Haarsträhne in seinen Fingern. Es schien eine so intime Geste zu sein. Aber sicher nicht so intim, wie ihre Küsse gewesen waren.

„Nein. Zu sehen, wie Stanton gedeiht, macht mich glücklich. Nur Mutter macht mir Sorgen..."

Er ließ ihr Haar los, und sie lächelte, als er seine Hand auf ihre Hüften legte.

„Erzähl mir von ihr."

Idalia dachte nicht an die Frau in ihrem Krankenbett, sondern an die Mutter, die sie und ihre beiden Schwestern aufgezogen hatte. Die Frau, die stets voller Leben gewesen war.

„Sie ist die bewundernswerteste Frau auf der ganzen Welt. Freundlich. Voller Liebe und Güte für alle Mitmenschen. Falls sie irgendwelche Fehler hat, so weiß ich nichts von ihnen. In ihrer Nähe ist jeder ein besserer Mensch."

Lance sah sie neugierig an.

„Glaubst du mir nicht?"

„Nein, das ist es nicht. Ich glaube dir alles. Ich frage mich nur, ob du tatsächlich von deiner Mutter sprichst oder von jemand anderem?"

„Wie meinst du das?", fragte sie und legte die Stirn in Falten.

Sein Blick war die Antwort. Er sagte ihr, dass sie ihre eigenen positiven Eigenschaften und Qualitäten beschrieben hatte.

„Ich habe durchaus meine Fehler", gab sie zu.

„Sag mir einen."

„Schwäche. Du bist nicht mein Ehemann, und

doch stehe ich hier in deinen Armen. Und ich wünschte, du würdest mich erneut küssen."

Er tat es, aber es war nur ein kurzer Kuss. Dann seufzte er und sagte: „Ich würde sagen, wir alle haben unsere Schwächen."

„Sogar du?"

„Besonders ich."

Lance trat einen kleinen Schritt zurück, und sofort vermisste sie seine Nähe.

„Werden wir uns wieder treffen?"

Er sah ihr in die Augen.

„Wenn man dich mit mir erwischt..."

„Du machst dir Sorgen um deine Stellung hier", sagte sie leise. In seinen Augen konnte Idalia ablesen, dass sie recht hatte. „Ich würde niemals etwas tun, das dir zum Nachteil gereicht."

Lance seufzte schwer und sah sie mit einer Mischung aus Verlangen und Bedauern an. Seine Schultern senkten sich. „Es war falsch von mir, heute Abend hierher zu kommen. Du bist die Lady Idalia..."

„Nein. Ich bin einfach nur Idalia."

„Und ich bin nicht mehr als ein Schmied."

Sie wollte mir ihm diskutieren. Aber er war nun einmal wirklich ein Schmied. Ein Mann, mit dem sie sich nicht mehr als ein paar gemeinsame Momente ausrechnen konnte. Er verließ sie mit einem traurigen Lächeln, denn er wusste, dass an einem einzigen Abend ihre Leidenschaft geweckt und kurz darauf wieder gedämpft worden war.

KAPITEL ELF

„Ich bin nicht dein verdammter Lehrling", sagte Guy, warf Lance aber trotzdem die Zange zu.

Lance fing sie auf und bedeutete seinen wirklichen Lehrlingen zu ihm zu kommen, die beide über Guys Aussage kichern mussten. Guy hatte den Tag mit ihren zusammen in der Schmiede verbracht. Und auch den Tag davor. Diese Ablenkung hatte Lance dabei geholfen, von Idalia fernzubleiben, hatte aber keinen Einfluss darauf, dass er ständig an sie dachte. Er zweifelte, dass er jemals damit aufhören würde.

„Macht Schluss für heute", wies er die Jungen an. Die Dunkelheit hatte bereits eingesetzt und es war an der Zeit für sie, nach Hause zu gehen.

Guy sah zu, wie sie die Schmiede verließen. „Gute Jungen. So wie wir es einst waren."

Lance wusste, auf was Guy anspielte. Er war überzeugt davon, dass Guy mit ihm diskutieren wollte. Warum sonst hätte er diesen Vorfall nach all den Jahren wieder ansprechen sollen?

„Würdest du auch unsere Handlungen als gut bezeichnen?"

„Ja." Lance fing mit dem Saubermachen an, während er sprach. Er wollte nicht in Guys Abschweifungen hineingezogen werden. Dieser Mann war in der Lage, stundenlang zu reden, ohne zu einem Schluss zu kommen. Schnell wechselte Lance das Thema. „Wie lange planst du, hier in Stanton zu bleiben?"

Er war bereits seit zwei Tagen da, und auch wenn Lance sich freute, seinen Freund zu sehen, so hatte ihm Guys Anwesenheit nicht dabei geholfen, weitere Kontakte mit den Menschen hier zu knüpfen. Alles an Guy war... irgendwie angeberisch. Seine Blicke. Seine Gesten. Der Söldner in ihm hatte es erforderlich gemacht, dass er stets die Aufmerksamkeit auf sich lenken musste. Dies half ihm dabei, immer wieder einen neuen Herren zu finden, der bereit war, für seine Dienste zu bezahlen.

Genau deswegen hatte Lance sich bemüht, Guy bei sich in der Schmiede zu behalten. Lances Ziel war es nicht, Aufmerksamkeit hier in Stanton zu erregen, er musste sich hier anpassen, einer der Bewohner werden. Dies war der einzige Weg, sie dazu zu bringen, ihre Vorbehalte gegenüber ihm aufzugeben und offen ihre Meinung über eine mögliche Opposition gegen den König zu äußern. Nur daraus konnte er sich dann ein Bild davon machen, ob Idalias Vater empfänglich für ihre Verschwörung sein würde.

Idalias Vater.

Seit wann nannte er den Earl von Stanton Idalias Vater?

Seit dem Zeitpunkt, an dem du sie geküsst hast.

„Du denkst schon wieder an das Mädchen."

„Sie ist kein Mädchen", entgegnete er und warf seine Schürze über einen Stuhl.

„Wenn du es mir erlauben würdest, noch einmal in die große Halle zu kommen, könnte ich sie beobachten und mir selbst ein Bild machen."

Lance verdrehte die Augen. „Genau deswegen sollten wir nicht dorthin gehen."

Guy verschränkte seine Arme. „Du willst mich loswerden, nicht wahr?"

„Aye." Es machte ihm nichts aus, das auszusprechen, was sein Freund bereits wusste.

„Und ich möchte meine Neugierde befriedigen, bevor ich abreise. Die einzige Frau, die jemals Lancelin Wayland von Marwood in ihren Bann gezogen hat. Sie muss wahrlich eine Schönheit sein."

„Du wirst sie nicht treffen." Lance würde sicherstellen, dass sein Freund stets in seiner Sichtweite blieb.

Guy saß am Schmiedefeuer, dessen Flammen bereits nahezu erloschen waren.

„Du vergisst deine Mission", murmelte Lance.

„*Ich* vergesse meine Mission? Du hattest ein intimes Stelldichein mit der Frau, die dir einen direkten Zugang zu dem Mann bieten kann, dessen Unterstützung wir benötigen. Und *ich* vergesse meine Mission?"

Er hätte es ihm niemals erzählen sollen, aber Guy konnte überzeugend sein, und offensichtlich war es Lance nicht gelungen, seine Gefühle zu verbergen. Seltsam. Er war stets der Meinung gewesen, ein wahrer Experte in dieser Angelegenheit zu sein. Als er von seinem Treffen mit Idalia vor zwei Tagen zurückgekehrt war, hatte Lance nicht die Absicht gehabt, mit seinem Freund darüber zu reden.

Aber letztlich hatte er ihm alles erzählt. Und seitdem zahlte er den Preis dafür.

„Diese Diskussion hatten wir doch bereits."

„Aye, und du liegst immer noch falsch. Aber es ist deine Mission, nicht meine. Ich habe dafür gesorgt, dass meine Zielperson sich unserer Sache angeschlossen hat. Jetzt mach du es mir nach."

„Meine Mission", knurrte Lance. „Es ist *meine* Mission. Merk dir das endlich."

Guy ignorierte diese Warnung. „Wenn wir heute Abend doch nur ein richtiges Mahl genießen könnten."

Diese Entscheidung würde Lance noch bereuen, dessen war er sich sicher.

„Denk daran, mein Ziel hier ist es, mich anzupassen. Nicht die Aufmerksamkeit aller auf mich zu lenken."

Guy erhob sich vom Stuhl, er spürte Lances Unsicherheit. „Wie du willst." Er legte eine Hand auf seinen Bauch. „Nur ein gutes Essen. Ich freue mich darauf." Schon machte er Anstalten, die Schmiede zu verlassen.

„Du verhältst dich ruhig und sagst nichts."

„Meine Spezialität", antwortete Guy von der Türschwelle aus.

Nein, die Spezialität seines Freundes war es, Chaos und Verwüstung heraufzubeschwören, wo auch immer er sich befand. Aber wenn er ehrlich zu sich selbst war, so wollte Lance nichts sehnlicher als Idalia zu sehen.

Auch wenn er es nicht sollte.

Aus einem Besuch der großen Halle konnte nichts Gutes entstehen, besonders mit Guy im Schlepptau, aber die Ausrede eines guten Abendmahls ließ Lance dieses Mal gelten. Er wollte nur einen kurzen Blick auf sie erhaschen. Er würde nicht mir ihr sprechen, aber ihr Anblick würde ihm vielleicht dabei helfen, seine gequälte Seele zu erleichtern.

Er wusste, dass Idalia seine Seele heilen könnte, wenn sie nur die Chance dazu bekäme.

„Du schlägst dich wacker, meine Tochter."

Idalia hatte sich gerade einen schnellen Blick auf Lance erlaubt, der mit seinem Freund in der großen Halle erschienen war.

„Pardon?", fragte sie ihren Vater.

Er lobte sie nur sehr selten, und Idalia wusste nicht, was sie davon halten sollte. Die Worte klangen angenehm, schienen aus seinem Munde aber eher gezwungen.

Was eigentlich nur eines bedeuten konnte, er meinte es nicht wirklich so.

„Warst du heute schon bei Mutter?"

Ihr Vater hob sein Kinn an, so wie er es des Öfteren zu tun pflegte, wenn er nicht auf eine Frage antworten wollte. Tilly kicherte neben ihr, sie hatte alles mit angehört.

„Aye. Wann ist Lord Sheely hier angekommen?"

„Heute Nachmittag", antwortete sie. „Dawson hat ihm mitgeteilt, dass du beschäftigt wärest, also hat er mich um ein Gespräch gebeten."

Auch wenn sie nur selten einen Besucher abwiesen, so waren längst nicht alle gleich willkommen. Besonders nicht diejenigen, die gekommen waren, um die Steuern des Königs einzufordern. Es war kein Geheimnis, dass ihr Vater Lord Sheely verachtete. Seit ihr Nachbar aus dem Süden zum königlichen Steuereintreiber ernannt worden war, war sein Verhalten noch unerträglicher als zuvor. Sein Besuch war eine weitere Erinnerung daran, dass die Steuerlast eine Bürde für sie war, die kaum zu tragen war.

Ihr Vater grunzte.

„Du wirst ihm nicht noch länger aus dem Weg gehen können", stellte sie fest und widerstand dem Drang, ihren Blick über das Ende der Halle schweifen zu lassen.

„Ich kann es immerhin versuchen", murmelte der Earl, was ihr ein leichtes Lächeln ins Gesicht zauberte.

„Entspricht es der Wahrheit", begann sie, während sie einen Löffel Suppe zu sich nahm, „dass er einen Teil der Steuern für sich behält?"

Dawson hatte ihr seine Vermutung erzählt, nachdem sie Lord Sheely zu einer der freien Gästekammern geführt hatten. Aber der Seneschall war auch bekannt dafür, gerne Gerüchte und Klatsch zu verbreiten.

„Aye." Ihr Vater nahm einen Schluck Ale, ein Zeichen dafür, dass er dieses Thema beenden wollte. Stattdessen wandte sie sich an Tilly.

Aber nicht, ohne noch einen Blick auf *ihn* zu werfen.

Er beobachtete sie.

„Du hast gerade einen seltsamen Gesichtsausdruck", sagte Tilly.

Sofort wandte sie ihren Blick ihrer Schwester zu.

„Nein, habe ich nicht."

„Doch, hast du."

Sie würde sicherlich nicht vor den Gästen mit ihrer Schwester streiten. Besonders, weil Tilly unrecht hatte. In den letzten Tagen kam ihr einfach alles seltsam vor.

Idalia war stets zufrieden gewesen, ihre täglichen Routineaufgaben zu erledigen.

Das war vor Lance.

Vor seinen Küssen.

Vor den Blicken, die er ihr ständig zuwarf, und

die zu sagen schienen, dass er ihre Entscheidung ebenso bereute wie sie selbst.

Hör auf, mich anzusehen.

„Ich habe heute Morgen mit dem Medikus gesprochen", sagte sie zu ihrem Vater und zu ihrer Schwester zugleich. Sie hoffte, Tilly und sich selbst von dem Grund ablenken zu können, der sie davon abhielt, einen klaren Gedanken fassen zu können.

„Er ist erfreut darüber, dass sie Nahrung zu sich nimmt, macht sich aber zugleich Sorgen, weil sich ihr Zustand nicht verbessert."

„Seine Sorgen helfen ihr nicht dabei, gesund zu werden", stellte ihr Vater mit frustriertem Ton fest. „Zum Glück habe ich nach einem anderen Medikus aus London geschickt."

„Ja, das ist gut."

„Es gibt schon wieder Gerüchte." Verwundert drehten sich Idalia und ihr Vater zu Tilly um.

„Ich habe mich vor dem Essen in die Bäckerei geschlichen und gehört, wie über ihn gesprochen wurde." Ihre Schwester hielt inne und schnitt eine Grimasse. Idalia wusste, wen sei meinte.

„Vater Sica?"

„Aye. Offensichtlich hat er mit dem Koch gesprochen, der es wiederum einer Küchenmagd erzählt hat."

„Tilly", warnte sie ihr Vater.

Er konnte es nicht ausstehen, wenn Idalias Schwester solchen Gerüchten nachging. Aber ganz egal, wie oft er Tilly verbot, sich in solche Dinge einzumischen, sie machte stets das Gegenteil. Idalias Eltern hatten oft Meinungsverschiedenheiten über das eigenwillige Benehmen ihrer Schwester, aber dies schien Tilly keineswegs zu stören.

Tilly war... einzigartig. Und Idalia liebte sie dafür.

„Ich werde mit ihm sprechen." Ihr Vater prostete

dem Hauptmann der Wache zu, eine Geste, die beiden unmissverständlich klar machte, dass auch diese Angelegenheit für heute beendet war.

Sie konnte also...

Nein. Nicht hinsehen.

Sie sah hin.

Lance unterhielt sich mit den anderen Männern an seinem Tisch, die den neuen Schmied langsam zu akzeptieren schienen. Was sie daran erinnerte, bald mit dem Wildhüter zu sprechen. Er genoss großes Ansehen bei den anderen und konnte vielleicht dazu überredet werden, seinen Einfluss zu nutzen, um Lance die Chance zu bieten, in Stanton Fuß zu fassen.

Vielleicht brauchte Lance ihre Hilfe gar nicht, aber Idalia konnte ihrem Drang, ihm zu helfen, nicht widerstehen. Allein auf einer unbekannten Burg zu sein, konnte nicht einfach sein. Besonders, wenn der alte Schmied als eine Art Familienmitglied bei den Bewohnern gegolten hatte.

Lance sah sie mit ernstem Gesichtsausdruck an.

Er lächelte so wenig. Warum nur?

Ungewollt dachte sie an seine Lippen auf den ihren, und daran, wie sie ihm bereitwillig mit ihrer Zunge entgegengekommen war. Es war, als wäre es eine andere Frau gewesen, die an jenem Abend mit ihm dort oben auf dem Turm gestanden hatte. Sicherlich hätte Idalia sich solcherlei Freiheiten niemals erlaubt.

Doch, du warst es. Und du hast jeden Augenblick davon genossen.

Sie war davon ausgegangen, dass er mit den anderen die Halle verlassen würde, wenn das Mahl als beendet erklärt wurde. Aber Lance und sein Freund blieben sitzen.

„Verdammter Sheely", platzte es plötzlich und so

leise aus ihrem Vater heraus, dass es schon am nächsten Tisch nicht mehr zu hören war. „Hast du sein Geschwätz gehört? Er steckt schon fast komplett in Johns Arsch, aber..."

Er hielt inne.

Es war die Art von Kommentar, die er sonst gegenüber ihrer Mutter ehrlich ausgesprochen hatte. Idalia vermutete, dass er gar nicht daran gedacht hatte, dass seine Tochter direkt neben ihm saß, während seine Frau schlafend im Krankenbett lag. Ihr Vater stand auf und mischte sich unter die noch Anwesenden.

Das Abendmahl war nun offiziell beendet.

Tilly sprang von ihrem Stuhl und eilte in die Kammer ihrer Mutter. Idalia saß normalerweise von Mittag bis zu den Vorbereitungen des Abendmahles am Bett ihrer Mutter, und auch wenn ihr Vater ihnen immer wieder einschärfte, dass ihre Mutter dringend Ruhe benötigte, so schlüpfte Tilly gerne abends zu ihr ins Bett. Idalia musste sich derweil unter die Bittsteller und Händler mischen, sich Beschwerden anhören und hatte trotzdem für jeden ein nettes Wort übrig.

Auch während Idalia von Tisch zu Tisch ging, blieb Lance in der Halle.

Schon bald hatte sie alle Tische besucht, bis auf seinen. Den letzten Tisch zu vermeiden würde seltsam wirken.

Sich ihm zuzuwenden, wäre allerdings desaströs.

Aber sie hatte keine Wahl.

„Guten Abend", wünschte sie, als sie sich näherte. Es waren nur noch vier Männer am Tisch, einschließlich Lance und dem Söldner. Idalia konzentrierte sich auf die anderen beiden, bis sie letztlich gezwungen war, dem Schmied ihre Aufmerksamkeit zu schenken.

„Ich glaube, wir hatten noch nicht das Vergnügen, einander vorgestellt zu werden", sagte sie, als der Söldner sich erhob.

„Sir Guy Lavallais von Cradney Wrens, Mylady."

„Darf ich vorstellen", sagte Lance, der nun ebenfalls stand, „Lady Idalia, Tochter des Earls von Stanton." Auch wenn er mit der Vorstellung fertig war, so schien es doch als hätte er noch mehr zu sagen.

„Sir", begann sie, ohne nachzudenken, „La… Meister Lance hat erwähnt, dass Ihr vor ein paar Tagen in Stanton angekommen seid. Ich hoffe, Ihr habt einen angenehmen Aufenthalt."

„In der Tat, Mylady. Und seit eben ist er noch angenehmer, wenn ich mir erlauben darf, das zu sagen."

Sie kannte diese Sorte Männer. Er war es gewohnt, sich das zu nehmen, was er wollte. Ein gutaussehender Rüpel. Sein Haar erschien dunkel, aber im Sonnenlicht würde es viel heller sein. Er hatte volle Augenbrauen und Lippen, die er nun leicht nach oben gezogen hatte. Aber seine einschmeichelnden Worte hatten keine Wirkung auf Idalia. Roysa wäre diesem Mann sofort verfallen, wäre sie nicht bereits verheiratet gewesen. Roysa hatte ihr selbst berichtet, dass sie sich zu solcherlei rauen Männern hingezogen fühlte.

Idalia hatte einen anderen Geschmack.

Lance sah sie mit zusammengekniffenen Augen an. Sie wünschte, sie hätte ihn daran erinnern können, dass er derjenige war, der auf Distanz gegangen war.

Denn gerade jetzt sah er so aus, als meinte er das Gegenteil.

Beim Gedanken daran, noch einmal mit ihm alleine zu sein, fing Idalias Puls zu rasen an.

„Darf ich Euch ein Kompliment über die Schönheit von Stanton Castle machen?", fragte Sir Guy.

„Es wäre mir ein Vergnügen, es Euch zu zeigen." Dies war eine ihrer Lieblingspflichten, und eine, die sie Dawson gerne abgenommen hatte. Idalia war stolz darauf, was ihre Familie mit ihrem angelsächsischen Hintergrund bislang aufgebaut hatte.

„Es ist noch genügend Licht", erklärte sie rasch, „es gibt also keinen Grund, bis morgen zu warten. Tagsüber bin außerdem mit meinen Pflichten ausgelastet..."

Der Söldner trat einen Schritt vom Tisch zurück. „Wir würden uns geehrt fühlen, eine Führung zu bekommen." Er sah Lance an, der definitiv nicht geehrt aussah.

Tatsächlich sah er eher so aus, also ob er seinen Freund am liebsten erdrosseln wollte. Das Verlangen, das Idalia zuvor in seinen Blicken erkannt hatte, war verschwunden. Vielleicht hatte sie es sich auch nur eingebildet.

Idalia ignorierte diesen unangenehmen Gedanken, entschuldigte sich kurz und wies eine der Mägde an, an ihrer statt beim Saubermachen in der Küche auszuhelfen. Als sie sich gleich darauf wieder zu den beiden Männern gesellte, konnte sie nicht umhin, die Unterschiede zwischen ihnen zu bemerken. Sir Guy war ein Ritter, was Idalia niemals gedacht hätte. Er grinste wie ein Lehrling, der eben von seinem Meister gelobt worden war.

„Dies", sagte Idalia, während sie eine ausladende Geste machte und Sir Guy ansah, „ist die große Halle von Stanton Castle, wie Ihr ja bereits wisst."

Die Führung würde für sie ganz einfach ablaufen. Sie würde Lance ignorieren und vorgeben, dass sie von seiner Entscheidung nicht im Geringsten verletzt worden war. Sie würde sich ablenken, indem sie mit seinem Freund sprach. Sie würde kaum daran denken, dass er überhaupt existierte.

KAPITEL ZWÖLF

Die Frustration sorgte dafür, dass sich Lances Magen zusammenzog. Seine Schultern spannten sich an. Jedes Mal, wenn sie ihn ansah, stellte er sich vor, dort weiterzumachen, wo sie vor zwei Abenden aufgehört hatten.

Es gab noch viel mehr, das er ihr beibringen wollte.

Während Idalia sie durch die Burg führte, widmete sie ihre volle Aufmerksamkeit allein Guy. Und das dämliche Grinsen seines Freundes sorgte nicht gerade dafür, dass sich Lances ohnehin schon schlechte Laune wesentlich verbesserte.

„Dies ist eine der wenigen privaten Kammern im Bergfried", erklärte sie, während Idalia die beiden Männer in einen kleinen Raum im Erdgeschoß führte. „Es war einstmals die Kapelle, bevor die neue vor mehr als zwanzig Jahren gebaut worden war."

„Warum brennen hier so viele Kerzen, wenn sie nicht mehr genutzt wird?", fragte Guy.

Lance fragte sich dasselbe, traute sich aber nicht zu sprechen.

„Mylady", unterbrach sie eine Stimme von der Tür. Die Magd sah aus als wäre sie durch den ganzen

Bergfried gerannt. „Mir wurde gesagt, dass Ihr hier sein könntet. Bitte vergebt mir die Störung, aber ein Tischbein von einem der großen Tische in der Halle ist gebrochen und muss noch vor dem Morgenmahl repariert werden."

„Hast du bereits mit Dawson gesprochen?"

Der Seneschall schien ein netter und fleißiger Mann zu sein, sah sich aber offensichtlich nicht für Reparaturen in Stanton verantwortlich.

„Aye, er hat nach Euch geschickt."

„Unser Tischler ist seit einigen Tagen krank", erklärte Idalia den Männern. Eigentlich erklärte sie es Guy.

„Ich kann Euch behilflich sein", bot Guy an. „Ich stand einmal in den Diensten eines Tischlers in Frankreich. Ein schlechter Mann, um ehrlich zu sein. Aber dennoch ein tüchtiger und fähiger Handwerker."

Lance konnte nur raten, warum ein Tischler Bedarf an Söldnern haben sollte. Diese Geschichte war sogar ihm neu.

Die Magd blickte zu Idalia, die zustimmend nickte.

Lance kam eine Idee, und er sprach sie aus. „Guy hat viele Fähigkeiten", sagte er und ignorierte ein vielsagendes Grinsen seines Freundes, das keine der Frauen bemerkte. „Ich zweifle nicht daran, dass er den Tisch reparieren kann, während wir die Führung fortsetzen." Endlich blickte Idalia ihn an.

Die kniff die Augen zusammen.

Guy sah ihn mürrisch an.

Die Magd stand einfach mit verschränkten Fingern da und wartete auf Anweisungen.

„Zeigt mir den Tisch." Guys Anweisung klang sehr nach einer Warnung, aber Lance konnte und wollte sich im Augenblick nicht dafür interessieren.

Er wollte nur mit Idalia allein sein, um sie nach dem Grund ihrer Ablehnung zu fragen.

Als ob er ihn noch nicht kannte.

„Hier entlang bitte, Sir", sagte die Magd, ohne den Unterton in Guys Stimme wahrzunehmen. Während sie Guy davonführte, erkannte Lance eine leichte Veränderung in Idalias Gesichtsausdruck.

Das war die Gelegenheit, auf die er gewartet hatte.

Sie ist keine verdammte Burg, die man einfach erobern kann, Lance. Sie ist eine Frau. Eine wunderschöne, liebenswerte und sehr sinnliche Frau.

„War das weise?" Sie stand bewegungslos da, als Lance die Tür hinter der Magd zuzog. Zwischen ihnen war ein gebührender Abstand, Kerzenlicht flackerte um sie herum.

Obwohl die Kammer schon einige Zeit nicht mehr als Kapelle diente, befanden sich noch die Reste eines Steinaltars neben ihnen. Ansonsten war die Kammer leer, bis auf die ungeheure Anzahl an brennenden Kerzen. So viele Kerzen hatte Lance noch nie in einer einzigen Kammer gesehen.

Er entschloss sich dazu, ehrlich zu sein.

„Wahrscheinlich nicht."

Sie legte die Stirn in Falten. Das tat sie selten, und er schämte sich sogleich, dass er dafür verantwortlich war.

Er war nicht gut für sie. Lance drehte sich um und wollte gehen.

„Warte."

Nur ein Monster hätte die Verwundbarkeit in ihrer Stimme ignoriert.

Und er war kein Monster. Auch wenn er viele Fehler hatte, Lance war *nicht* sein Vater.

„Ich..."

Er verstand. Sie wollte genauso gerne mit ihm alleine sein wie er mit ihr. Aber das pure Wollen machte eine Sache noch lange nicht möglich.

„Warum bist du geblieben?"

Verdammt!

Warum nur musste sie diese so einfach zu beantwortende Frage laut aussprechen?

„Ich tut mir leid wegen diesem Abend. Ich hätte dich niemals küssen sollen."

Das war die offensichtlichste Lüge, die jemals aus seinem Mund gekommen war.

„Warum hast du es dennoch getan?"

„Idalia", begann er, brach dann aber ab. Es wurde schon wieder gefährlich.

„Sag es mir", forderte sie.

Weil sie es auch getan hat. Seine Lady war die Tochter eines Earls. Tatsächlich führte sie Stanton Castle mehr als ihr Vater.

„Niemals zuvor in meinem Leben wollte ich eine Frau mehr küssen als dich an diesem Abend. Das gilt aus jetzt noch."

Lance vergaß seine Vorsicht, als er sich ihr langsam näherte.

„Und noch viel mehr als das, würde ich dich gerne auf diesen Altar legen, dir die Kleider von Leib reißen und dir noch viel mehr zeigen als einen einfachen Kuss."

Lance stand ihr nun so nahe, dass er ihren Zitronenblütenduft wahrnehmen konnte.

„Was?", fragte sie und schluckte schwer. „Was genau willst du mir zeigen?"

Die Kombination aus Neugierde und Furcht in ihrem Tonfall und in ihrem Blick zeigte ihm, dass auch sie wusste, dass dies hier falsch war. Es war blanker Irrsinn. Aber sie hatte ihn gefragt, also antwortete er.

„Ich würde dir jedes Lied zeigen, dass dein Körper zu singen vermag. Ich würde dir zeigen, was es heißt, ein Bisschen zu sterben und dann wieder zum Leben erweckt zu werden. Ich würde dir alles von mir zeigen."

Letzteres hatte er eigentlich nicht sagen wollen.

Aber es entsprach der Wahrheit. Lance wollte sich ihr offenbaren. Irgendwoher wusste er tief in seinem Inneren, dass sie ihn nicht für die Sünden verurteilen würde, die er begangen hatte.

„Ich denke, das würde mir gefallen", antwortete sie.

Lance schüttelte den Kopf. „Mir auch. Aber wir dürfen nicht."

Seine Handlungen und Worte mussten seltsam auf sie wirken, Lance wusste dies. Aber bereits während er noch seinen Kopf schüttelte, streckte er einen Arm nach ihr aus.

Sie ging auf ihn zu und warf sich in seine Arme, so als würde sie nirgendwo anders hingehören.

Sie küssten sich, doch Lance wollte mehr. Er konnte nicht genug von ihr bekommen, ihre Küsse gerieten vollkommen außer Kontrolle, während er sie mit dem Rücken gegen den alten Altar drückte.

Und dann tat er etwas vollkommen Verrücktes.

Nächtelang hatte er von ihrem verführerischen Ausschnitt geträumt, obwohl er nie damit gerechnet hätte, ihr jemals wieder so nahe zu kommen. Besonders nicht in einer alten Kapelle.

Er zog eine Linie von Küssen entlang ihres schwanengleichen Halses, den sie ihm darbot, während sie gleichzeitig nach seinen Armen griff. Er war jetzt vollkommen erregt, sein Glied drückte gegen seine Hose. Neckend leckte er mit seiner Zunge über ihre blasse Haut, während sein Kopf immer weiter an ihr hinunter wanderte. Er packte mit der Hand den

Stein hinter ihr, und drückte mit aller Kraft zu, um sich zurückzuhalten.

Aber es half nicht.

Stöhnend zog er ihr Kleid herunter. Weiter und weiter.

Der Anblick ihrer nackten Brüste überwältigte ihn beinahe. Sie waren perfekt gerundet, die Nippel waren viel dunkler als er es sich vorgestellt hatte. Er ließ ihnen dieselbe Aufmerksamkeit zukommen wie zuvor ihrem Hals. Er ließ seine Zunge zunächst um die Nippel kreisen, dann nahm er sie in den Mund.

Lance hatte gar nicht bemerkt, dass sich ihre Hände auf seinen Kopf bewegt hatten, aber nun waren sie da und Idalia presste ihn noch stärker an sich. Er beschloss, noch etwas weiter zu gehen und zärtlich seine Zähne zu benutzen. Als ein Keuchen aus ihren Lippen drang, tat er es noch einmal.

Und dann machte er den Fehler, sie anzusehen.

Sie hatte die Augen leicht geschlossen, ihr Mund war ein klein wenig geöffnet. Idalia war wie der letzte Gang eines prächtigen Festessens, und er wollte sich sattessen.

Das musste aufhören, bevor alles zu spät war.

Er stand auf, um es ihr zu sagen.

Aber Idalia ging nicht darauf ein.

„Nein, dieses Mal nicht."

Er warf einen Blick zur Tür. Auch wenn dieser Bereich des Bergfrieds nur privat genutzt wurde, gingen sie ein zu hohes Risiko ein. „Sie könnten jeden Moment zurückkommen."

„Aye."

Er war fast enttäuscht, dass sie ihm zustimmte.

„Oder vielleicht kommen sie auch nicht zurück. Ich will jedenfalls nicht, dass du damit aufhörst."

„Idalia, ich..."

„Zeig es mir."

Oh Gott, nein. Bitte nicht...

„Du weißt, dass es nicht geht. Du bist die Tochter eines Earls."

Nicht *irgendeines* Earls. *Des* Earls.

Aber er hatte etwas in ihr zum Leben erweckt. Ihre Brust hob und senkte sich in Verlangen. Sie wollte Lust verspüren, und er wünschte sich nichts sehnlicher als sie ihr zu geben. Er wollte der Erste sein, der ihr die Befriedigung zeigte, die ein Mann und eine Frau gemeinsam finden konnten.

Du riskierst... alles.

Er wollte verdammt sein, wenn er sich darüber in diesem Moment Sorgen machen würde.

„Was trägst du unter deinem Kleid?"

Diese Frage überraschte sie.

„Unter meinem Kleid?"

„Aye."

Sie errötete. Auf was spielte er an?

„Du trägst nichts darunter?", vermutete er.

Idalia schüttelte den Kopf. „Ein paar Strümpfe natürlich, aber sonst nichts. Roysa hat mich immer dafür gescholten, aber..."

„Es muss dir nicht peinlich sein." Er betonte sein nächstes Wort. „Niemals."

Idalia schien zu verstehen. Vor ihm musste ihr nichts peinlich oder unangenehm sein. Lance würde niemals schlecht über sie denken. Wenn sie nackt über den Burghof rennen wollte, dann sollte sie es tun.

Nun, das war vielleicht nicht das passende Beispiel.

Eine solche Handlung würde sie beide sicherlich in Schwierigkeiten bringen.

In größere Schwierigkeiten als das, was sie gerade im Begriff waren, zu tun?

Lance schüttelte seine Gedanken ab.

Er gab ihrem Blick und seinem eigenen Verlangen nach. Er wollte ihr Gesicht sehen, wenn Idalia zum ersten Mal befriedigt sein würde. Also griff er unter ihr Kleid. Wo er eigentlich eine Unterhose erwartet hätte, fühlte er nacktes Fleisch. Lance hätte nicht sagen können, wer von ihnen mehr geschockt war. Er hatte schon viele nackte Beine liebkost. Aber das Gefühl ihres sanften Fleisches, während er sich langsam seinem Ziel näherte...

Mit einem Stöhnen küsste er sie erneut. Sie reagierte sofort und ohne Zurückhaltung darauf. „Spreizte deine Beine für mich", flüsterte er.

Immer noch keine Gegenwehr.

Das alles kam so unerwartet, dass er einen Augenblick inne hielt und sie ansah.

Lance spürte ihre weichen Locken, und hatte erwartet, dass sie ihm befehlen würde, aufzuhören. Stattdessen öffnete sie genießerisch ihren Mund, als er ihre Scheide berührte.

„Hab keine Angst."

„Das habe ich nicht."

Ihre schnelle Antwort verwunderte ihn. Woher kam dieses Vertrauen in ihn?

Sie sollte mir nicht vertrauen.

Ein weiterer ungewollter Gedanke, den Lance beiseiteschob.

Er drang zunächst mit einem, dann mit zwei Fingern in sie ein. Ihr Kleid war alles, was noch zwischen ihnen stand. Langsam bewegte Lance seine Finger. Obwohl ihr Mund nun weit geöffnet war und geradezu nach einem Kuss verlangte, widerstand Lance dem Drang sie zu küssen.

Ihre Brust begann, sich heftiger zu heben und zu senken, während er seine Finger bewegte und mit dem Daumen an genau der richtigen Stelle rieb. Sie atmete heftiger, ihre Wangen erröteten.

Er würde alles darum geben, diesen Gesichtsausdruck an jedem Tag seines Lebens sehen zu dürfen. Ihre Wimpern bewegten sich schnell, als sich ein wunderbares Stöhnen den Weg aus ihrem Mund bahnte.

Sie war kurz davor.

„Es gibt viele Wege für eine Frau und einen Mann", begann er, „Lust zu verspüren. Dies..."

Langsam zog er seine Finger aus ihr heraus und ignorierte seinen Schwanz, der nichts lieber wollte als anstelle seiner Finger in ihr zu sein...

Nein. Hör auf damit.

„Dies ist nur eine Art. Nun, Idalia, möchte ich, dass du deinen Körper sich entspannen lässt." Wie er ihren Namen aussprach, war eine weitere Liebkosung für sie.

Noch einmal rieb er mit seinem Daumen.

„Komm für mich, meine Schönheit."

Es war nicht einfach ein Kosewort für sie. Er meinte es so, denn es war die Wahrheit.

Und anscheinend hatte sie ihm zugehört.

Die Feuchtigkeit, die er mit seinen Fingern spüren konnte, zwang ihn dazu, seine Augen zu schließen und sein Atmen zu beruhigen. Er war so nahe daran, ohne eine Berührung seines Schwanzes Erleichterung zu finden wie niemals zuvor.

Als er seine Augen aufschlug, verfluchte Lance sich dafür. Sie sah einfach hinreißend aus. Ein paar Haarsträhnen hatten sich aus ihrem Zopf gemogelt und ihre pinken Wangen glühten geradezu im Kerzenlicht, während ihre Augen funkelten.

„Ich würde das gerne noch einmal tun, aber auf andere Weise", sagte er, ohne nachzudenken.

„Auf andere Weise?" Ihre Stimme war nicht mehr als ein Flüstern.

Lance küsste sie, seine Hand versuchte unterdessen, ihr Kleid wieder auszurichten.

„Du schmeckst du gut."

Idalia lächelte.

Lance warf einen Blick zur Tür. „Wenn wir hier erwischt werden..."

„Das wird nicht passieren."

„Ich hätte nicht erwartet, dass du so wagemutig sein kannst", stellte Lance fest, während er versuchte, seinen Schwanz zu beruhigen.

„Normalerweise bin ich das auch nicht", gab sie zu. „Lance?"

„Aye?" Er holte noch einmal tief Luft, um sich zu beruhigen.

„Ich möchte, dass du das noch einmal machst."

Sie sagte dies so beinläufig, dass Lance nicht anders konnte als zu lächeln. Etwas, das er wesentlich öfter getan hatte, seit er Idalia kennengelernt hatte als zuvor.

„Das würde ich gerne tun, und noch viel mehr, wenn wir..."

Beide drehten ihre Köpfe zur Tür, als diese plötzlich geöffnet wurde. Ihre gemeinsame Zeit war vorüber.

KAPITEL DREIZEHN

Gott sei Dank hatte ihre Mutter etwas gegessen. Allerdings sah sie überhaupt nicht gut aus. Ihre Augen waren immer noch deutlich gelb gefärbt, weshalb Vater Sica weiterhin darauf bestand, dass sie vom Teufel besessen sei.

Während sie auf den Medikus warteten, den ihr Vater aus London gerufen hatte, schwankte Idalias Mutter zwischen Bewusstsein und Schlaf hin und her. Als sie erneut ihre Augen aufschlug, stieß Idalia einen erleichterten Seufzer aus. Insgeheim fürchtete sie sich davor, dass die Augen ihrer Mutter eines Tages geschlossen bleiben würden.

„Wie lange sitzt du schon hier?"

Während sich ihre Mutter in eine sitzende Position bewegte, richtete Idalia die Kissen hinter ihrem Kopf aus. Seit dem Mittagsmahl war Idalia an ihrem Bett gesessen. Sie konnte einfach nicht fortgehen, auch wenn es noch so viel zu erledigen gab.

Aber da es ihre Mutter nicht gerne hörte, dass sie oder ihre Schwester so viel Zeit an ihrem Bett verbrachten, log sie.

„Noch nicht sehr lange."

Marina kam mit einer Waschschüssel. Sie stellte sich neben Idalia, die ihr das Tuch aus der Hand nahm und es in das noch warme, nach Rosen duftende Wasser tauchte.

Ihre Mutter hasste es, auf diese Weise umsorgt zu werden. Als Frau des Earls hätte sie zahlreiche Zofen und Mägde haben können, die ihr jeden Wunsch von den Augen abgelesen hätten, aber sie wollte immer nur Marina. Trotz allem, erlaubte sie Idalia, sie zu waschen.

Idalia vermied den Augenkontakt mit ihrer Mutter, wrang das Tuch aus und tauchte es erneut ins Wasser.

„Sag es mir."

Erschrocken ließ Idalia das Tuch ins Wasser fallen. Diesen Ton behielt sich ihre Mutter normalerweise für Situationen vor, in denen sie streng sein musste.

Sie nahm das Tuch aus der Schüssel und wrang es erneut aus. „Pardon?"

Ihre Mutter nahm Idalias Hand, als diese mit dem Tuch über den Unterarm ihrer Mutter strich. Sie trug eines ihrer vielen einfachen, ärmellosen Kleider.

Ihre prächtigen Kleidungsstücke lagen ungenutzt in ihren Wäschetruhen.

„Ich weiß nicht, was..."

„Sag es mir, Idalia. Was beschäftigt dich?"

Selbst bevor die Gräfin krank geworden war, gab es immer wieder Gerüchte darüber, dass sie eine Hexe wäre. Was vollkommen absurd war. Aber auch, wenn die meisten der Bewohner von Stanton ihre Mutter regelrecht liebten, so konnte sogar Idalia nicht ihre Fähigkeit verleugnen, Dinge zu wissen, die sie nicht wissen konnte.

Wenn die Frau des Müllers krank war, dann wusste es Idalias Mutter. Wenn eine der Küchenmägde schwanger war, so sagte es ihr Idalias Mutter, bevor die Magd selbst es wusste.

Sie wusste... alles.

Aber so krank wie sie war, hätte Idalia niemals erwartet, dass sie es so schnell erkennen würde, dass sich die Welt ihrer Tochter für immer verändert hatte, und dass ihre Gedanken vollkommen um einen einfachen Schmied kreisten. Sie hatte ihn den ganzen Tag noch nicht gesehen. Glücklicherweise hatte sein Freund Guy in der Kapelle nicht mehr gesehen als zwei Menschen, die sich sehr nahe gegenüberstanden. Aber ganz sicher hatte er Verdacht geschöpft.

Schon wieder dachte sie daran, ihn endlich beim Abendmahl zu sehen.

„Ein Mann", vermutete ihre Mutter.

Sie konnte es nicht abstreiten. Aber sollte sie ihr sagen, *welcher* Mann ihr Herz erobert hatte?

Idalia hatte keine Angst, dass ihre Mutter Lance wegschicken würde. Das wäre eher etwas, was ihr Vater tun würde, sollte er von ihrer Verbindung erfahren. Aber ihre Mutter? Nein.

Was aber nicht bedeutete, dass sie ein solches Verhalten dulden würde. Wie Lance es bereits gesagt hatte, sie war schließlich die Tochter eines Earls. Ihr Ehemann musste ein Mann sein, der ihrer Stellung entsprach oder sie sogar noch verbesserte.

„Der neue Schmied", platzte Marina heraus.

Idalias Kinnlade klappte auf. Geschockt sah sie die Zofe an. „Wie kannst du es wagen?"

Hatte sie jemand zum Turm gehen sehen, oder von dort zurück? Viele Leute hatten beobachtet, wie sie Lance und Guy durch den Bergfried geführt hatte, aber das war nicht unüblich für sie.

Sofort hatte sie ihren Fehler erkannt. Ihre Reaktion hatte Marinas Worte bestätigt.

Ihre Mutter sah sie mit undurchdringlicher Miene an.

„Derselbe Mann, der mir den Armreif geschenkt hat."

Idalia wollte einfach davonrennen. Natürlich tat sie es nicht, aber der Drang dazu war beinahe überwältigend.

„Aye." Ihr Herz pochte, während sie auf die Reaktion ihrer Mutter wartete.

Die Herrin von Stanton mochte krank sein, aber das Feuer in ihren Augen war noch lange nicht erloschen. Die Frau vor ihr war dieselbe Frau, die bereits Stantons Männer kommandiert hatte, als Idalia noch sechs Jahre alt gewesen war. Der Earl hatte zu dieser Zeit mit dem König im Heiligen Land gekämpft und Stanton während seiner Abwesenheit in ihre fähigen Hände übergeben. Als ein schottischer Grenzlord Stanton in der Annahme belagerte, dass die Abwesenheit des Lords eine einfache Eroberung der Burg ermöglichte, hatte Idalias Mutter den Angriff abgewehrt.

„Bring ihn her", sagte ihre Mutter in ihrem Befehlston.

Bring ihn her?

„Mama, bitte schicke ihn nicht fort. Lance ist ein guter Mann."

Ihre Mutter hob die Hand, um ihr Flehen zu unterbrechen. „Ihn fortschicken? Hat der denn etwas getan, das eine solche Maßnahme erforderlich macht?"

Idalia verdrängte den Gedanken, der ihr sofort in den Kopf geschossen war – Lance mit seinem Mund auf ihrer Brust und seiner Hand unter ihrem Kleid. „Nein."

„Wie kommst du darauf, dass ich dann so etwas tun würde?"

Idalia warf Marina einen Blick zu, die nur mit den Schultern zuckte.

Verräterin.

„Er... nun ja, weil er ein Schmied ist. Und ich..."

„Du bist eine Frau. Diese Unterhaltung hätten wir schon viel früher führen sollen. Besonders, weil Roysa nun verheiratet ist."

Idalia stöhnte innerlich, wagte es aber nicht, auch nur einen Mucks zu machen.

„Mutter, bitte."

„Ich war verheiratet. Vor deinem Vater."

Idalia erstarrte, das feuchte Tuch immer noch in den Händen. Idalia versuchte, in der Miene ihrer Mutter irgendeinen Hinweis darauf zu entdecken, dass sie scherzte. Aber die gelb gefärbten Augen hielten ihrem Blick regungslos stand.

„Du warst verheiratet mit einem anderen Mann?"

„Das war vor vielen, vielen Jahren. Aber ja, ich habe einen Mann geheiratet, in den ich verliebt war. Er war ein Krieger. Der Sohn eines schottischen Räubers."

Das konnte nicht wahr sein.

„Du warst verheiratet mit... einem Räuber? Einem Schotten?"

Marina trat vom Bett zurück.

„Wir heirateten heimlich. Mein Vater hätte dem niemals zugestimmt." Das ohnehin blasse Gesicht ihrer Mutter wurde noch weißer. Idalia hatte ihre Großeltern nie kennengelernt, sie waren bereits vor ihrer Geburt gestorben. Aber natürlich hatte sie viel über sie gehört. Ihr Großvater war ein mächtiger Grenzlord gewesen, ein englischer Baron, dessen Titel dann an Idalias Onkel gegangen war.

Niemals zuvor hatte sie auch nur ein Gerücht über den früheren Ehemann ihrer Mutter gehört. Wusste ihr Vater davon? Wussten es ihre Schwestern? Nein, sie hätten bestimmt darüber gesprochen.

„Das muss ein Skandal gewesen sein?"

Das schwache Lächeln ihrer Mutter machte es Idalia unmöglich, verärgert oder sogar wütend auf sie zu sein.

„Das war es. Als er kaum ein Jahr später bei einem Überfall getötet wurde..."

Ihre Mutter schloss die Augen, und Idalia rutschte auf dem Bett näher zu ihr. Zu sehen wie ihre Mutter Schmerzen litt, körperlich oder aufgrund der Erinnerung an eine verlorene Liebe, konnte sie nur schwerlich ertragen.

„Ich kann wohl behaupten, dass mein Vater froh darüber war. Und ich habe ihm das niemals vergeben." Sie schlug die Augen auf. „Genauso hat er mir niemals vergeben, was ich getan hatte."

„Weiß Vater davon?"

„Ja, das tut er. Wir waren uns bereits versprochen, als er davon erfahren hatte. Mein Vater behauptete, dass ich mich glücklich schätzen könnte, dass ein solcher Mann mich immer noch heiraten wollte. Schließlich war ich keine Jungfrau mehr." Sie zwinkerte.

Idalias Herz schlug schneller. Dies war wieder die charmante und willensstarke Frau, an die sie sich aus früheren Tagen erinnerte.

„Ich habe gelernt, ihn zu lieben. Deinen Vater. Das weißt du. Aber zu Beginn hatte ich nur Wut und Verbitterung in mir. Es war eine schwere Zeit für uns alle."

„Das hast du uns niemals erzählt." Ein Vorwurf schwang in Idalias Worten mit.

„Ich hatte auch nie die Absicht, es zu erzählen", gab ihre Mutter zu. Sie sah müde aus, ihre Augenlider wurden schwer. Sie mussten diese Unterhaltung abbrechen.

„Warum erzählst du es mir ausgerechnet jetzt?"

Ihre Mutter legte sich zurück und schloss die Augen. „Bring ihn her", murmelte sie und beendete damit ihre erstaunliche Unterhaltung.

Mit dem nun kalten Tuch in der Hand, sah Idalia zu, wie ihre Mutter in den Schlaf sank. Sie drehte sich um und entdeckte Marina vor dem Feuer sitzend, die Waschschüssel auf dem Schoß.

Die ältere Frau sah kein bisschen reumütig aus.

Idalia verengte die Augen und versuchte, Marina mit demselben vernichtenden Blick zu bedenken wie ihre Mutter es stets tat, wenn sie wütend war. Es schien ihr nicht zu gelingen, denn die Zofe begann zu kichern. Nein, jetzt lachte sie. Idalia mochte wohl die Pflichten ihrer Mutter übernommen haben, aber sie war eben nicht ihre Mutter.

Zumindest noch nicht.

Dann kam ihr wieder die Forderung ihrer Mutter in den Sinn.

Lance würde das sicher nicht gefallen.

KAPITEL VIERZEHN

„Was hast du gesagt?" Lance hatte gehofft, sich verhört zu haben. Es hatte sich angehört, als wollte die Gräfin, die krank im Bett lag, ihn sehen.

Er hatte während des Essens verzweifelt versucht, Idalia nicht anzustarren, denn er wusste, dass dies Guy auf den Plan rufen würde, der beschlossen hatte, noch in Stanton zu bleiben.

Sie hatten ihr Mahl gerade beendet, als sie einen Schimmer von königsblau auf sie zukommen sahen – Idalia. Ihr Vater war nicht zum Mahl erschienen, aber den Männern um sie herum zufolge war dies nicht ungewöhnlich für den Earl. Seit der Erkrankung seiner Frau ließ er sich immer seltener sehen.

Idalias Miene bestätigte, dass er sie richtig verstanden hatte. Ihr Blick fiel auf Guy, der sich ein paar Schritte entfernt hatte, um ihnen so viel Privatsphäre wie in der Halle eben möglich zu geben. Trotzdem konnte er alles mitanhören.

„Sie hat bemerkt, dass mich etwas beschäftigt. Dann hat sie nach dem Grund dafür gefragt. Woher Marina von uns wusste, kann ich mir nicht erklären. Sie hat sich aus dem Staub gemacht, bevor ich sie eingehender dazu befragen konnte, aber es sieht so aus als ob..."

„Idalia." Lances Stimme klang ruhig und sicher. Gar nicht so, wie sie es erwartet hatte. „Du hast nichts Falsches getan."

Er meinte es ernst. Das letzte was er wollte war, dass sie sich schämte. Aber auch ohne den tadelnden Blick, den Guy ihm gerade zuwarf, wusste er, dass er einen schlimmen Fehler begangen hatte.

Wenn Lady Emmeline mit ihm über ihre Tochter sprechen wollte, so konnte dies durchaus sein letzter Tag als Schmied in Stanton Castle sein. Danach hatte er nur noch die Möglichkeiten, den Earl direkt nach dessen Meinung über die Politik des Königs zu fragen, und dabei zu riskieren, als Verräter entlarvt zu werden, oder die Burg ohne die Unterstützung zu verlassen, die der Orden so sehr benötigte.

Keine der beiden Optionen war wünschenswert, und er hatte Guys Unmut dafür verdient, dass er sich selbst – und den Orden – in eine solch schlechte Lage gebracht hatte.

„Ich glaube, dein Freund ist anderer Meinung", sagte Idalia und warf Guy einen verstohlenen Blick zu.

Jetzt war Lance an der Reihe, dem Söldner eine stumme Warnung zukommen zu lassen, was nicht einfach war, angesichts der Tatsache, dass Guy sich kaum einschüchtern ließ. Aber um ihretwillen versuchte er es zumindest.

„Wirst du mit mir kommen?", fragte Idalia.

Verdammt. Das war nicht gut. „Jetzt gleich?"

„Aye", antwortete sie. „Meine Mutter kann sehr ungeduldig sein. Sie hat geschlafen, als ich sie verließ, aber so wie ich sie kenne..."

Sie brach ab und ließ ihm keine Wahl.

„Wenn Ihr ihn wohl einen Augenblick entschuldigen würdet", sagte sie höflich zu Guy, der sich daraufhin leicht verbeugte. „Hier entlang."

Er folgte ihr durch von Fackeln beleuchtete Gänge und über eine Steintreppe nach oben. Während sie höher und höher stiegen, erkannte Lance, dass er aus einem ganz anderen Grund in Schwierigkeiten steckte als er erwartet hatte.

Er war gerade dabei, die wichtigste Mission seines Lebens in Gefahr zu bringen, konnte aber nur an eine Sache denken, während sie einen kleinen Korridor betraten. Lance hätte am liebsten Idalia herumgedreht und sichergestellt, dass sie sich stets gut an ihn erinnern würde, falls sie nach dem Besuch ihrer Mutter für immer getrennt werden würden.

Als sie plötzlich anhielt und sich zu ihm herumdrehte, hätte er seinem Wunsch beinahe nachgegeben. Ihre Lippen öffneten sich als wollten sie geküsst werden.

„Es tut mir furchtbar leid", sagte sie reglos.

„Es gibt nichts, was dir leid tun müsste."

Er wusste nicht, wie nahe sie der Kammer ihrer Mutter bereits waren. Für Lance waren sie in diesem Moment ganz alleine.

Er verfluchte sich selbst dafür, streckte aber den Arm nach ihr aus. Sanft legte er seine Hand auf ihr Genick und zog sie zu sich. Schon kurz darauf drohte dieser eine Kuss vollkommen außer Kontrolle zu geraten.

Was ist nur los mit mir?

Er zog sich widerstrebend zurück.

„Ich konnte nicht widerstehen..."

„Ich bin froh darüber", flüsterte sie.

So wie sie es sagte, wer Lance nicht der einzige, der befürchtete, dass sie bald getrennt werden würden. Es war unausweichlich, aber der Gedanke daran machte ihn trauriger als er es eigentlich sollte. Vielleicht sogar noch trauriger als seine gescheiterte Mission.

„Folge mir."

Sie gingen den Korridor entlang und betraten eine weitere Treppe. Als sie vor einer Tür im obersten Stockwerk des Turmes anhielten, holte Lance tief Luft. Und folgte Idalia hinein.

Die runde Kammer war dunkel, und trotz der Wärme draußen flackerte ein Feuer im Kamin neben einem der größten Betten, das Lance jemals gesehen hatte. Das riesige Himmelbett schien die gesamte Wand einzunehmen und machte die Lady, die darin lag, auf absurde Weise kleiner als sie war.

Sie schlug ihre gelb gefärbten Augen auf und blickte ihn an.

Er folgte Idalia zur Gräfin und sah zu, wie sie die Decke anhob und sich aufsetzte. Sie sah Idalia sehr ähnlich, nur eben älter und krank. Auch wenn ihre Bewegungen langsam waren, so schien sie nicht wirklich gebrechlich. Als er näher kam, konnte Lance aber deutlich erkennen, dass sie unter Schmerzen litt. Sie zuckte zusammen und lehnte sich wieder gegen die Kissen, die Idalia bereits hinter ihrem Kopf arrangiert hatte.

„Mutter, darf dich dir Lance Wayland von Marwood vorstellen?"

Sie nickte in Richtung der Frau, die so sehr wie sie selbst aussah. „Meine Mutter, Lady Emmeline, Gräfin von Stanton."

Lance hatte in seinem Leben nur sehr wenige Gräfinnen getroffen, und noch weniger, die vor ihm in ihrem Bett lagen.

„Ist meine Tochter noch eine Jungfrau?"

Idalia stieß ein ersticktes Geräusch aus.

Obwohl er über die Direktheit der Gräfin überrascht war, antwortete Lance ohne zu zögern. „Das ist sie, Mylady."

„Mutter!"

„Ich hätte dich schon vorher fragen können", sagte die Gräfin zu Idalia, „aber ich wollte direkt mit dem Mann sprechen, der das Herz meiner Tochter für sich gewonnen hat."

Ihr Herz gewonnen? Wohl kaum. Sie kannten einander nicht wirklich. Aber trotzdem...

Für ein paar wenige Augenblicke mit Idalia hatte er alles riskiert. Hatte dies nichts zu bedeuten?

„Mutter, bitte."

„Ich habe keine Zeit für Höflichkeiten", antwortete sie, und ignorierte Idalia, „wie du sehr wohl sehen kannst. Also werde ich direkt sein. Sind Eure Absichten ehrbar, Sir?"

Sir. Woher wusste sie das? Nur Lance und seine drei Freunde wussten, dass er in den Ritterstand erhoben worden war. Und nur sie wussten um seine Aufgabe hier.

Auch wenn sie den Titel nur aus Höflichkeit benutzte, die Erinnerung daran und an seine Aufgabe war ihm eher unwillkommen.

Waren seine Absichten ehrbar? Eine solche Frage hatte er weder erwartet, noch war er darauf vorbereitet.

„In meinem ganzen Leben habe ich mich niemals unehrenhaft gegenüber einer Frau verhalten", antwortete er ehrlich. „Und auch jetzt würde ich dies nicht tun."

Dies entsprach der Wahrheit. Außer wenn man es als unehrenhaft bezeichnen würde, sie zu seinem Werkzeug zu machen, wenn es darum ging, ihren Vater für ihre Sache zu überreden und damit gleichwohl ganz Stanton in Gefahr zu bringen.

Wenn man dies in Betracht zog, so war seine Absicht durchaus unehrbar.

„Hätten wir uns in der Halle und unter anderen Umständen kennengelernt, so hätte ich Euch vielleicht aus Stanton Castle verbannt", stellte die Gräfin mit eisernem Blick fest. „Aber dies ist nun einmal nicht der Fall. Ich werde wohl bald sterben..."

„Mutter!" Idalias Wangen waren noch roter als am Abend zuvor.

„Ich werde sterben", wiederholte die Gräfin. „Und ich habe bereits eine Tochter mit einem Mann verheiratet, den sie nicht liebt. Auch wenn sie es anders sieht. Aber diese hier...", sie sah ihn unverwandt an, „wird ihre eigenen Entscheidungen treffen. Und ich werde damit zufrieden sein, wenn ich sicher sein kann, dass Ihr meine Tochter wert seid."

„Mutter, bitte. Wir haben uns nur einmal geküsst. Das ist also..."

Lance würde sich bis ans Lebensende an diesen Augenblick erinnern.

Er warf Idalia gerade noch rechtzeitig einen Blick zu, um zu erkennen, dass sie ihre Lippen schürzte. Der offensichtlichste Ausdruck von Schuld, den man sich nur vorstellen konnte. Es schien als würde sie ihre Mutter nicht oft anlügen, und sie war sicherlich nicht gut darin. Trotz all ihrer leidenschaftlichen Antworten, die sie ihm gegeben hatte, war Idalia immer noch unschuldig. Er würde jetzt nicht lächeln, aber er musste alles aufbieten, was in seiner Macht stand, um es zu vermeiden.

„Wir sind nicht ineinander verliebt. Und wir werden ganz sicher nicht heiraten." Dies kam so entschieden, dass Lance den Schmerz in ihren Worten spüren konnte.

Natürlich würden sie nicht heiraten. Warum sollte ihn ihre Aussage verletzen?

„Ich verstehe", war die Antwort der Gräfin an ihre Tochter. „Ihr werdet morgen wiederkommen", sagte sie zu ihm. „Idalia, würdest du Marina zu mir schicken?"

Während Lance sich verbeugte, sah er, wie Idalia ihre Stirn in Falten legte. Das Kennenlernen ihrer Mutter war eine der seltsamsten Begegnungen seines Lebens.

„Es tut wir so leid", sagte Idalia, sobald sie die Kammer verlassen hatten. „Ich habe ihr zuvor nichts von uns erzählt, außer..."

Mit einem Kuss unterbrach er sie.

Lance verhielt sich rücksichtslos, aber er brauchte jetzt den Geschmack ihrer süßen Lippen. In dieser Kammer hatte sie nur an seine Gefühle und an die Gesundheit ihrer Mutter gedacht.

Dachte sie jemals an sich und an ihre eigenen Gefühle?

Er zog sich zurück und wollte eine Antwort auf diese Frage.

„Wer kümmert sich um dich, Idalia?"

Sie schluckte. „Um mich kümmern?"

Er starrte auf ihre Lippen, die noch feucht von ihrem Kuss waren.

„Du machst dir Sorgen darüber, deine Mutter zu verletzen. Und mich. Aber was ist mit dir? Wer macht sich um dich Sorgen?"

Diese Frage machte sie vollkommen perplex.

„Ich brauche niemanden, der sich um mich kümmert."

Eine solche Antwort hatte er erwartet. Plötzlich dachte er daran, dass sie sich an einem öffentlichen Ort befanden. Jederzeit könnte jemand durch diesen Korridor kommen. „Gibt es einen abgelegeneren Ort, an dem wir uns unterhalten können?"

„Ich muss erst Marina finden. Treffen wir uns auf dem kleinen Turm?"

Lance dachte nicht lange nach. „Aye. Ich werde dort auf dich warten."

Lady Idalia von Stanton war eine Frau, die es wert war, dass man auf sie wartete. Aber egal, was ihre Mutter gesagt hatte, sie würde niemals ihm gehören.

Idalia bahnte sich ihren Weg in den kleinen Turm. Aber sie stieg nicht die Treppen hinauf, sondern lehnte sich an die Innenseite der Tür und atmete tief durch. Sie hatte sich beeilen müssen, um die Zofe ihrer Mutter ausfindig zu machen und dann rechtzeitig hier zu sein.

Wartete er bereits auf sie? Wartete er *noch* auf sie?

Aber noch wichtiger, wie hatte er die Aussagen ihrer Mutter aufgenommen?

Lance hatte während des Gespräches stets ruhig und bedacht reagiert. Er schien sich sogar über die kleine Lüge amüsiert zu haben, über die Idalia gestolpert war. Idalia hatte nicht vor gehabt, unehrlich zu sein, aber was sonst hätte sie sagen sollen? Dass er etwas Schöneres mit seinen Fingern gemacht hatte als sie es sich jemals hätte vorstellen können?

Dass sie sich nach ihm sehnte, wenn sie nicht zusammen waren?

Idalia hatte sogar von ihm geträumt. An diesem Morgen hatte Leana festgestellt, dass sie mit einem Lächeln auf den Lippen erwacht war. Wie hätte sie nach diesem Traum auch nicht lächeln sollen? So wie er sie angesehen und berührt hatte, kam sie sich vor wie die schönste und begehrenswerteste Frau auf der Welt.

Aber irgendetwas beschäftigte ihn und machte ihm Sorgen.

So sehr, dass Idalia die Ursache dafür herausfinden wollte. Sie wollte die Wunden heilen, die er mit sich herumtrug.

Aber... eine Heirat?

Waren die Worte ihrer Mutter dieser Krankheit geschuldet? Sie schob den verrückten Gedanken beiseite, dass Vater Sica doch recht haben könnte. Nein, der Teufel hatte keine Macht über ihre Mutter.

Aber trotzdem erkannte sie die Frau kaum wieder, die an diesem Tag mit ihnen gesprochen hatte.

Ich werde bald sterben.

Das konnte nicht wahr sein. Idalia weigerte sich, dies zu glauben. Aber wenn ihre Mutter tatsächlich überzeugt davon war, dann würde dies sicherlich ihre Sichtweise auf die Dinge um sie herum verändern.

Sie holte noch einmal Luft und stieg die Treppen hinauf. Oben angekommen, öffnete Idalia die Tür, die nach draußen führte und sah ihn sofort.

Als er sich umdrehte, verschlug es ihr den Atem. Ihr ganzer Körper fühlte sich an als wäre er aus Pudding, und für einen langen Moment konnte sie nichts anderes tun als einfältig dort zu stehen und ihn anzusehen.

„Ich dachte schon, du würdest nicht mehr kommen." Seine tiefe Stimme vibrierte tief in ihrer Seele.

„Wenn sich irgendjemand aus dem Staub machen sollte, dann wärst das wohl eher du. Nach dieser Diskussion mit meiner Mutter..."

Sie brach ab und wusste nicht, was sie sagen sollte.

Er kam nicht auf sie zu. Etwas Peinliches stand

seit dem Besuch bei ihrer Mutter zwischen ihnen. Sie würde alles tun, um dieses Etwas wieder verschwinden zu lassen.

„Nun, ich muss zugeben, der Besuch bei deiner Mutter verlief nicht so, wie ich es erwartet hatte."

„Was hattest du denn erwartet?"

„Im besten Falle aus Stanton verbannt zu werden."

Diesen Gedanken hatte Idalia auch gehabt. Um seinen Ruf bewahren zu können, hätte sie geschworen, ihn niemals wieder zu sehen.

Die Einhaltung dieses Schwurs hätte sie eines Tages umgebracht.

Alleine der Gedanke daran verursachte ihr Schmerzen in der Brust.

„Es tut mir leid, ich weiß nicht, wie ich es anders ausdrücken soll."

In diesem Augenblick stand sie noch da und wünschte sich, dass es keine so große Distanz zwischen ihnen geben würde. Einen Moment später lag sie in seinen Armen.

„Das muss es nicht", war alles, was er sagte, während er sie umschlang.

Sie drückte ihn und gab sich ganz dem Gefühl hin, in seinen Armen zu liegen. Dann drehte sie sich in seinen Armen um, betrachtete die Sterne und wünschte sich, für immer in diesem Augenblick verweilen zu können.

Für einige Zeit schwiegen sie.

„Deine Mutter... stirbt sie wirklich?", fragte er schließlich.

Sie antwortete ohne zu zögern und ganz entschieden. „Nein."

Er reagierte nicht darauf.

„Erzähl mir von *deiner* Mutter", forderte sie ihn auf. Sie wollte etwas über die Frau erfahren, die einen solchen Mann aufgezogen hatte. Sie wünschte, sie hätte sie eines Tages kennenlernen können. Idalia drückte ihn, um ihn zum Sprechen zu ermutigen, aber er blieb still. Als er dann doch redete, vollführte ihr Herz einen Sprung.

„Sie war so wunderschön. Jeder Mann im Dorf hat ihre Schönheit bewundert. Und ihre Liebenswürdigkeit. Genau wie bei dir."

Idalia konnte den Schmerz in seiner Stimme hören und mitfühlen. Sie war froh, dass sie in diesem Augenblick sein Gesicht nicht sehen konnte. Hätte sie es gesehen, hätte sie geweint. Aber das war etwas, das er jetzt nicht von ihr brauchte.

„Ich spreche nicht sehr oft von ihr."

„Warum?"

Lance legte eine Hand auf ihren Kopf und liebkoste ihr Haar. In diesem Augenblick hätte sie nichts auf der Welt lieber gehabt.

„Mein Vater..."

Seine Stimme wurde härter. Instinktiv wappnete sich Idalia vor seinen nächsten Worten.

„Manchmal war er ein anständiger Mann. Seine Fähigkeiten als Schmied sind berühmt."

In seinen Worten klang Traurigkeit mir – oder war es Wut? Idalia konnte es nicht sagen.

„Aber wenn er zu viel Ale getrunken hatte..."

Seine Hand hörte auf, ihr Haar zu streicheln. Er schlang seine Arme um ihre Schultern.

„Er wurde dann zu einem anderen Menschen. Gemein. Aggressiv."

Es war schwer für ihn. Die Worte kamen nur zögerlich über seine Lippen. Sie musste ihm in die Augen sehen, also drehte sie sich zu ihm um. Er ließ sie gewähren. Still ermutigte sie ihn, weiterzusprechen.

„Er hat sie geschlagen. So oft. Und ich habe nichts dagegen unternommen."

Nein, sie würde nicht weinen.

„Ich habe so getan als hörte ich ihre Schreie nicht. Sie wies mich an, mich draußen zu verstecken, wenn er am schlimmsten war. Ich war ein Feigling."

„Du warst ein Kind", entgegnete sie.

„Ich hätte es jemandem sagen können. Obwohl es vermutlich das halbe Dorf wusste."

„Niemand hat eingegriffen. Sie war schließlich sein Eheweib".

Lance hatte sich Idalia gegenüber stets freundlich und zuvorkommend verhalten, aber in seinen Augen lag blanker Hass, wenn er über seinen Vater sprach.

„Hat er...", sie schluckte, zwang sich aber dazu, weiterzusprechen, „hat er sie umgebracht?"

Sein bitteres Lachen war ein Geräusch, das Idalia niemals wieder hören wollte.

„Nein. Aber das hätte er genauso gut tun können. Er hat ihr Leben zur Hölle gemacht." Sein Blick war in die Ferne geschweift, nun sah er ihr jedoch in die Augen. „Ich war fünfzehn, als ich endlich etwas dagegen unternahm."

Idalia hielt seinem Blick stand.

„Ich war noch ein Lehrling und jung, aber ich war kräftig. Beinahe zu stark wie mein Vater."

Sie dachte an die Muskeln in seinen Armen, die zweifellos durch das jahrelange Schwingen eines schweren Hammers geformt worden waren. Sie konnte sich vorstellen, dass die Arme seines Vaters ähnlich ausgesehen haben mussten.

„Ich hatte beschlossen, dass er niemals wieder meine Mutter anrühren würde. Manchmal hat er über Monate hinweg nichts getrunken. Manchmal schlief er auch in der Schmiede. Aber ich wusste, dass es eines Tages wieder geschehen würde. Und so kam es auch. Eines Abends kam er nach Hause. Er stank nach Alkohol und ich wusste, die Zeit war gekommen."

Idalia erschauderte, obwohl sie nicht wirklich wusste, warum.

„Er hatte nicht erwartet, dass ich mich gegen ihn stellen würde. Er war verwundert, als ich ihn von hinten angegriffen habe. Ich schlug ihn mit all der Wut, die ich spürte. Trotz seiner Größe ging er zu Boden." Lance schloss die Augen. „Mutter schrie die ganze Zeit über. Sie bat mich, aufzuhören und sagte, dass er mir auch wehtun würde." Er schlug die Augen wieder auf. „Aber ich habe nicht aufgehört. Er lag erstaunt auf dem Boden und hielt sich seinen Kiefer."

Nein, sie würde jetzt nicht weinen. „Was geschah dann?"

Lance fing erneut an, ihr Haar zu streicheln, beinahe so, als würde er es gar nicht merken. Sie seufzte und genoss die Sanftheit dieses großen, starken Mannes.

„Ich hatte mir diesen Augenblick schon lange zuvor vorgestellt. Ich konnte nicht glauben, dass es genau so geschah. Aber ich wusste auch, dass ich nicht mehr bleiben und mit ihm zusammen arbeiten konnte. Also bin ich gegangen."

„Du... bist gegangen?"

„Aye."

„Wohin?"

„Zum Turnier des Nordens. Ich war viele Male mit meinem Vater und unserem Lord dort gewesen. Dort habe ich dann drei Jahre später Guy kennengelernt."

„Aber du", sie versuchte sich seine Situation vorzustellen, „du hattest nichts?"

„Gar nichts", bestätigte er. „Nur die Hoffnung, dass ich meine Mutter vor meinem Vater gerettet hatte. Ich habe sie angefleht, mit mir zu kommen.

Aber sie hat abgelehnt. Bevor ich gegangen bin, habe ich meinem Vater versprochen, dass ich ihn töten würde, wenn er jemals wieder Hand an meine Mutter legen würde."

Ihre Augen weiteten sich. Lance meinte es absolut ernst. „Du hättest deinen eigenen Vater getötet?"

„Aye."

Idalia erschauderte erneut.

„Was geschah dann?", fragte sie schnell, um die Stille zu überbrücken, die entstanden war.

„Das, Mylady, erzählte ich dir ein anders Mal. Ich habe es geschafft, beim Turnier in die Dienste von Lord Bohun genommen zu werden."

Sie musste es wissen. „Hast du deine Mutter jemals wiedergesehen?"

„Nur noch zweimal. Zweimal bin ich nach Hause gegangen. Ich war darauf vorbereitet, mein Versprechen einzuhalten. Aber Mutter hatte mir versichert, dass er sie nicht mehr angerührt hätte. Als ich zum dritten Mal nach Hause kam, war sie bereits gestorben."

Idalia blinzelte.

„Sie ist an einem Fieber erkrankt, das sie nicht mehr losgelassen hat. Sie ist nach zwei Wochen an der Krankheit gestorben. Die Dorfbewohner haben Vaters Geschichte bestätigt."

Idalia legte ihre Hände auf seine Wangen.

„Du bist ein guter Mann", sagte sie aufrichtig. „Der tapferste Mann, den ich kenne."

Sie wusste, dass er ihr nicht glaubte.

Er sagte nichts. Lance stand einfach nur da und sah sie an. Seine Augen schienen nach etwas zu suchen. Nach einer Art Erlösung vielleicht?

„Da ist noch etwas anderes", stellte sie fest. Sie konnte spüren, dass da noch etwas war. Aber sie wusste, dass sie an diesem Abend nicht mehr aus ihm herausbekommen würde.

Nachdenklich spannte er seine Wangenmuskeln an, sagte aber nichts mehr.

Sie würde ihn nicht drängen. Nicht an diesem Tag. Idalia wusste, dass er ihr eine Geschichte erzählt hatte, die er nur mit wenigen Menschen zuvor geteilt hatte. Anstatt etwas zu sagen oder die Tränen loszulassen, die sich in ihren Augen angesammelt hatten, stellte sie sich auf die Zehenspitzen und führte ihre Lippen an die seinen, um den Schmerz in seinen Augen zu lindern. Sie wollte ihn nur trösten, aber der Kuss führte schnell zu mehr.

Als er sie leidenschaftlich küsste, drückte sie sich eng an ihn.

Sie erkannte, dass ihre Mutter recht gehabt hatte.

Idalia war dabei, sich in den Schmied zu verlieben.

KAPITEL SECHZEHN

„**D**u bist besser geworden.“

Zufrieden schob Lance sein Schwert zurück in die Scheide. Die beiden Männer verließen den Übungsplatz und gingen zurück zu Lances Unterkunft.

„*Du* bist nicht besser geworden“, sagte er zu Guy mit ernster Miene. Aber sein Freund wusste, dass er es nicht wirklich so meinte. Guy Lavallais war ein ausgezeichneter Schwerkämpfer. Er war von Söldnern aufgezogen und vom König von Frankreich zum Ritter geschlagen worden. Den Gerüchten nach, hatte er noch nie einen Zweikampf verloren. In jedem Turnier war er in der Disziplin des Schwertkampfes als Sieger vom Platz gegangen. Er konnte seine Gegner nach Belieben dominieren.

Es war Guy, der Lance bei ihrer ersten Begegnung beim Turnier des Nordens beibrachte, ein Schwert zu benutzen. Guy hatte ihm auch geholfen, die Stelle als Schmied bei Lord Bohun zu bekommen. Dies hatte es ihm letztlich erlaubt, niemals wieder zu seinem Vater zurückkehren zu müssen.

Unglücklicherweise hatte er dadurch auch die eine Person zurückgelassen, die ihn mehr geliebt hatte als alle anderen, die liebenswürdigste Frau, die je gelebt hatte. Lance war sich nie sicher, ob seine Mutter ihm die Wahrheit über seinen Vater erzählt hatte. Aber er hatte ihren Beteuerungen geglaubt.

Er *wollte* es glauben.

„Für einen verliebten Mann scheinst du dich nicht gerade übermäßig über das Leben zu freuen."

Sie waren zurück in Lances kleiner Unterkunft hinter der Schmiede.

„Ich bin nicht verliebt."

Und schon wanderten seine Gedanken wieder zurück in die Kammer der Gräfin und zu deren Behauptung, dass ihre Tochter ihn liebte. Guy hatte nicht aufhören wollen, Lance über das Gespräch mit der Gräfin auszuhorchen, aber Lance war stur geblieben. Er hatte ihm nichts erzählt und würde es auch jetzt und hier nicht tun.

Guy nahm seinen Schwertgurt ab und legte ihn auf den einzigen Tisch in den Räumlichkeiten, die Lance nun sein Zuhause nannte. Obwohl die Unterkunft klein war, so war sie doch größer als sein Zuhause in dem er aufgewachsen war.

„Dein Verhalten deutet aber sehr darauf hin", stichelte Guy.

Lance saß auf dem Bett und hatte die Hände in seinen Schoß gelegt.

„Bist du sicher, dass es keine andere Mission gibt, der du dich zuwenden kannst?"

Guys impertinentes Grinsen deutete seine Antwort darauf bereits an.

„Nein, denn es ist nun einmal wichtig, Stantons Unterstützung zu gewinnen. Nachdem, was gestern vorgefallen ist, habe ich das Gefühl, dass ich diese Aufgabe nicht dir alleine zumuten sollte."

Er sollte keine Fragen stellen, deren Antwort er bereits kannte.

Stille trat ein.

Für einen verliebten Mann.

Er war niemals zuvor verliebt gewesen. Er war mit Frauen ins Bett gegangen, ja, aber nur mit solchen, die sich keine Zukunft mit ihm ausrechneten. Es waren einige Witwen dabei.

Idalia war anders.

Er vermisste sie in jedem Augenblick, an dem sie nicht zusammen waren, obwohl er wusste, dass er sich auf seine Aufgabe konzentrieren musste. Und auch wenn er heute gute Neuigkeiten gehört hatte – der Earl hatte einen anderen Grenzlord besucht, der seine Abneigung gegen den König offen kundgetan hatte – so waren seine Gedanken doch stets bei Idalia.

Und bei ihrer Mutter. Würde es ihr wirklich nichts ausmachen, einen einfachen Schmied als Ehemann ihrer Tochter zu sehen? Trotz ihrer Worte erschien dies unwahrscheinlich.

„Du bist abgelenkt."

Lance stritt es nicht ab.

„Während wir hier in Stanton sitzen, fährt der König damit fort, Unglück über das Leben all seiner Untertanen zu bringen. Auch das Dorf Stanton zeigt bereits einige Anzeichen dafür, wie die Leute durch Johns hohe Steuern zu leiden haben."

Dies entsprach der Wahrheit.

„Lance? Um Himmels Willen, hörst du mir überhaupt zu?"

Lance war schon seit langem an das feurige Temperament seines Freundes gewöhnt, und so ignorierte er dessen Tonfall und antwortete auf seine Frage. „Aye. Und ich komme unserem Ziel immer näher. Wenn die Zeit dafür reif ist, werde ich um eine Audienz bitten."

„Frag *sie*." Guy schritt unruhig in dem kleinen

Raum umher. „Ein paar einfache Fragen und wir haben die Informationen, die wir brauchen. Sei kein Narr, Lance.“

„Hör mir zu.“ Guy baute sich direkt vor Lance auf. „Was denkst du, wie das hier endet?“

Lance ballte die Hände zu Fäusten.

„Stanton wird unseren Orden unterstützen“, fuhr Guy fort, „oder eben nicht. Egal, wofür er sich entscheidet, es wird damit enden, dass wir Stanton verlassen. So angenehm es hier auch sein mag“, er machte eine ausladende Geste, „es ist nicht dein Zuhause.“

Guy hatte recht, aber Lance gefiel es nicht, die Wahrheit laut ausgesprochen zu hören.

„Die Tochter eines Earls kann keinen Schmied heiraten“, sagte Lance mit sanfter Stimme.

Guy presste die Lippen zusammen. „Das habe ich nicht gesagt.“

„Das musst du auch nicht.“

Natürlich war es so. Es war sein Fehler gewesen, den Worten der Gräfin Glauben zu schenken und sich vorzustellen, wie es wohl wäre, jeden Morgen neben Idalia aufzuwachen und mit ihr glücklich zu sein.

„In einer anderen Welt könntest du mit ihr glücklich sein.“

Lance sah seinen Freund an und wurde ungeduldig.

„Mein Glück ist nicht von Belang. Genauso wenig wie deines. Was zählt“, sagte er entschlossen, „ist der Orden des zerbrochenen Schwertes.“

„Wenn du das wirklich glaubst“, sagte Guy, „dann rede mit ihr darüber.“

Rede mit Idalia über ihren Vater.

Eine ganz einfache Sache. Aber wenn Lance sie

über die Loyalität ihres Vaters ausfragen würde, würde ihre Beziehung nicht mehr dieselbe sein.

Ich könnte ihre alles erzählen.

Lance verwarf den Gedanken. Seine Loyalität lag beim Orden und bei seinem Land. Nicht bei einer Frau, die er eben erst kennengelernt hatte. Ganz egal, wie wunderschön oder liebenswert sie auch sein mochte.

Er kam nicht.

Idalia wartete an ihrem Treffpunkt, an einem Ort, den sie jahrelang für sich alleine gehabt hatte. Sie war stets damit zufrieden gewesen. Bis jetzt.

Ein Donnergrollen nahm Idalia als Zeichen dafür, dass es Zeit war zu gehen. Entweder das, oder das Lieblingskleid ihrer Mutter, das sie an diesem Abend trug, würde klitschnass werden. Sie hob das violette Kleid an und konzentrierte sich auf Erinnerungen an ihre Mutter, anstatt... an ihn zudenken.

Das Kleid war ein Überraschungsgeschenk ihrer Mutter gewesen. Zu einem Feiertag im Mai. Sie erinnerte sich noch genau an diesen Tag. Ihre Mutter war in Idalias Kammer geplatzt. Roysa und Marina waren bei ihr gewesen, Roysa hatte ein wunderschönes gelbes Kleid getragen. Marina trug dieses violette Kleid auf ihren Armen.

Idalia hatte erkannt, dass ihre Mutter ihr eine Freude bereiten wollte, und so lobte sie die lebhafte Farbe ihres neuen Kleides und hörte zu, wie ihre Schwester davon schwärmte.

Was für ein wunderbarer Tag das gewesen war. Er schien so lange her zu sein.

Der Regen kam schneller als erwartet und so rannte Idalia in Richtung der großen Halle. Kurz vor der Regen einsetzte, ging sie durch die zweiflügige Tür, die zwei Diener für sie aufhielten. Die schweren Türen wurden hinter ihr geschlossen, und Idalia nickte den beiden Männern dankbar zu. In diesem Augenblick kam ihr Vater um die Ecke.

„Vater", grüßte sie ihn höflich.

„Ah, hier bist du."

Dawson rannte hinter ihm her. Offensichtlich hatte auch er bereits nach ihr gesucht. Idalias Herz wurde schwer. „Geht es um Mutter?"

Die beiden Männer tauschten einen undurchschaubaren Blick aus.

„Ja, so könnte man es ausdrücken", antwortete ihr Vater. Noch bevor er ein weiteres Wort sagen konnte, war Idalia auf dem Weg in die Kammer ihrer Mutter.

„Warte, Tochter", rief er ihr nach. „Deiner Mutter geht es gut."

Sie hielt sofort an.

„Gut? Aber..."

„Sie bat mich, dich zu suchen."

Dieser Satz alarmierte Idalia sofort. Hatte sie ihm von Lance erzählt? Ihr Vater würde mit Sicherheit nicht die liberalen Ansichten ihrer Mutter teilen.

Machte das einen Unterschied? Vermutlich war Lance aufgrund der Worte ihrer Mutter heute Abend nicht auf dem Turm erschienen.

Ihr Vater nickte Dawson zu, der sich daraufhin zurückzog. In der Halle herrschte noch viel Betrieb, Diener rückten die groben Tische zur Seite, um alles für die Nacht vorzubereiten. Ihr Vater schon sie in einen abgelegenen Alkoven und bedeutete ihr, sich zu setzen.

„Was hat sie", Idalia schluckte, „dir erzählt?"

„Dass sie dir von ihrem ersten Ehemann erzählt hat", antwortete er ohne Umschweife.

Oh.

Idalia konnte die Frage, ob sie sonst noch etwas erzählt hatte, gerade noch zurückhalten. Aber da ihr Vater offensichtlich nicht erzürnt war, vermutete sie, dass er noch nicht alles wusste.

„Ich war überrascht", gab sie zu, unsicher darüber, was er von ihr hören wollte.

„Das denke ich mir."

Idalia wartete.

„Sie hat mich auch gewarnt."

Idalias Herz schlug unangenehm stark in ihrer Brust.

„Dich gewarnt?"

Die Augen ihres Vaters hatten sie schon immer fasziniert. Ihre Farbe war nicht zu definieren. Sie waren braun, grün und blau gleichzeitig. Hätte sie drei Personen nach der Farbe gefragt, sie hätte drei verschiedene Antworten erhalten.

Jetzt verengten sich seine Augen.

„Du bist nicht die Lady von Stanton."

Idalia hielt die Luft an. Dachte er, dass sie die Kompetenzen ihrer Stellung in der Burg überschritten hatte?

„Was ich damit sagen will ist... da Roysa nun fort ist und deine Mutter...", er runzelte die Stirn, „krank ist... habe ich mich möglicherweise mehr auf dich verlassen als ich es sollte."

Idalia stieß erleichtert den Atem aus. „Das macht mir nichts aus, Vater", antwortete sie ehrlich. „Stanton Castle ist mein Zuhause, und es erfüllt mich mit Freude, mich darum zu kümmern. Und um die Bewohner."

Als er nicht antwortete, fragte sich Idalia unwillkürlich, ob sie etwas Falsches gesagt hatte.

„Es ist meine Pflicht, dich, deine Mutter, deine Schwester und alle anderen hier in Stanton zu beschützen."

„Natürlich. Ich hatte nicht die Absicht..."

„Ich fürchte, ich habe mich nicht klar ausgedrückt."

In diesem Punkt musste sie ihm wohl zustimmen.

„Es gibt nichts Wichtigeres für mich", fügte er hinzu, als ob dies alles erklären würde.

Leider erklärte es gar nichts.

„Ich verstehe nicht ganz."

„Es gibt Dinge... in unserem Land, die wir nicht kontrollieren können und die gerade jetzt passieren."

Oh. Er meinte den König.

Obwohl er es niemals offen ausgesprochen hatte, so wusste sie doch, dass ihr Vater mit König Johns Politik nicht einverstanden war. Sie wartete geduldig, aber er sagte nicht mehr. Vielleicht sollte sie sich glücklich schätzen, dass er überhaupt etwas zu diesem Thema gesagt hatte. Das war genauso viel, wie ihr Vater auch über andere Dinge mit ihr sprach, mit Ausnahme des Haushalts.

„Ich verstehe, Vater."

Sie dachte wirklich, dass sie ihn verstanden hatte. Er war nun einmal sehr zurückhaltend in dieser Angelegenheit, andere sprachen ihren Unmut darüber, was gerade in ihrem Land vorging, hingegen offen aus. Es ging dabei um die Steuern und den Krieg gegen Frankreich. Einen Krieg, den niemand wollte, außer dem König.

„Sehr gut", sagte er und war offensichtlich entspannter als zuvor. „Dann genieße", er sah sich in der Halle um, „den Abend. Oder das, was davon noch übrig ist."

Sie stand nach ihm auf.

„Ich danke die, Vater."

Er lächelte nicht wirklich, aber seine Mundwinkel waren leicht nach oben gezogen. In seinen Augen konnte Idalia seine vielen Sorgen ablesen. Sorgen über Mutter? Über die Situation mit dem König?

Es gab nur eine Person, die wusste, was ihren Vater so bedrückte. Auch wenn es schon spät war, so würde ein Besuch bei ihrer Mutter sie sicherlich von den Gedanken an Lance ablenken.

Auch wenn ihre Mutter diejenige war, die ihn – sicherlich unabsichtlich – abgeschreckt hatte.

Was Idalia geplant hatte, ihm an diesem Abend zu sagen, hätte vermutlich dieselbe Wirkung auf ihn gehabt wie die Worte ihrer Mutter.

Vielleicht sogar noch abschreckender.

KAPITEL SIEBZEHN

Er war ein Feigling.

Seit zwei Tagen hatte Lance die große Halle gemieden. Und den kleinen Turm.

Und sie.

Erneut.

Auch wenn er Fortschritte in seiner Mission gemacht hatte, Stanton auf ihre Seite zu ziehen, – er hatte sich mit einem Sergeant angefreundet, der mit seiner Meinung über den König nicht hinter dem Berg hielt – so enttäuschte Lance doch immer wieder die Leute um ihn herum.

Guy konnte nicht verstehen, warum er seine Beziehung mit Idalia nicht nutzte, um seine Mission voranzutreiben. Und Idalia hasste ihn vermutlich, weil sie dachte, er würde nach den Worten der Gräfin Abstand von ihr nehmen.

Er hatte keine Angst vor einem Treffen mit Idalia. Was ihn hingegen verängstigte war, dass er von einer gemeinsamen Zukunft mit der Tochter des Earls träumte – einer Zukunft, die so niemals eintreten konnte.

Derlei destruktive Gedanken waren weder für ihn, noch für seine Mission zuträglich.

So hatte er sich dazu entschlossen, den Weg des Feiglings zu gehen und sie zu meiden. Unglücklicherweise gelang es ihm nicht, Guy zu meiden, der gerade die Tür zur Schmiede so stark zugeschlagen hatte, dass Lance befürchtete, neue Scharniere anfertigen zu müssen.

„Sind die Jungen weg?"

Lance sah sich demonstrativ in der Schmiede um. „Nein, Miles und Daryon verstecken sich unter der Bank."

Wenn Guy nicht lächelte, wusste Lance, dass etwas nicht stimmte. Im Gegensatz zu ihm, sparte der Söldner nie mit seinem Grinsen, genauso wenig wie mit seinen andauernden Sticheleien.

„Was ist los?"

„John hat sich die Dienste der Bande de Valeur gesichert."

Das konnte nicht sein. Die Bande de Valeur war eine der ältesten und stärksten französischen Söldnerarmeen, die noch existierten. Indem er sich ihre Dienste sicherte, machte der König sein Misstrauen gegenüber seiner eigenen Armee deutlich.

Lance ließ sich auf die Bank fallen. „Woher weißt du das?"

„Ein reisender Händler hat es mir erzählt. Ganz Stanton redet schon darüber."

„Niemand weiß von unserem Orden", dachte er laut nach, „aber wir haben auch keine Kenntnisse von irgendwelchen anderen Widerstandsgruppen."

Obwohl viele der Barone, insbesondere im Norden, mit Johns launenhafter Politik mehr als unzufrieden waren, hatte man bisher nicht mehr als Flüstern gegen ihn vernehmen können.

„Wenn das wahr ist..."

Der König war noch törichter als Lance gedacht hatte. Das war eine offene Provokation gegenüber seinen eigenen Untertanen. Aber es war auch ein Problem.

„Wenn da wahr ist, dann wird der Orden des zerbrochenen Schwertes mit mehr Gegenwehr rechnen müssen als es uns lieb ist", stellte Lance fest.

Die Bande de Valeur war groß, ihre Männer bekannt für ihre Rücksichtslosigkeit.

Guy wusste das zu gut.

Er hatte bereits einmal gemeinsam mit ihnen gekämpft.

„Ich kann sie von unserer Sache überzeugen", behauptete Guy und ballte seine Hände zu Fäusten. „Aceline de Chabannes ist ein Bastard, aber er ist intelligent. Mit genug Überredungskunst können wir ihn auf unsere Seite bringen."

„Und wie willst du ihn überreden? Etwa mit der Wahrheit?"

„Vielleicht. Und natürlich mit Münzen. Ich muss mit Conrad und Terric darüber reden."

„Beide sind wohlhabend, ohne Zweifel. Aber selbst zusammen werden sie wohl kaum die Mittel aufbringen können, die der König den Söldnern bietet."

Eine Tatsache, die seinen Freund nicht zu entmutigen schien.

Guy schüttelte entschieden den Kopf. „Sie dürfen nicht für John kämpfen. Das dürfen wir nicht zulassen."

Lance stimmte dem zu. Die Anwesenheit der französischen Söldner in England würde ihr Vorhaben stark gefährden. Aber er konnte sich nicht vorstellen, wie Guy eine ganze Armee dazu überreden wollte, wieder nach Frankreich zurückzureisen, obwohl ihnen vom König Reichtümer versprochen worden waren.

Aber trotzdem, wenn es jemand schaffen konnte, dann Guy.

„Dann geh." Er stand auf und streckte seinen Arm aus. Guy nahm ihn und packte Lances Unterarm mit seiner Hand. Dies war schon immer ihr Abschiedsritual gewesen.

„Ich werde Stantons Unterstützung sichern, sofern er geneigt ist, uns diese zu gewähren."

Guy nickte entschlossen. „Ich weiß, dass du das wirst. Bis zu unserem nächsten Treffen, mein Freund."

Guy glaubte an Lance, auch wenn dieser einige persönliche Dinge zu klären hatte. Das Wissen darum, ermutigte Lance zu tun, was zu tun war.

„Bis zu unserem nächsten Treffen", wiederholt er.

Mit einem erneuten Nicken war Guy verschwunden. Lance hatte nun keine Zeit mehr für Selbstmitleid. Seine Gefühle für Idalia mussten hinter seiner Mission zurückstehen. Er war aus einem Grund nach Stanton gekommen.

Jetzt war es an der Zeit, seine Mission zu erfüllen.

IDALIA und ihre Schwester ritten Seite an Seite aus der Burg.

Als Tilly noch jünger war, war sie nie von Idalias Seite gewichen, was dieser sehr gefallen hatte. Jetzt wünschte sich Idalia, dass sie nicht ständig von einem Schatten begleitet werden würde. Ihre gemeinsamen Ausritte wurden jedoch immer seltener, je älter Tilly wurde.

Es war Markttag, und Idalia war niemals dankbarer für eine Ablenkung gewesen. Ihr Vater hatte den Verkäufern im Dorf überdachte kleine Stände bereitstellen lassen. Besonders die Tuch- und Kleidungshändler begrüßten dies, hatten sie doch oftmals mit den teilweise rauen Naturelementen im Norden zu kämpfen.

„Ein großartiger Tag für einen Markt“, sagte Tilly, als ob sie Idalias Gedanken hätte lesen können.

„Aye. Ich habe gerade an die vielen Verbesserungen gedacht, die Vater über die Jahre hinweg vornehmen ließ.“

„Und zweifellos hast du noch Ideen, wie man die Dinge noch weiter verbessern könnte.“

Idalia lächelte trotz ihres schwermütigen Herzens. Falls Tilly ihre Ablenkung bemerkt hatte, so hatte sie dies zumindest nicht kommentiert. Stattdessen plauderten sie über den Markt und spekulierten darüber, wie es wohl Roysa erging. Ihre Briefe wurden immer seltener, und sie war seit ihrer Heirat noch nicht ein einziges Mal zu Besuch gekommen.

Nur über zwei Dinge redeten sie nicht.

Über Mutter und über den Schmied.

Nicht, dass Tilly irgendetwas über ihre Beziehung zu Lance wusste. Natürlich war Beziehung das falsche Wort dafür. Seitdem er nicht zu ihrem Treffen auf dem Turm erschienen war, hatte er sie gemieden.

Wenn er sich von den Worten ihrer Mutter so leicht einschüchtern ließ, dann war er eben nicht der Richtige für sie.

Zumindest redete sie sich dies seit ein paar Tagen ein.

„Kein Knoblauch heute“, sagte sie und brach damit die unausgesprochene Vereinbarung, nicht über die Krankheit ihrer Mutter zu sprechen.

„Der neue Medikus sollte schon längst hier sein“,

meinte ihre Schwester. In der Tat. Idalia würde nach ihrer Rückkehr mit ihrem Vater darüber reden.

Sie konnten den Markt bereits hören, auch wenn er noch außer Sichtweite war. Lautes Stimmengewirr drang bis zu ihnen. Das Geräusch eines Hammers auf Metall erinnerte sie wieder an die Schmiede.

Nein, ich werde nicht an ihn denken.

Was unmöglich war angesichts der Tatsache, dass genau dieser Mann sie ansprach, als sie und Tilly am Markt ankamen.

„Mylady.“

Er führte sein Pferd neben ihres, was das Zeichen für Tilly war, sich zurückzuziehen. Wenn Idalia es nicht besser gewusst hätte, hätte sie wohl vermutet, dass ihre kleine Schwester es so organisiert hatte. Tilly trieb ihr Pferd an und ritt davon.

Obwohl Idalia bei so vielen Leuten auf dem Markt nicht mit Lance alleine war, so konnte sie doch seine Anwesenheit spüren.

„Meister Lance.“

Sie setzte ihren Weg zu den Ställen fort, ohne ihn eines Blickes zu würdigen. Er holte auf und ritt neben ihr her, sagte aber nichts, bis sie abgestiegen waren und ihre Pferde einem Stallburschen übergeben hatten.

„Ich bin überrascht, dich hier zu sehen“, begann sie schließlich.

Der neue Schmied arbeitete genauso hart, wenn nicht sogar noch härter, als der vorige Schmied. Eine Tatsache, die viele Einwohner von Stanton bereits erkannt zu haben schienen. Immer mehr Leute sprachen über hin, und auch wenn sie sich für ihn darüber freute, so war es doch schwer für Idalia, ihnen dabei zuzuhören.

Es erinnerte sie stets an ihr letztes Treffen mit ihm.

Daran, was er mit ihr gemacht hatte und wie ihr Körper darauf reagiert hatte.

So zu tun, als ob sie nicht mehr an ihn dachte, fiel ihr jedoch um einiges leichter, wenn er nicht direkt neben ihr stand.

„Ich habe viel über den Markttag gehört und bin neugierig."

Sie gingen an Ständen mit frischen Früchten und Kleidung vorbei. Idalia hätte eigentlich anhalten sollen, denn sie hatte einige Besorgungen für den Koch und für Dawson zu erledigen, aber weder ihre Füße noch ihr Mundwerk schienen ihr gerade zu gehorchen.

„Stanton ist einer von nur drei Orten in ganz Northumbria, die einen Markt abhalten dürfen", erklärte sie.

„Und er wird sehr gut angenommen. Überdachte Stände?"

„Die Idee meines Vaters. Er hatte gehofft, dass dadurch noch mehr Händler angelockt werden, die von anderen Dörfern hierher kommen."

Jedem Händler, an dem sie vorbeikamen, nickte sie lächelnd zu und gab vor, die neugierigen Blicke, die Lance zugeworfen wurden, nicht zu bemerken. Idalia ging zu einem Tisch mit vielerlei Käsesorten, Lance blieb an ihrer Seite. Nach einer kurzen Verhandlung und der Übereinkunft, dass der Einkauf direkt in die Burgküche geliefert werden sollte, gingen sie weiter.

„Das hast du gut gemacht." Lance warf dem Händler einen Blick über die Schulter zu. „Ich glaube nicht, dass ich es geschafft hätte, den Preis so weit zu drücken."

„Die Tochter des Earls zu sein, hat auch seine Vorteile."

Es gab viel mehr, was sie ihm sagen wollte, aber

nichts davon erschien angemessen. Vor allem nicht hier, wo jeder sie hören konnte. Stattdessen tat Idalia so als wäre es vollkommen normal, dass sie sich bei mehr als nur einer Gelegenheit geküsst hatten.

Und dann war da auch noch dieser kleine Vorfall an dem Abend, an dem er ihr Kleid angehoben hatte und ihr mit seinen Fingern einen unvorstellbaren Genuss bereitet hatte.

Um Himmels Willen, Idalia. Hör auf damit!

„Es gibt einen Ort in Frankreich, der bekannt ist für seine exquisiten Kleidungsstücke. Der Lord dort hat den Markt ähnlich aufgebaut wie hier", er zeigte auf die Stände, „aber noch viel größer. In einen Stand passen dort zehn Händler."

„Zehn?"

„Aye. Der Markt ist mitten auf einem Platz errichtet worden, und weder Schnee noch Regen kann die Geschäfte stören."

Idalia hielt an und versuchte, sich einen Markt dieser Größe vorzustellen.

„Hast du das selbst gesehen?"

Lance hielt ebenfalls an. Oh Gott, er leckte sich mit der Zunge über die Lippen. Nein, nur über die Oberlippe. Gerade so, dass sie seine Zungenspitze erkennen konnte und sich sofort daran erinnerte, wie sie sich auf der ihren angefühlt hatte.

Ich bin ein hoffnungsloser Fall.

„Ja, das habe ich."

Sie standen mitten auf der Straße. Idalia war klar, dass sie ohne ihn weitergehen sollte, aber sie konnte ihren Blick nicht von ihm abwenden.

„Könntest du das meinem Vater erklären?"

Er zögerte.

Es war eine einfache Frage, aber Lance dachte über seine Antwort nach.

„Aye", antwortete er schließlich. „Das könnte ich wohl."

„Gut."

Sie wollte weitergehen, aber er hielt sie zurück. Als er erkannte, dass sie sich mitten auf einem überfüllten Markt befanden, zog er schnell seine Hand zurück, so als ob er sie sich verbrannt hätte.

„Es tut mir leid, Mylady."

Idalia senkte ihre Stimme. „Was? Dass du mich gerade hier berührt hast?" Sie hob ihr Kinn. „Oder etwas anderes?"

„Alles. Und noch mehr."

Idalia hatte keine Ahnung, was er damit meinte. Sie wusste nur, dass sie von ihm fort musste. Lance machte es ihr schwer, die Schlagfertigkeit zu nutzen, die sie eigentlich besaß.

Sie trat einen Schritt zurück, aber dieses Mal stoppte er sie mit seinen Worten.

„Möchtest du mich heute Abend treffen?"

Sie erstarrte.

Nein. Die Antwort lautet Nein.

Stattdessen fragte sie: „Wirst du dieses Mal auch kommen?"

Auch wenn er so aussah als wollte er sich entschuldigen, so brachte er doch kein Wort der Entschuldigung heraus. Er nickte.

„Ich werde kommen."

Sie wollte ihn immer noch am liebsten dort stehenlassen. Das hätte sie wohl auch getan, wäre nicht dieses eine Wort gewesen.

„Bitte."

Sie musste es ablehnen. Idalia wusste, wie sie sich gegen einen Mann wappnen musste, den ihr Vater niemals an ihrer Seite akzeptieren würde. Gegen einen, der nicht mehr wollte, als sich ein paar Augenblicke der Leidenschaft zu stehlen.

Aber dieser Mann hatte etwas an sich, das sie alles vergessen ließ, was sie tun sollte.

„Aye. Ich werde dich dort treffen."

Dieses Mal ließ er sie gehen.

Törichter Narr.

Idalia war sich nicht sicher, ob sie wirklich den Schmied damit meinte... oder sich selbst.

KAPITEL ACHTZEHN

Lance verfluchte sich selbst, als er die Treppen des kleinen Turmes hinaufstieg. Um ihretwillen hätte er Idalia weiter meiden sollen. Aber eine Einladung des Earls, um mit ihm über diese Marktstände in Frankreich zu sprechen, wäre genau das, was er brauchte. Es würde ihm die Möglichkeit geben, Stantons Meinung über den König in Erfahrung zu bringen.

Zweifellos war Stanton unzufrieden mit dem König. Zumindest seine Männer waren gegen den König. Was hoffentlich die Ansichten ihres Lords widerspiegelte. Aber er hasste es, Idalia für seine Angelegenheiten einzuspannen. Sie kannte seine Absichten nicht, und ein geheimes Treffen konnte zu nichts Gutem führen. Er wusste, dass er sie durch sein Verhalten verletzt hatte, und er suchte eine Gelegenheit, es ihr zu erklären. Er würde ihr sicher nicht alles erklären können, aber sie hatte zumindest eine Entschuldigung verdient.

Trotzdem wusste Lance, dass es nun an der Zeit war, der Lady von Stanton einige pikante Fragen zu stellen.

Das war er dem Orden schuldig.

Warum hatte er all diese Gedanken bereits wieder vergessen, als er dir Tür öffnete?

Sie war genauso wunderschön wie auf dem Markt. Aber auch wenn sie dasselbe Kleid trug und ihre Haare ihr offen über die Schultern fielen, so wirkte sie in diesem Moment doch wesentlich majestätischer. Ihr Kinn hoch erhoben, verkörperte sie ganz die Tochter eines Earls. Eine kompetente, junge Frau, die sich um die Leute von Stanton kümmerte.

Ihre Mutter wäre stolz auf sie.

„Du bist einzigartig, einfach unvergleichlich", platzte er heraus. Nicht exakt das, was er hatte sagen wollen, aber trotzdem wahre Worte. Und er musste sie ihr sagen.

„Du scheinst noch nicht sehr viele Ladys getroffen zu haben."

„Warum sagst du so etwas?"

Sie ging misstrauisch auf ihn zu. Genau so, wie er es durch sein Verhalten verdient hatte.

„Wenn du meine Schwester kennen würdest..."

„Eine wunderschöne Frau, dessen bin ich mir sicher. Aber ich sage es noch einmal, du bist in meinen Augen unvergleichlich." Er legte alles an Überzeugungskraft in diese Worte, was er aufbringen konnte. Aber sie schien immer noch nicht überzeugt.

„Und trotzdem bist du an jenem Abend nicht erschienen."

„Das hatte nichts mit dir zu tun."

Das bittere Lachen, das daraufhin aus ihrem Mund kam, schien nicht von ihr zu stammen. Er verfluchte sich erneut dafür, dass er ihr einen solchen Schmerz zugefügt hatte.

„Hör mich an." Trotzdem er sich geschworen hatte, sie nicht anzurühren, nahm er ihre Hände. Indem er ihr direkt in die Augen sah, versuchte er erneut, sie zu überzeugen. „Nichts wünsche ich mir sehnlicher als dich zu meiner Frau zu machen."

Das war die reine Wahrheit.

„Aber ich bin nur ein einfacher Schmied."

„Ein Meisterschmied."

„Trotzdem bleibe ich ein Schmied. Deine Mutter mag durchaus... einzigartige Ansichten darüber haben. Aber dein Vater würde einer Verbindung niemals zustimmen, dessen bin ich sicher."

Idalia konnte dies nicht abstreiten.

„Ich bin an diesem Abend nicht erschienen, weil", er schluckte, „ich Angst hatte."

„Ich würde denken, dass ein Mann wie du vor nichts Angst hat."

Lance wurde augenblicklich in seine Kindheit zurückversetzt. Er lag im Bett und gab vor, zu schlafen. Er hörte die verräterischen Parolen, die sein Vater immer schrie, wenn er betrunken war.

„Ich hatte schon vor vielem Angst."

Lance liebkoste ihre Hände mit seinen Daumen. Er wollte, dass sie verstand, dass seine Handlungen nichts mit ihr zu tun hatten. Er wollte, dass sie sich selbst so sah, wie er sie sah. Und in seinen Augen war sie einfach perfekt.

Lance wusste, dass er ihr seine innersten Gefühle nicht offenbaren sollte. Es würde nur dazu führen, dass sie beide frustriert wären. Trotzdem kamen die Worte über seine Lippen. „Am meisten habe ich Angst davor, in eine Frau verliebt zu sein, die niemals mein sein kann."

„Was hast du gesagt?"

„Es spielt keine Rolle. Das mit uns... darf nicht sein."

Sie öffnete ihren Mund, mehr aus Überraschung denn aus Verlangen, aber Lances Körper reagierte trotzdem darauf.

„Lance…"

„Es darf nicht sein", wiederholte er. Aber Idalia schien nicht länger zuzuhören. Sie überbrückte die Distanz zwischen ihnen, und Lance betete darum, stark zu sein.

„Küss mich", forderte sie ihn auf und legte den Kopf in den Nacken.

„Idalia, es gib vieles, das du nicht weißt."

„Küss mich."

Das wollte er mehr als alles andere.

Er wusste, dass er sie nie ganz haben konnte, aber vielleicht konnte er wenigstens das haben. Einen Kuss.

Ihre Lippen legten sich aufeinander als wären sie genau dafür geschaffen worden. Als ob er für diese eine Frau geschaffen worden war, deren süßer Duft mehr Verlangen in ihm auslöste als alles andere, was er bisher erlebt hatte.

Lance erstarrte, als ihre Hand von seiner Schulter auf seine Brust wanderte. Und noch tiefer. Sie hörte nicht auf. Noch tiefer…

Er zwang sich, den Kuss abzubrechen.

„Nein, Idalia."

Hastig zog sie ihre Hand zurück.

„Bitte verstehe mich doch. Es gibt nichts, was ich lieber tun würde…"

„Ich dachte nur… du hast mir an diesem Abend so viel Genuss bereitet." Sie ließ entmutigt ihre Schultern hängen. „Ich dachte, ich könnte vielleicht dasselbe für dich tun."

Vor Erstaunen klappte sein Mund auf.

„Das geht nicht." Er musste schwer schlucken. „Das wäre wunderschön, aber…"

Lance hatte sich stets als starken Mann betrachtet. Zumindest seit dem Tag, an dem er seinen Vater niedergeschlagen hatte. Jetzt wusste er es besser.

Er war schwach wie ein Säugling.

Als sie erneut ihre Hand auf seine Brust legte, schwor er sich im Stillen, auf ihre unausgesprochene Frage zu antworten. Sie wusste nicht, wie sie weitermachen sollte. Und er sollte sicher nicht derjenige sein, der es ihr zeigte.

Aber er wollte verdammt sein, wenn er nicht seine Hose öffnen und ihre Hand führen würde, bis sich ihre Finger um seinen harten Schwanz schlingen würden.

Sie nahm seine Hand als Führung an und streichelte ihn. Dabei blickte sie ihm in die Augen und lächelte. Das Lächeln einer Frau, die gerade lernte, dass sie eine geheime Macht innehatte. Würde sie ihn in diesem Augenblick um die Welt bitte, Lance würde sie ihr mit Freuden zu Füßen legen.

„Er ist so weich und doch so hart."

Er nahm seine Hand von ihrer und legte sie auf ihre Schultern.

„Ich hätte mir niemals vorstellen können..."

„Idalia." Er warf seinen Kopf zurück und schloss die Augen.

„Fühlt es sich so gut an wie deine Finger an jenem Abend in mir?"

Das war untertrieben.

Das musste nun aufhören. Er schnappte ihre Hand, drehte sie herum und drückte sie an die Wand hinter ihnen. Da sie vollkommen außer Sichtweite waren, küsste er sie leidenschaftlich.

Er drückte sich gegen sie. Unter ihrem Kleid würde sie nicht viel spüren, aber er wagte es nicht, es ihr auszuziehen. Das Verlangen, in ihr zu sein, war zu überwältigend. Natürlich hätte er ihr einen weiteren Orgasmus bescheren können, aber das war nicht mehr als eine leere Geste. Sie verdiente mehr als eine schnelle Erleichterung.

Sie verdiente alles.

„Ich möchte in dir sein", flüsterte er in ihr Ohr, bevor er zärtlich mit den Zähnen daran nagte. „Ich möchte so tief in dir sein, dass unsere Körper eins werden."

Er küsste ihr Ohr und ihren Nacken, immer weiter ermutigt durch ihr schweres Atmen.

„Ich möchte Liebe mit dir machen, meine süße Idalia, und dir zeigen, wie wertvoll du für mich bist."

Sie griff nach seinem Hemd.

„Wenn du nur mein sein könntest. Ich würde dich mit meinem Mund verwöhnen", fuhr er fort.

Er realisierte, dass sie nicht verstand, was er damit meinte. Er wollte aber, dass sie es verstand. Er wollte sie jede Nacht. Er wollte sich vorstellen, was sie alles tun würden, wenn sie nur frei von all den Zwängen wären. Mit derlei Gedanken hatte er seine Nächte verbracht, seit er in Stanton angekommen war und sie zum ersten Mal gesehen hatte.

„Aye, ich möchte dich dort schmecken." Er sah dabei auf die verführerische Stelle zwischen ihren Beinen. Dieses Mal hatte sie verstanden.

„Wirklich?"

Sie war überrascht, aber auch fasziniert. Wenn er es ihr nur zeigen würde.

Was zum Teufel tust du da? Sie ist nicht für deinesglei-chen bestimmt, du Narr.

„Ich hätte das nicht sagen sollen."

„Warum nicht?" Sie trat einen Schritt zurück, und Lance war so dankbar wie nie zuvor. In ihrer Nähe konnte er nicht klar denken. Er war nicht Herr seiner Sinne. Wenn er mit Idalia zusammen war, war alles andere unwichtig.

„Du weißt warum. Ich bin ein Schmied, du bist die Tochter eines Earls."

„Deren Mutter ihre Zustimmung gegeben hat. Sag mir, Lance, was genau ist das zwischen uns?"

Wenn er das nur wüsste. Er verstand nur, dass er nicht die Finger von ihr lassen konnte.

„Deine Worte von eben. Haben sie denn jetzt keine Bedeutung mehr?"

„Dein Vater..."

„Er kennt dich nicht. Genauso wenig wie ich dich kenne."

„Es stimmt, du weißt sehr wenig über mich", stimmte er zu und dachte an den Orden. Seine Geheimnisse könnten ihre Meinung von ihm ins Gegenteil verkehren. Sie würde es bedauern, was sie gesagt und mit ihm geteilt hatte. Erneut dachte er an seine Freunde, und daran, was auf dem Spiel stand, wenn der Earl von Stanton sich nicht auf ihre Seite schlagen würde.

Er musste mit ihm sprechen und seine Meinung über den König in Erfahrung bringen.

„Ich weiß, dass du verletzt worden bist", sagte sie mit glitzernden Augen. „Ich weiß, dass du deine Lehrlinge behandelst als wären sie deine Söhne. Ihre Mutter redet über nichts anderes mehr als über dich. Und ich weiß, dass wenn ich bei dir bin..."

„Bitte hör auf."

Kaum hatte er dies ausgesprochen, wollt er verzweifelt wissen, was sie sagen wollte.

Aber er hatte eine Pflicht zu erfüllen, und so tat er, was er tun musste.

„Stell mich deinem Vater vor."

Natürlich verstand sie es falsch. Sie nahm es als Zeichen der Hoffnung für sie beide, dabei konnte es genau das Gegenteil bedeuten.

Ihr Lächeln gab Lance das Gefühl, als wäre er ins Schmiedefeuer gefallen. In seiner Brust brannte das Verlangen, ihr die ganze Wahrheit zu erzählen. Nicht zum ersten Mal zog er es ernsthaft in Erwägung. Vielleicht würde sie Verständnis dafür zeigen? Vielleicht würde ihr Vater sie beide überraschen und ihre Beziehung akzeptieren?

Aye, ein Schmied und ein Verräter.

Der Earl würde ihn wohl eher in den Kerker werfen lassen, als ihn als Anwärter auf die Hand seiner Tochter zu akzeptieren.

Und wenn er tatsächlich unsere Sache unterstützen sollte?

Die Chancen dafür standen immerhin besser als auf eine Heirat mit Idalia. Und jetzt hatte er in ihr auch noch falsche Hoffnungen geweckt.

Gab es einen schlimmeren Mann auf der Welt als ihn?

KAPITEL NEUNZEHN

„Er ist einfach wunderbar."

Obwohl Idalia ihre Beziehung zu Lance wirklich für sich behalten wollte, konnte sie diesen Vorsatz nicht lange aufrechterhalten. Sie hatte herausfinden müssen, dass Liebe die Zunge einer verliebten Person löst. Und so hatte Idalia ihrer Zofe alles erzählt.

„Ich liebe ihn", gestand sie und fügte hastig hinzu, „Ich weiß, es ist verrückt, das über einen Mann zu sagen, den ich erst vor ein paar Wochen kennengelernt habe und von dem ich so wenig weiß. Aber Leana, wenn du nur einmal etwas länger mit ihm reden könntest... nun ja", sie überdachte ihre Worte, „das würde dich vielleicht auch nicht von ihm überzeugen. Er kann bisweilen recht mürrisch sein."

„Erinnerst du dich nicht daran, dass ich ihn bereits getroffen habe?" Leana hatte die Bettlaken zurechtgezogen.

Idalia glättete ihren Unterrock.

„Aber du hast ihn nicht wirklich kennengelernt."

„Ich freue mich für dich, Idalia. Wirklich. Aber bist du dir sicher...", Leana räusperte sich, „dass dein Vater dem zustimmen wird?"

„Das bin ich.“

Sie vermied Leanas Blick. Es war eine glatte Lüge, und beide Frauen wussten es. Aber Lance hatte um ein Gespräch mit ihrem Vater gebeten, und sie hatte eines arrangiert.

„Ich habe heute Vormittag mit Mutter gesprochen. Sie hat mich gebeten, Lance noch einmal zu ihr zu bringen, damit sie sich länger unterhalten können.“

„Wie geht es ihr heute?“

„Wie gestern“, gab Idalia besorgt zu. „Ich habe versucht, sie dazu zu bringen, etwas in ihrer Kammer herumzulaufen, aber ihre Magenschmerzen waren zu stark.“

Ihre Mutter war der Meinung, dass sie sich nicht mehr erholen und bald sterben würde, aber Idalia weigerte sich strikt, diese Möglichkeit in Betracht zu ziehen. Der Medikus aus London sollte nun jeden Tag hier eintreffen.

Ihre Mutter würde wieder gesund werden. Sie *musste* gesund werden.

„Bis du fertig?“

Sie blickte auf ihr gelbes Untergewand mit dem königsblauen Überwurf.

Die Farben von Stanton.

Ihrem Vater gefielen die Farben, und er hatte stets ein freundliches Wort übrig, wenn sie oder ihre Schwestern die Farben trugen. Im Gegensatz zu Roysa und Tilly war Idalia nur selten darauf aus, von Ihrem Vater Bestätigung zu erhalten. Aber an diesem Tag konnte sie jede Hilfe gebrauchen, die sie erhalten konnte.

Leana hatte recht. Ihren Vater davon zu überzeugen, aus Liebe heiraten zu dürfen, würde nicht gerade einfach werden. Auch die Gräfin stimmte in diesem Punkt mit ihrer Tochter überein.

Aber Idalia war entschlossen. Entschlossenheit war eine Eigenschaft, die sie ihrer Mutter zufolge direkt von dem Mann vererbt bekommen hatte, den sie heute zu überzeugen versuchte.

Zunächst musste sie allerdings Lance aufsuchen. Sie hatten beschlossen, sich in der Halle zu treffen, damit sie ihn ihrem Vater angemessen vorstellen konnte. Sie fand ihn direkt am Eingang der Halle. Viele Männer erschienen neben den beiden riesigen Eichentüren sehr klein, aber nicht Lance.

Als sie auf ihn zukam, sprach er gerade mit Dawson.

„Guten Tag", wünschte sie den beiden Männern.

Glücklicherweise schien Dawson den anerkennenden Blick nicht zu bemerken, den Lance ihr zuwarf, während sie näherkam.

„Einen guten Tag, Mylady", antwortete Dawson. „Wenn Ihr mich entschuldigen würdet. Es gibt Besucher, um die ich mich kümmern muss."

Idalia hatte von keinen Besuchern gehört, war aber erfreut, dass Dawson ihre Rolle freiwillig übernahm. Sie warf einen Blick auf das Ende der Halle. Ihr Vater wartete in seinem Solar, das direkt angrenzend lag. Unter normalen Umständen wagte es niemand, ihn dort zu stören.

„Guten Tag, Lady Idalia."

Sie konnte seinen Gesichtsausdruck nicht deuten. Oftmals sah er ernst aus, aber heute lag Vorsicht und noch etwas anderes in seinem Blick.

„Machst du dir Sorgen?", fragte sie.

Als sie Lance früher an diesem Tag in der Schmiede aufgesucht hatte, um ihn auf das Gespräch vorzubereiten, war er sehr still gewesen. Sie waren sich darin einig gewesen, dass es ein formaler Termin beim Earl war, mehr nicht. Sie hatte ihm versichert, dass derlei Audienzen nicht ungewöhnlich waren.

Und dann? Wie sollte es nach der Vorstellung weitergehen? Idalia war sich nicht sicher. In ihren Gedanken konnte sie ihre Schwestern hören. Sie würden sagen, dass Idalias Stärken oftmals zugleich auch ihre Schwächen waren. Eine detaillierte Planung fiel ihr normalerweise nicht schwer, aber in dieser Angelegenheit beschloss sie, das Gespräch auf sich zukommen zu lassen.

Als sie das Solar erreichten, wartete ihr Vater bereits an der Tür.

„Kommt herein und setzt euch."

Lance verbeugte sich, was Idalia innerlich zusammenzucken ließ. Sie hatte vergessen, ihn darauf hinzuweisen, dass ihr Vater keine Formalitäten mochte. Lance und Idalia setzten sich gegenüber von ihrem Vater an einen großen Eichentisch, der ursprünglich für ihren Großvater angefertigt worden war.

„Meine Tochter spricht in den höchsten Tönen von Euch, Meister Lance."

Lance schien überrascht, dass ihr Vater ihn beim Vornamen ansprach. Aber ihr Vater vergaß niemals einen Namen. Niemals.

„Genauso wie sie nur gut über Euch spricht, Mylord."

„Ich möchte Euch erneut in Stanton willkommen heißen. Ich hoffe, dass die Übernahme der Pflichten von Meister Roland sich nicht als zu beschwerlich herausgestellt hat."

„Das hat es nicht, Mylord. Die Menschen hier sind sehr entgegenkommend. Dies beinhaltet auch Eure Tochter."

Das hatte er so höflich ausgedrückt, dass Idalia beinahe laut gelacht hätte. Entgegenkommend, in der Tat.

„Und wie seid Ihr mit der Schmiede zufrieden?"

„Sie ist sehr gut ausgestattet, es mangelt an so gut wie gar nichts."

Falls Lance tatsächlich noch nicht oft mir Adligen gesprochen hatte, wie er vorgab, so konnte er dies gut verbergen. Ihr Vater würde dennoch seine Ausdrucksweise begrüßen. Und wenn sie das leichte Lächeln ihres Vaters als ein Zeichen nahm, so war er bereits beeindruckt.

Er lehnte sich in seinem Stuhl zurück und schien Lance genau zu mustern, ohne Idalia auch nur eines Blickes zu würdigen. Was typisch für ihn war. Aber auch wenn dies häufig vorkam, so schmerzte sie seine Nichtbeachtung doch innerlich.

„Nun", sagte er schließlich, „falls Ihr etwas benötigt, so fragt einfach Dawson danach."

Idalia blickte auf ihre Hände, die sie auf ihren Schoß gelegt hatte.

„Oder Lady Idalia, nehme ich an", antwortete Lance, „denn sie scheint die Angelegenheiten in der Burg sehr gut im Griff zu haben."

Sie hob ihren Kopf an. Wie würde Ihr Vater das aufnehmen? Es schien ihn nicht sonderlich zu stören, aber sie musste Lance warnen, sie in Zukunft vor ihm nicht auf diese Weise zu loben. Sie wollte vermeiden, dass ihr Vater dachte, Lances Worte wären gegen den Seneschall gerichtet, den er so mochte.

„Ihr habt recht", antwortete ihr Vater.

„Wenn ich eine Frage stellen dürfte, Mylord?"

Idalia hielt die Luft an. Auch wenn Ihr Vater Lance akzeptierte, so bedeutete dies noch lange nicht, dass er auch ihre Verbindung akzeptieren würde. Sollte ihr Vater einen schlechten Eindruck von Lance erhalten, so würde auch das Wohlwollen ihrer Mutter in dieser Sache nicht mehr viel ausrichten können.

„Natürlich."

„Mein vorheriger Lord hat verlangt, dass ich einen der königlichen Löwen auf allen Rüstungen anbringen solle. Ich habe mich gefragt, ob Mylord dasselbe von mir verlangt?"

Was um alles in der Welt?

Dies war die Art von Frage, die sie ihm gleich hätte beantworten können. Auch wenn sie bereits von derlei Praktiken gehört hatte, war Roland sicherlich niemals mit so etwas beauftragt worden. Warum hatte Lance nicht einfach sie oder Dawson danach gefragt?

Und warum sah ihr Vater Lance so ernst an? So als müsste er sich seine Antwort, die mit Sicherheit Nein heißen würde, gut überlegen.

„Hat diese Forderung Euch damals verärgert?", fragte ihr Vater schließlich.

Lance antwortete ohne zu zögern. „Das hat es, Mylord. Wenn ich mir die Freiheit erlauben darf, dies zuzugeben."

Der Tonfall hatte sich verändert. Und auch wenn sie bislang immer verstanden hatte, warum sich Unterhaltungen in die eine oder andere Richtung veränderten, so hatte sie im Augenblick keine Ahnung, was hier geschah. Sie wollte es jedoch herausfinden.

„Dann werdet Ihr erfreut sein zu hören, dass ich dies von keinem meiner Schmiede hier in Stanton jemals verlangen würde."

Zum ersten Mal an diesem Nachmittag schien Lance sich etwas zu entspannen.

Plötzlich schien sich ihr Vater daran zu erinnern, dass Idalia auch noch am Tisch saß.

„Ich werde nachher noch nach deiner Mutter sehen."

Normalerweise lag es an Idalia, sich um ihre Mutter zu kümmern, aber sie würde nicht protestieren. Besonders nicht vor einem Gast.

„Das wird sie sicher freuen", sagte sie und neigte den Kopf. Dann fielen ihr die Marktstände ein.

„Vater, Meister Lance hat mir von einer Idee zu den Markständen berichtet. Etwas, das er in Frankreich gesehen hat, könnte von Interesse sein."

Lance erklärte, was er dort gesehen hatte und versuchte, Idalia ins Gespräch mit einzubeziehen. Ihrem Vater schien die Idee zu gefallen und er versprach, darüber nachzudenken.

„Wenn das nun alles ist?" Ihr Vater wollte sie offensichtlich beide entlassen.

Lance verstand und stand auf, Idalia tat es ihm nach. Beide verließen das Solar.

„Ahh, Mylady." Dawson kam auf sie zu, als sie die Halle betraten. Er schien wie ein Raubvogel, der endlich seine Beute erspäht hatte. „Wir haben Gäste. Wenn Ihr mir bitte dabei helfen würdet, sie willkommen zu heißen?"

Sie warf Lance einen Blick zu, der ihr jedoch keine Beachtung schenkte. Irgendetwas war seltsam an diesem Gespräch mit ihrem Vater gewesen. Und sie würde herausfinden, was es war. Aber nicht jetzt.

„Natürlich. Wenn Ihr mich entschuldigen wollt, Meister Lance?"

Wirkte Lance erleichtert, als sich ihre Wege trennten? Er hatte sie vor ihrem Vater gelobt, aber sie wurde das Gefühl nicht los, dass er sie auch ausgenutzt hatte.

Sie waren an diesem Abend wieder auf dem kleinen Turm verabredet, aber Idalia konnte und wollte nicht so lange warten. Sie würde die Gäste begrüßen und dann der Schmiede einen Besuch abstatten.

Sie hatte einige Fragen an Lance.

KAPITEL ZWANZIG

Als Lance zurück in die Schmiede kam, hatte er nicht erwartet, Miles noch dort anzutreffen. Er hatte die Jungen nach Hause geschickt und kam gerade von einem kurzen Bad im Fluss zurück.

„Guten Abend, Meister Lance."

Miles hielt ihm etwas hin, das wie ein Brot mit einem weißen Tuch darum aussah.

„Das ist Pfefferkuchen", erklärte er. „Meine Mutter hat ihn gemacht. Sie sagt, sie möchte Euch damit danken, dass Ihr so nett zu uns seid."

„Dann richte ihr bitte meinen Dank aus, Miles." Als er den Pfefferkuchen entgegennahm, stieg ihm bereits dessen süßer Geruch in die Nase. Seine Mutter hatte ihm damals auch gerne Pfefferkuchen gebacken, was er seinen Lehrlingen am Tag zuvor anvertraut hatte.

Als Daryon ihn nach seinen Eltern gefragt hatte.

Wie immer, hatte er nur von seiner Mutter erzählt. Idalia gehörte zu den wenigen Menschen, denen er von seinem Vater erzählt hatte. Außer ihr kannten nur die anderen Mitglieder des Ordens die Wahrheit.

„Meister Lance?"

Der Junge sah ihn mit einer Ehrfurcht an, die er nicht verdient hatte. Es würde wohl hart werden, Stanton wieder zu verlassen – nicht nur wegen der wunderschönen Frau, die sein Herz erobert hatte.

„Aye?"

„Werdet Ihr uns zeigen, wie man den Schlosserhammer benutzt, um Eisen zu ziehen? Mein Vater behauptet, Ihr könntet beinahe alles, sogar das."

Eine berechtigte Frage. „Aye, ich werde es euch morgen zeigen. Und jetzt geh nach Hause, bevor du noch das Abendmahl verpasst", sagte er. Miles hatte sich bereits umgedreht und war schon auf dem Weg. „Und richte deiner Mutter meinen Dank für das Brot aus."

Miles winkte ihm bestätigend zu.

Ein guter Junge. Das waren sie beide. Und ihre Mutter hatte ihm eine Freundlichkeit entgegengebracht, die er gar nicht verdient hatte.

Erneut kamen Schuldgefühle in ihm auf, seine ständigen Begleiter während der letzten Tage. Er war nicht ehrlich gegenüber diesen Leuten gewesen, und trotzdem hatten sie ihn hier aufgenommen und ihm ein Zugehörigkeitsgefühl vermittelt, das er bei keinem seiner Freunde im Orden jemals erfahren hatte.

Lance wollte gerade die Tür schließen, als er sie sah.

Ganz in weiß gekleidet, sah sie aus wie ein Engel, der gerade den Hügel heruntergleitet, um ihn zu segnen.

„Weiß", sagte er zu ihr, „ist nicht gerade die praktischste Farbe für einen Besuch in der Schmiede."

Idalia hielt direkt vor ihm an. Sie trug ihr Haar lose, sodass es über ihre Schultern wallte. Er wollte nichts lieber als es anzufassen, hielt sich aber zurück.

„Eine Küchenmagd hat etwas Soße über mein anderes Kleid vergossen."

Aber Idalia war nicht gekommen, um über vergossene Soße zu sprechen.

„Ich bin überrascht, dass du nicht beim Abendmahl bist."

„Und ich bin überrascht, dass du mir deine Bedenken in Bezug auf die königlichen Löwen auf den Rüstungen nicht mitgeteilt hast."

Das war es also.

Auch wenn die Frage endlich die Gesinnung des Earls offenbart hatte, musste er jetzt dafür bezahlen.

„Es tut mir leid, wenn ich dir damit Unannehmlichkeiten bereitet habe."

Sie wartete, aber Lance sagte nichts mehr. Alles, was er jetzt noch dazu sagen konnte, wäre eine Lüge gewesen, und er hatte sie schon zu oft belogen. Die Wahrheit lag ihm auf der Zunge, er war kurz davor, sie ihr anzuvertrauen. Aber er konnte es nicht. Lance hatte wenig, was er dem Orden anbieten konnte. Keine Münzen, keine Armee. Nichts, außer seiner Loyalität und dem Erfolg seiner Mission.

„Möchtest du hereinkommen?", fragte er freundlich. „Ich kann dir leider nicht viel anbieten, außer...", er deutete hinein, „Pfefferkuchen und Ale, aber ich würde mich über deine Gesellschaft sehr freuen."

Sie würde ablehnen. Was vermutlich das Beste war. Falls jemand sie dabei beobachtete, wie sie abends seine Unterkunft betrat, wäre das ungut für sie beide.

„Ich verstehe dich nicht", meinte sie.

So wie die meisten Leute.

„Wirst du nicht in der Halle erwartet?", fragte er nachdrücklich.

Idalia schüttelte den Kopf. „Dawson hat alles im Griff. Mein Vater sieht nach Mutter und Tilly isst in ihrer Kammer. Ein kleines Kätzchen ist in der Halle gefunden worden, und sie möchte es in ihrer Kammer aufziehen."

Sie zuckte mit den Schultern als wollte sie sagen: „Kleine Schwestern eben." Aber Lance war ein Einzelkind. Was einem Bruder am nächsten kam, war Guy. Und die anderen Mitglieder des Ordens.

Er ging hinein und wollte, dass sie ihm folgte. Obwohl er wusste, dass es besser wäre, wenn sie es nicht täte. Es war töricht von ihm gewesen, sie zu fragen. Und rücksichtslos.

„Bitte komm herein. Ich werde dich nicht anrühren, ich verspreche es."

Sie sah ihn neugierig an. „Denkst du, das ist es, was ich will? Dass du mir fernbleibst?"

Er machte einen weiteren Schritt.

Idalia folgte ihm.

„Wenn wir zusammen sind, ist es manchmal schwierig...", er holte tief Luft, als sie ihm folgte, „sich mit mir zu unterhalten."

Trotz seines Versprechens hätte er sie beinahe an sich gezogen. Er dachte an ihre Hand, die ihn gestreichelt hatte, und an ihre Brüste, die unter dem weißen Kleid verborgen waren.

„Ist dies denn üblich, wenn zwei Menschen..." Sie brach ab und blickte ihn an.

„Wenn zwei Menschen...?", bohrte er nach.

„Du sagtest, du wolltest mich nicht anrühren, aber dennoch siehst du mich so an."

Er bedeutete ihr, sich an den kleinen Tisch zu setzen. Obwohl der Raum spärlich eingerichtet war, hatte Roland ihn mit Metalldekorationen versehen, die auch Lance gefielen. Es fühlte sich für ihn beinahe wie ein Zuhause an.

Und wieder wurde ihm bewusst, dass es schwierig werden würde, diesen Ort zu verlassen.

Er legte den Pfefferkuchen auf den Tisch und goss zwei Becher Ale ein. Dann setzte er sich ihr gegenüber und realisierte, dass sie sowohl an den hohen Tisch in der Halle als auch an den einfachen, kleinen Tisch hier bei ihm passte. Er kannte wirklich keine andere Lady, die wie sie war.

Er würde niemals wieder eine wie sie treffen.

„Was waren deine Absichten für das Gespräch mit meinem Vater?"

Lance spuckte seinen Schluck Ale beinahe wieder aus, schaffte es aber irgendwie, sich zusammenzureißen.

„Seine Bekanntschaft zu machen, so wie wir es gesagt hatten."

„Zu welchem Zweck?"

Das war eine angemessene Frage. Eine, mit der er gerechnet hatte. Warum hatte er sie nur hereingebeten?

Er war so hilflos in Idalias Gegenwart. Sie sorgte dafür, dass er nicht mehr klar denken konnte. Seine Gefühle übernahmen die Kontrolle, was mehr als ungewöhnlich für ihn war.

Er war noch nicht dazu bereit, ihr die Wahrheit zu sagen, wollte sie aber auch nicht anlügen. „Als meine Mutter starb", sagte er sanft, „habe ich mich dafür verurteilt, dass ich nicht bei ihr war. Und doch war es ihr Wunsch, dass ich gehe." Er nahm einen Schluck Ale. „Das war die schwierigste Entscheidung, die ich jemals treffen musste. Wäre ich geblieben, hätte ich ihn vermutlich irgendwann umgebracht."

Es war nicht einfach, sich dies einzugestehen, aber es fühlte sich für Lance wie die Wahrheit an.

„Noch schlimmer ist", fügte er hinzu, „dass ich dabei keinerlei Reue gefühlt hätte."

„Doch, das hättest du."

Er schüttelte den Kopf. „Einmal hatte er sie auf

den Boden geworfen und einen Fuß auf ihre Kehle gesetzt. Ich wollte ihn aufhalten. Stattdessen konnte ich nur mit zitternden Händen dastehen und zusehen wie sie versuchte, etwas zu sagen. Als ich mich endlich dazu überwunden hatte, einen Schritt auf sie zuzugehen, konnte mein Vater mich mit einem einzigen Blick stoppen. Er musste mich nur einmal streng ansehen."

Er nahm einen weiteren Schluck.

„Ich hasste ihn dafür, wie er meine Mutter behandelte. Und ich hasste ihn dafür, dass er solch eine Macht über mich besaß. Zumindest dachte ich das zu jener Zeit."

Lance hatte eigentlich nicht in die Einzelheiten gehen wollen, war aber zu dem Schluss gekommen, dass er sich ihr gegenüber öffnen wollte. Ihr zu zeigen, was für ein Mann er tatsächlich war. Mit allen Fehlern. Und er wollte ihr auch über den Orden berichten. Das hatte er schon lange machen wollen. Sein Gelöbnis hatte es ihm verboten, und auch die Erkenntnis, dass die Wahrheit über den Orden nicht nur ihn, sondern auch Guy, Terric und Conrad in Gefahr bringen könnte. Und ihre Mission.

„Erzähle mir etwas", forderte er sie auf, während er ihr in die Augen sah. „Ich habe deinen Vater nach den Löwen aus dem königlichen Wappen gefragt. Was denkst du darüber. Über ihn?"

„Über den König?", fragte sie überrascht.

„Aye."

Lance entfernte das Tuch und zeigte auf den frischen Pfefferkuchen. Er riss sich ein Stück ab, und Idalia tat es ihm nach.

„Ich weiß nicht viel von ihm, aber ich habe natürlich Geschichten über ihn gehört."

„Hat sie dir dein Vater erzählt?"

„Aye. Aber ich weiß wenig von John..." Sie nahm

einen Biss von ihrem Pfefferkuchenstück. „Außer dass er unser König ist natürlich."

Lance seufzte.

„Aye, das ist er."

Lance wartete und hoffte auf einen Hinweis darauf, wie sie zu ihrer Sache stehen könnte.

„Wie du gesehen hast, erlaubt es mir mein Vater nicht wirklich, eine eigene Meinung in solchen Angelegenheiten zu haben."

Eine Ansicht, die viele Männer in seiner Position hatten. Aber Lance wollte, dass sie eine eigene Meinung hatte. Er musste wissen, woran er war.

„Aber du hast trotzdem eine Meinung?"

Idalia öffnete den Mund, um etwas zu sagen, schloss ihn aber wieder.

„Nein, habe ich nicht."

Was bedeutete, dass er es nicht riskieren konnte, ihr die Geheimnisse des Ordens anzuvertrauen.

Und wenn sie es zugab? Dass sie König John hasste und wünschte, dass er zu Fall gebracht werden würde? Was dann? Würdest du es ihr dann erzählen?

Lance hatte Angst vor seiner eigenen Antwort darauf.

KAPITEL EINUNDZWANZIG

Lances Hand strich langsam an ihrem Bein entlang.

Mit geschlossenen Augen konzentrierte sich Idalia auf die rauen und zugleich zärtlichen Finger des Schmieds. Sie waren warm. Und plötzlich war seine Hand *dort*.

Sie spreizte die Beine etwas weiter, und seine Finger liebkosten ihre Scheide. Und gleich... ah, ja. Es fühlte sich so gut an wie beim ersten Mal, aber Idalia wollte mehr. Viel mehr.

„Mehr", murmelte sie.

Was für ein wunderbares Gefühl.

„Mehr."

Sie schlug die Augen auf. Es war nicht sie selbst, die gesprochen hatte. Nein, es war ihre Zofe Leana. Sie hatte nicht „mehr" gesagt, sondern „Morgen".

„Guten Morgen, verschlafene Mylady", sagte Leana sanft.

Es war dunkel, es konnte noch nicht morgen sein. Sie hatte geträumt, ja fantasiert über das, was sie sich gewünscht hätte.

„Leana?", fragte sie in die Dunkelheit. „Warum bist du schon so früh hier?"

„Er ist hier…"

Idalia konnte sich nur eine Person vorstellen, die hier sein sollte. Sie setzte sich so schnell auf, dass Leana einen Schritt zurückwich.

„Lance?"

Leana verzog verdutzt das Gesicht, und Idalia erkannte sofort ihren Fehler. Es war nicht Lance. Natürlich nicht.

„Wer ist hier?"

Für Rätsel war es deutlich zu früh.

„Der Medikus."

„Der Medikus? Zu dieser Zeit?" Sie schwang ihre Beine über die Bettkante. Nun war sie vollkommen wach. „Ist er die Nacht hindurch gereist?"

„Dawson hat mich geweckt, um dich zu holen. Der Medikus ist gerade erst angekommen und ist schon bei deiner Mutter."

Idalia zögerte nicht. Sie sprang aus ihrem Schlafgewand und direkt in das Kleid, das Leana schon vorbereitet hatte. Während sie die Bänder hinter ihrem Rücken festzog, kaute sie auf einem Stück Minze, das ihre Zofe ihr gegeben hatte.

Er war hier.

Endlich.

„Ist Vater schon bei ihnen?"

„Aye", bestätigte Leana. „Sollen wir auch Tilly wecken?"

Idalia wollte es zunächst verneinen, überlegte es sich dann aber anders. Ihre Schwester hatte sie schon oft dafür gescholten, das Idalia sie wie ein Kind behandelte, obwohl sie dem Erwachsenenalter bereits viel näher war als Idalia es wahrhaben wollte.

„Aye. Schicke sie in Mutters Kammer."

Sobald Leana ihr Haar gebürstet hatte, drücke Idalia ihr als Zeichen des Dankes kurz die Hand und schoss aus der Kammer.

Auf dem Weg zu ihrer Mutter, trommelte ihr Herz schnell in ihrer Brust, ihren wunderbaren Traum hatte sie bereits vergessen. Zumindest größtenteils. Sie und Lance hatten sich am Abend zuvor mehrere Stunden lang unterhalten. Während sie Geschichten aus ihrer Jugend geteilt hatten, waren sie sich erneut näher gekommen, aber Lance hatte an seinem Versprechen festgehalten und sie nicht angerührt. War es verwunderlich, dass sich ihre Fantasien in ihre Träume geschlichen hatten?

Aber das war jetzt nicht wichtig. Jetzt zählte nur ihre Mutter.

Wenn ihr überhaupt noch jemand helfen konnte, dann war es dieser Medikus.

Sie betrat die Kammer und stellte sich an die Seite ihres Vaters. Der Medikus stand am Bett und sprach mit ihrer Mutter.

„Gibt es schon etwas Neues?", flüsterte sie ihrem Vater zu.

Der Mann, der sie ansah, war ganz ihr Vater, nicht der mächtige Earl. Sie hatte einige Zeit gebraucht, um zu erkennen, dass er beide Rollen übernehmen musste. Ein paar Jahre zuvor war ein benachbarter Baron – und ein Vertrauter des Mannes, der nun König John war – in die große Halle gekommen, um bei ihrem Vater um Roysas Hand anzuhalten. Ihr Vater hatte Idalia aus der Halle geschickt. Solche Gespräche wären nichts für ihre Ohren. Daraufhin war sie nach oben gerannt und hatte Trost bei ihrer Mutter gesucht.

Und dann hatte ihre Mutter ihr eine Lektion erteilt, die sie nie mehr vergessen hatte.

Der Earl von Stanton war einer der mächtigsten Männer im Norden. Genau wie sein Vater und dessen Vater vor ihm, hatte er stets die Aufgabe, die

Forderungen des Königs zu erfüllen und sich gleichzeitig um zu kümmern.

An diesem Tag hatte sie gleich zwei wertvolle Lektionen gelernt.

Erstens, ihr Vater war mehr als nur der Mann, der sie gezeugt hatte. Als der Earl von Stanton hatte er die Verpflichtung, für seine Leute zu sorgen – und ihre Einstellung gegenüber dem König zu überwachen.

Zweitens, sie durfte niemals vor irgendjemandem schlecht von ihrem Vater oder ihrem König sprechen.

Nicht einmal vor dem Mann, den ich liebe.

Wie auch ihr Vater, verachtete Idalia König John für die Art und Weise, wie er seine Untertanen behandelte. Aber weder ihr Vater noch sie würden dies laut aussprechen.

Es doch zu tun würde unweigerlich zu großen Schwierigkeiten führen.

„Er ist gerade erst angekommen", erklärte ihr Vater, „und hat ihr einige Fragen gestellt."

Gott sei Dank war ihre Mutter wach. Es schien, als könnte sie die Fragen des Medikus mit Leichtigkeit beantworten. Er fragte sie nach ihren Kopfschmerzen und was sie hervorrief, dann untersuchte er die Verfärbung ihrer Augen.

Nach ein paar weiteren Fragen, drehte sich der Medikus zu ihnen um.

„Wenn Ihr uns bitte entschuldigen wolltet." Er blickte auffordernd zur Tür.

„Ich werde sicher *nicht* hinausgehen", antwortete Idalias Vater mit Nachdruck.

Mit der Stimme eines Earls.

Idalia und Marina tauschten einen Blick aus, woraufhin Idalia nickte und beide Frauen die Kammer verließen und hinter sich die Tür schlossen. Genau in diesem Moment kam Tilly auf sie zu gerannt. Offensichtlich hatte sie sich zu hastig angezogen, ihre Schuhe passten nicht zusammen, und sie atmete schnell und heftig. Wenn Idalia recht hatte, war sie einfach aus ihrer Kammer gerannt, bevor Leana ihr beim Ankleiden helfen konnte.

„Was hat der Medikus gesagt? Ist er schon bei ihr? Warum seid ihr hier draußen?"

„Er hat noch gar nichts gesagt", antwortete Idalia und nahm ihre Hand. „Ich denke, er untersucht sie gerade. Vater hat sich geweigert, die Kammer zu verlassen."

Marina rang sich ein Lächeln ab. „Ich bin bald wieder da", sagte sie. „Eure Mutter wird frisches Wasser benötigen."

Idalia wusste, dass die Zofe vermutlich genauso aufgeregt war wie sie selbst und ihre Schwester.

Da sie nichts zu tun hatte, begann Tilly damit, nervös auf dem Korridor auf und ab zu schreiten, und Idalia gesellte sich bald zu ihr. Oft tauschten sie Blicke aus, aber sie sagten nichts. Sie schritten nur auf und ab. Endlich öffnete sich die Tür.

Idalia rannte zum Bett, vor dem ihr Vater saß und weinte.

Ihr Vater, der Earl von Stanton. Er weinte bitterlich. Etwas, das sie bei ihm niemals zuvor gesehen hatte. Ihre Mutter war noch wach, eine Hand lag in der Hand ihres Vaters, die andere lag auf seiner bebenden Schulter.

Idalias Brust fühlte sich an, als ob sie zugeschnürt wäre. Sie konnte kaum atmen. Sie konnte nicht denken. Sie sank an der anderen Seite des Bettes nieder, Tränen standen in ihren Augen. Der Anblick ihrer gebrechlichen Mutter, und ihr Vater...

Dies konnte nur bedeuten, dass ihre schlimmsten Befürchtungen wahr geworden waren.

Sie hatte nicht einmal realisiert, dass Tilly neben

ihr saß, bis sie ihre kleinen Finger in ihrer Hand spürte.

„Nein, nein." Ihre Mutter legte eine Hand auf Idalias Arm. „Ich kann sehen, dass du das Schlimmste erwartest, aber so ist es nicht, mein Liebling. Bitte erklärt es ihnen."

Idalia folgte dem Blick ihrer Mutter hinüber zum Medikus. Er war ein großer, dünner Mann, dessen Augen die weise Ausstrahlung von jemandem besaßen, der bereits tausend Tode gesehen hat. Seltsamerweise lächelte er ihnen zu.

Das war ganz und gar nicht das, was Idalia erwartet hatte.

„Es ist eigentlich ganz einfach."

Idalias Herz raste.

„Sie hat über längere Zeit recht viel Helmkraut genommen, um ihre Kopfschmerzen zu lindern. Ihr Körper wehrt sich gegen das Kraut."

„Was... meint Ihr damit?"

Die Falten um seine Augen wurden noch tiefer, als er erneut lächelte.

„Das Helmkraut bringt sie um."

Absolute Stille.

„Es tötet sie", wiederholte Tilly, unfähig dazu, das Gesagte zu verarbeiten.

„Sie darf es nicht mehr nehmen. Das wird wohl dazu führen, dass ihre Kopfschmerzen wieder stärker werden, aber ich habe andere Mittel, um diese zu behandeln."

Konnte das wirklich sein? Sie betrachtete ihren Vater. Er war wieder gefasst, seine Miene war undurchdringlich, aber seine Augen wirkten nicht traurig.

Überhaupt nicht.

Ihr Vater hatte aus Freude geweint, was ihr erneut Tränen in die Augen trieb. Sie legte ihren Kopf auf die Brust ihrer Mutter, um ihren Herzschlag zu hören. Sie musste sich irgendwie vergewissern, dass ihre Mutter tatsächlich in Ordnung war.

„Sie könnte sich wieder vollkommen erholen, sobald die Wirkung des Helmkrauts nachlässt", hörte sie den Medikus hinter sich sagen.

Ihre Mutter strich ihr sanft über den Kopf. Obwohl Tilly und ihr Vater über etwas sprachen, konnte Idalia sich einzig und allein auf den Herzschlag ihrer Mutter und das beruhigende Gefühl ihrer Hand in ihrem Haar konzentrieren.

„Würdet ihr uns bitte einen Augenblick allein lassen?"

Zuerst dachte Idalia, dass ihre Mutter mit dem Medikus gesprochen hatte, aber als sie ihren Kopf hob, waren alle gegangen.

„Es tut mir so leid", sagte sie zu ihrer Mutter. Sie hätten bereits viel früher nach dem Medikus schicken lassen sollen.

Ihre Mutter strich ihr eine Träne aus dem Gesicht. „Es gibt nichts, was dir leid tun müsste, mein Schatz. Ich denke, wir sind alle sehr erleichtert."

„Helmkraut", murmelte Idalia. „Hätten wir uns das nicht denken können?"

Ihre Mutter zuckte mit den Schultern. „Wir werden keine Zeit darauf verschwenden, diese Frage zu beantworten. Stattdessen sollten wir uns auf eine andere Frage konzentrieren."

„Eine andere Frage?" Gleich nachdem sie es ausgesprochen hatte, wusste sie, von was ihre Mutter sprach. „Lance?"

„Ah, du nennst ihn also nicht mehr Meister Lance?"

„Mutter, wir sollten wirklich über die reden. Deine Gesundheit steht an erster Stelle."

„Nein, das sollten wir nicht. Ich habe es satt, ständig nur über meine Gesundheit zu sprechen."

Ihr Vater war nicht das einzige Mitglied der Familie, das eine Diskussion mit nur wenigen Worten beenden konnte. Idalia hoffte, dass auch sie eines Tages die Fähigkeit besitzen würde, die sie an ihrer Mutter so bewunderte.

„Also?"

Die Aufforderung ihrer Mutter zu ignorieren war aussichtslos, besonders jetzt. Also berichtete Idalia ihr von Lances Treffen mit ihrem Vater, der seltsamen Frage, die er gestellt hatte, und von dem Besuch, den sie ihm am Abend danach abgestattet hatte. Sie versicherte ihrer Mutter, dass sie sich nur unterhalten und miteinander gelacht hatten, auch wenn sie nur zu gut wusste, dass es vollkommen unangemessen gewesen war, ihn alleine in seiner Unterkunft zu besuchen.

„Meine Ansichten in dieser Sache haben sich nicht geändert", erklärte ihre Mutter. „Wenn du der Meinung bist, dass er es wert ist, und wenn du diesen Mann liebst, dann gebe ich euch meinen Segen."

Idalia stieß einen langen Seufzer aus, denn diese Sache hatte während der letzten Tage wieder und wieder ihre Gedanken beherrscht. „Wenn es Liebe ist, niemals von ihm getrennt sein zu wollen, nicht einmal für einen kleinen Augenblick, wenn man sich wünscht, jeden Schmerz des anderen heilen zu können, und wenn man davon träumt, den Rest des Lebens zusammen zu verbringen, dann ja, dann liebe ich ihn."

„Und er fühlt genauso?"

„Das tut er. Aber irgendetwas... hält ihn zurück. Ich weiß nicht, was es ist."

Es ertönte ein Klopfen an der Tür, gefolgt von der

Stimme ihrer Schwester. „Du kannst Mama nicht nur für dich selbst haben, Idalia!"

„Sie muss dich unbedingt sehen." Idalia stand auf.

„Geh zu ihm", sagte ihre Mutter und blickte Idalia in die Augen. „Sag ihm, wie du für ihn fühlst."

„Und Vater?"

Ihre Mutter lächelte. Auch wenn sie immer noch so krank wie in den letzten drei Wochen aussah, lag nun ein Funkeln in ihren Augen, das zuvor nicht zu erkennen gewesen war.

Ihre Mutter würde wieder gesund werden. Und nur das zählte.

Sie schluckte.

Nun, vielleicht zählte noch eine andere Sache.

„Ich werde mit deinem Vater darüber sprechen, wenn die Zeit reif ist. Jetzt geh, bevor Tilly dir Tür einschlägt."

Idalia schlang ihre Arme um die gebrechlichen Schultern ihrer Mutter und verdrängte die Tränen. Sie wollte nicht mehr traurig sein.

Sie hatte sich anstelle ihrer Mutter um Stanton gekümmert, jetzt war es an der Zeit, sich um ihre eigenen Belange zu kümmern.

KAPITEL ZWEIUNDZWANZIG

Lance schwang seinen Hammer, wieder und wieder.

So wie er es schon immer getan hatte, wenn er frustriert oder wütend gewesen war. Er ließ seine Aggression am Metall aus. Aber anstatt zurückzuschlagen, wurde das Werkstück immer flacher und fügte sich zu genau der Form, die er hatte herstellen wollen.

Daryon bediente den Blasebalg. Es würde noch einige Zeit dauern, bis die Schwertklinge zu erkennen war, aber Lance war dankbar für den Auftrag. Er hatte bereits so viele Scharniere und Nägel geschmiedet, dass es für ein ganzes Leben reichte.

Ein Schwert zu schmieden war eine Herausforderung.

Lance drehte sich um, als er jemanden hinter sich spürte. Idalia stand in der Tür, einfach gekleidet, aber wunderschön anzusehen. Es war unmöglich, ihrem Strahlen nicht mit einem Lächeln zu begegnen.

„Übernimm du." Er wartete, bis Daryon seine Handschuhe angezogen hatte und gab ihm den heißen Stahl. „Arbeite weiter, bis ich zurückkehre, dann werden wir es abschrägen."

Daryon nahm es, warf seinem Bruder einen kurzen Blick zu und sah dann wieder Lance an.

„Denkst du, du schaffst das?", fragte Lance.

„Ich kann das."

Miles übernahm den Blasebalg. „Aye, er kann das, und ich helfe ihm dabei!" Seine Aussage ermutigte seinen Bruder.

Lance nickte zustimmend und überließ seine Lehrlinge ihrer Arbeit, während ihm die Worte seines Vaters einfielen.

Du magst noch nicht bereit dafür sein, aber probiere es dennoch.

Wie konnte ein solch begnadeter Schmied und geduldiger Lehrer ein so furchtbarer Mann sein?

Er verdrängte den Gedanken, hängte seine Schürze neben die Tür und folgte Idalia. Sie nickte in Richtung seiner Kammer am anderen Ende der Schmiede.

„Bei dem Lärm kann uns keiner hören", erklärte sie mit gedämpfter Stimme.

Als sie in der Kammer waren, widerstand Lance dem Drang, sie in die Arme zu schließen. Das Versprechen, das er ihr am letzten Abend gegeben hatte, hatte leider nichts an seinem Verlangen geändert, sie doch anzufassen.

Er fragte sich, ob dieses Versprechen vielleicht sogar den gegenteiligen Effekt hatte.

„Meine Mutter", platzte sie heraus, sobald die Tür geschlossen war, „meine Mutter wird wieder gesund!"

Sie schlug vor Freude ihre Hände zusammen, in ihren Augen spiegelte sich ihr Enthusiasmus wider. In diesem Augenblick ähnelte Idalia mehr ihrer jüngeren Schwester als der Frau, die das schwere Gewicht von ganz Stanton auf ihre Schultern genommen hatte.

„Der Medikus ist heute Nacht angekommen, obwohl ich mir immer noch nicht erklären kann, warum er zu einer solch seltsamen Zeit eingetroffen ist. Aber das ist auch egal."

„Erzähl mir, was er gesagt hat", forderte er sie sanft auf. Er wollte alles darüber erfahren.

„Er hat Mutter untersucht, und sie wird wieder gesund! Es war das Helmkraut, das sie gegen ihre Kopfschmerzen eingenommen hat. Der Medikus sagte", sie schluckte, „das Kraut hätte sie töten können."

„Das Helmkraut..."

„Aye. Kurz nachdem sie es zum ersten Mal eingenommen hatte, hatten ihre Bauchschmerzen begonnen. Sie dachte, sie würden mit ihren Kopfschmerzen zusammenhängen. Sie wurde immer schwächer und müder, und dann verfärbten sich ihre Augen." Sie machte eine kurze Pause. „Oh, Lance. Ich bin so glücklich."

Als sie ihre Arme um seine Hüften schlang, umarmte Lance sie, zog sie an sich und strich ihr durchs Haar. Er konnte ihr Herz spüren, das gegen seine Brust gepresst wild schlug. Dabei fühlte er einen Hauch Frieden.

Er hatte Angst, dass sie ihre Mutter verlieren könnte, denn er wusste um den Schmerz, den dies bedeuten würde. Er schloss die Augen und war erleichtert, dass sie diese Situation noch nicht erleben musste.

„Keine Tränen", sagte er und wischte sie mit seinem Daumen aus ihrem Gesicht. „Heute ist doch ein Tag der Freude."

Ohne weiter darüber nachzudenken, küsste er sie. Diese Berührung machte ihn hungrig nach mehr. Als sich ihre Lippen berührten war es, als würde ein Feuer entzündet. Den zaghaften Kuss immer weiter zu intensivieren, fühlte sich für beide so natürlich an, dass sie schon bald atemlos nach mehr verlangten.

Er war überrascht und zugleich dankbar, als sie den Kuss abbrach. Trotz seines Versprechens, konnte Lance dieser Frau einfach nicht widerstehen.

„Ich bin gekommen, um zu reden." Idalia strich sich eine Haarsträhne hinter ihr Ohr.

„Über deine Mutter?"

„Und... über uns."

Genau dieses Thema hatte ihn einen Großteil der Nacht wachgehalten.

„Ich muss es wissen." Sie richtete sich auf, und Lance wusste, dass nun die Zeit gekommen war, ihr alles zu sagen. Er wusste es, und doch wollte er das Unvermeidliche noch ein wenig hinauszögern. Es war ihm bewusst, dass das, was er ihr zu sagen hatte, ihre Vorfreude dämpfen würde. „Idalia, du hast recht. Wir müssen reden, aber ich muss zurück zu den Jungen. Heute Abend..."

Ein Rütteln an der Tür unterbrach ihn. Idalia und Lance wechselten einen Blick, und sie versteckte sich. Lance wartete noch einen Moment, dann öffnete er.

Miles stand vor der Tür. „Verzeihung, Meister Lance", sagte er, „aber der Seneschall lässt nach Euch rufen. Er sagte, der Earl möchte Euch noch heute Morgen sprechen. Er ist zurück in den Bergfried gegangen." Er hielt inne, als müsste er sich seine nächsten Worte überlegen. „Ich habe gesehen, dass Ihr in Eure Unterkunft gegangen seid, aber ich habe es ihm nicht gesagt."

Weil er gesehen hatte, dass Idalia ebenfalls hier ist.

Lance blieb ruhig, obwohl er wusste, dass Idalia alles mit angehört hatte. Der Earl wollte ihn erneut sprechen. Nach allem, was er bisher herausgefunden hatte, war Lance zuversichtlich, dass der Earl ihrer Sache zugetan sein würde. Die Zeit war gekommen, um auf ihn zuzugehen.

„Das ist wunderbar, Miles. Danke, das du mich gleich aufgesucht hast."

Der Junge drehte sich um, um zu gehen.

„Wie steht es um das Schwert?", fragte Lance.

„Es sieht besser aus als vorher", flachste der Lehrling mit einem Grinsen. Dann ging er zurück in die Schmiede.

Lance musste über den Jungen lächeln.

„Ein Treffen mit meinem Vater?", fragte Idalia, sobald die Tür geschlossen war. Sie sah ihn an und wartete auf eine Erklärung.

Jetzt gab es keine Ausreden mehr. Sie hatte es verdient, alles zu wissen. Es ihr zu sagen, bevor er mit dem Earl darüber gesprochen hatte, war gefährlich. Töricht. Aber Lance war es ihr schuldig. Er durfte ihr die Wahrheit nicht länger vorenthalten.

„Möchtest du mit ihm über uns reden?"

„Nein."

Ihr Lächeln verblasste, und Lance fühlte ein Stechen in seiner Magengegend. Er hasste es, dass er sie erneut enttäuscht hatte.

„Dann verstehe ich nicht, worum es geht."

„Ich habe vor, ihn zu bitten, unseren Orden zu unterstützen."

Idalia legte die Stirn in Falten.

„Ein Ritterorden", erklärte er weiter.

„Ein Ritterorden... aber man muss doch ein Ritter sein, um..." Ihre Augen weiteten sich. „Lance?"

„Ich bin ein Ritter. Aber auch ein Schmied", fügte er hastig hinzu. „Einer, der seine Mitmenschen leiden sieht unter den Händen eines Mannes, dem das Wohlergehen seiner Untertanen gleich ist. Ein Mann, der genau jetzt französische Söldner auf unsere Insel bringt, um seinen Willen gegenüber seinem Volk durchzusetzen."

„Du meinst unseren König?"

„Aye."

Ihr Rücken straffte sich plötzlich, und ihre Miene wurde ernst. „Das ist Verrat."

„Das stimmt. Aber du musst verstehen..."

Ihre Stimme klang matt und niedergeschlagen. „Du bist nach Stanton gekommen, um die Unterstützung meines Vaters für eine Rebellion gegen den König zu erbitten."

„Aye."

Sie sagte nichts.

Er hielt sie nicht auf, als sie an ihm vorbei in Richtung der Tür ging. Mit einer Hand auf der Türklinke, drehte Idalia sich zu ihm um. Ihre Freude war in Wut umgeschlagen.

Lance machte sich schwere Vorwürfe, beinahe wie an jenem Tag, an dem er vom Tod seiner Mutter erfahren hatte.

„Hast du niemals daran gedacht, es mir zu erzählen? Mich nach der Meinung meines Vaters zu fragen? Nach Stantons Position in dieser Sache?"

„Ich habe versucht, dich miteinzubeziehen, Idalia. Aber ich wollte unsere Beziehung nicht für meine Mission missbrauchen. Ich hatte auch nicht geplant, mich in dich zu verlieben."

Ihre Schultern sackten enttäuscht nach unten.

„Du bist genau wie er."

Sie öffnete die Tür.

„Wie wer? Idalia, bitte bleib. Bitte. Ich möchte mit dir darüber sprechen."

Als sie ihn ansah, tat es Lance leid, dass er sie aufgehalten hatte. Ihren Gesichtsausdruck würde er niemals vergessen. Ihre zusammengepressten Lippen. Gar nicht wie die Idalia, die er kannte.

„Wie der Mann, dessen Unterstützung du suchst. Geh und rede mit ihm. Vermutlich wirst du deine Hilfe bekommen, denn er verachtet unseren König ebenso wie du. Wenn nicht sogar noch mehr. Wenn du mich nur danach gefragt hättest, ich hätte es dir schon vor vielen Tagen sagen können."

„Idalia..."

Sie sah ihn nicht mehr an. Sie öffnete nur die Tür und ging hinaus.

Er wollte sie aufhalten, aber was hätte er sagen sollen? *Es tut mir leid?* Sogar in seinen eigenen Ohren klangen diese Worte hohl.

Ich liebe dich? Wenn er recht hatte – und nach Idalias Aussage zu urteilen hatte er recht in seiner Einschätzung des Earls – konnte er dann wirklich die Unterstützung des mächtigen Earls aufs Spiel setzen, indem er um die Hand seiner Tochter anhielt?

Er, ein Schmied?

Im besten Fall würde Stanton ihn mitten in der Halle auslachen. Im schlimmsten Fall würde er sich gegenüber dem Orden verschließen als Konsequenz für Lances närrische Anmaßung.

Du bist genau wie er.

Lance erinnerte sich an sein erstes Treffen mit dem Earl.

Stanton liebte seine Tochter, daran gab es keinen Zweifel. Aber er respektierte keineswegs ihre Meinung in Angelegenheiten, die über das Abendmahl hinausgingen.

Du bist genau wie er.

Sie hatte unrecht, aber das machte jetzt keinen Unterschied mehr. Idalia hasste ihn.

Und er hatte ihren Hass mehr als verdient.

KAPITEL DREIUNDZWANZIG

„Ihr kamt hierher und habt vorgeben, ein Schmied zu sein."

Lance war sich darüber bewusst, dass der Mann, der ihm gerade gegenüber saß, die Macht hatte, ihn in den Kerker werfen zu lassen. Er schüttelte den Kopf. „Ich *bin* ein Schmied. Aber ja, meine Mission hier war es, dieses Treffen zu arrangieren."

Er hatte dem Earl von Stanton gerade alles erzählt und dachte immer wieder an Idalia und an den Schmerz, den er ihr verursacht hatte.

„Erzählt mir mehr über die Mitglieder dieses Ordens."

Lance dachte an die Ereignisse zurück, die sie dazu veranlasst hatten, den Orden zu gründen. An Conrads Schwert.

„Guy Lavallais von Cradney Wrens ist ein Söldner."

„Es heißt, er wäre der beste Schwertkämpfer in ganz England."

„Aye, dies entspricht der Wahrheit."

Lance konnte die Miene des Earls nicht durchschauen, also fuhr er fort.

„Terric Kennaugh von Bradon Moor, Oberhaupt des Clans Kennaugh...“

„Und Lord von Dromsley hier in England.“

Lance war nicht überrascht, dass der Earl ihn kannte. Terrics Vater hatte Dromsley als Teil der Mitgift seiner englischen Mutter erhalten. Also gehörte es rechtmäßig ihm, allerdings wurde eine Gegenforderung gestellt. Von keinem geringeren als König Johns Halbbruder, dem Earl von Salisbury.

„Es ist mir durchaus klar, aus welchem Grund Kennaugh sich einer Rebellion gegen den König anschließen würde.“

Lance zuckte zusammen. Dies laut von jemandem zu hören, der nicht zum Orden gehörte...

„Ihr sagtet, es wären vier?“

Lance zögerte, den letzten Namen zu nennen. Er war sich nicht sicher, wie der Earl reagieren würde, wenn er erfuhr, dass der Sohn seines alten Feindes in diese Sache verstrickt war. „Der Earl von Licheford.“

Zu seiner Überraschung, zuckte Stanton nicht einmal mit der Wimper.

„Man sagt, der Sohn sei ausgeglichener als der Vater?“

„In der Tat“, bestätige Lance wahrheitsgemäß. Conrads Vater hatte ein geradezu legendäres Temperament. Eines, das noch viele weitere Konflikte heraufbeschworen hatte.

„Was genau erhofft sich dieser Orden zu erreichen?“

Eine berechtigte Frage.

„Die Macht des Königs zu beschränken und ihn zu Verhandlungen mit seinen Baronen zu zwingen.“

Stanton lachte laut.

„Ihr seid ein Narr, wenn Ihr wirklich der Meinung seid, dass dies möglich wäre.“

Innerlich verzweifelte Lance an den Worten des Earls, äußerlich hob er sein Kinn und argumentierte weiter. „Wir dürfen ihm nicht erlauben, seinen momentanen Kurs beizubehalten. Es gab wohl niemals zuvor eine Zeit, in der mehr Unzufriedenheit über seine Politik herrschte, vor allem nach den jüngsten Niederlagen in Frankreich. Sogar einige der südlichen Barone begehren auf. Und John weiß das. Warum denkt Ihr, hat er sich die Dienste französischer Söldner gesichert, die gerade eben auf dem Weg nach England sind?"

„Ein gewagter Zug, das muss ich ihm eingestehen."

Es sah also eher danach aus, als würde Stanton sich ihnen nicht anschließen.

Lance dachte nach. Ohne Stanton würde ihr Vorhaben viel schwieriger werden. Aber sie würden es versuchen, so oder so.

„Ihr habt meine Unterstützung."

Nichts auf der Welt hätte Lance mehr überraschen können.

„Vor einem Augenblick habt Ihr uns noch als Narren bezeichnet."

„Und das seid Ihr auch. Genau wie ich. Solch ein Vorhaben ist vermutlich zum Scheitern verurteilt und kann uns letztlich alles kosten."

Idalia. Ihre Mutter, die sich wieder auf dem Weg der Besserung befand. Und ihre Schwestern.

Lance maß seinem eigenen Leben nicht sonderlich viel Wert bei, aber sie alle in unmittelbare Gefahr zu bringen? Ein Teil von ihm hatte es nicht mehr für möglich gehalten, dass Stanton sich ihnen anschließen würde.

Aber er war dabei.

„Ihr seid überrascht."

„Das bin ich in der Tat. Eure Familie..."

„Wird sicher genug sein, auch wenn es schief geht. Stantons Ländereien sind riesig und beinhalten auch ein Gebiet nördlich der Grenze."

„Ihr würdet Stanton aufgeben?"

„Ihr wisst, dass mir vielleicht keine andere Wahl bleibt."

Natürlich verstand Stanton die Konsequenzen. Aber trotzdem würde er sie unterstützen. Lance konnte kaum glauben, was er da hörte.

„Jetzt oder nie", sagte Stanton mit fester Stimme. Offensichtlich hatte der Earl eine wohlüberlegte Entscheidung getroffen. Wahrscheinlich hatte er bereits lange vor Lances Ankunft an eine mögliche Rebellion gedacht.

„Kommt morgen zur selben Zeit. Dann werden wir weiterreden."

Lance erhob sich.

„Ihr werdet auch einen neuen Schmied für Stanton finden müssen", forderte der Earl.

Lance nickte, er hatte Angst davor, das Falsche zu sagen.

„Habt einen guten Tag."

„Guten Tag, Mylord."

Lance verließ den Earl. Er wusste, dass die kommende seine letzte Nacht in Stanton sein konnte. Er musste es den Jungen sagen, und dann... aber nein, Idalia würde ihn nicht sehen wollen.

Konnte er wirklich gehen, ohne sich von ihr zu verabschieden?

Du bist genau wie er.

Lance respektierte den Earl, aber er hatte kein Verständnis dafür, wie er seine Tochter behandelte. Noch einmal zu versuchen, mit Idalia zu reden, wäre riskant und töricht. Er hatte endlich die Unterstützung des Earls gesichert und konnte es nicht riskieren, diese durch eine solche Aktion wieder zu verlieren.

Nicht einmal für ihre Liebe.

KAPITEL VIERUNDZWANZIG

„Du hast Guy um ein paar Tage verpasst."

Terric streckte seine Beine aus und verschränkte seine Arme vor der Brust. Es war eine Körperhaltung, die Lance während der letzten Jahre schon viele Male gesehen hatte.

Sie bedeutete, dass sein Freund nachdachte.

Seit Lance Stanton verlassen hatte, hatte auch er nicht viel anderes getan als nachzudenken. Die Reise nach Dromsley Castle hatte drei Tage gedauert. Nachdem Terric nun Clan-Oberhaupt war, verbrachte er mehr Zeit in Schottland als hier auf seinem englischen Besitz.

Aber nachdem sich ihr Vorhaben immer weiter konkretisierte, übernahm Terrics jüngerer Bruder nun dessen Pflichten in Bradon Moor.

Er war einer der wenigen Männer, die in ihren Plan eingeweiht waren.

„Was will er damit erreichen?"

Terric setzte sich gerade hin. „Euren zitternden Bastard von einem König zu besiegen und Louis auf dem Thron zu sehen."

Lance rollte mit den Augen.

„Er ist auch dein König. Und niemand schlägt vor,

den Sohn des französischen Königs auf den englischen Thron zu setzen."

„Ich schon."

Lance ignorierte die Antwort. „Du musst mir deinen Hass auf John nicht beweisen. Aber wir haben den Orden nicht gegründet, um den König zu ersetzen."

Terric wedelte verächtlich mit der Hand. „Nur um seine despotische Politik zu mäßigen. Aye."

Lance wartete, bis Terric sich etwas beruhigt hatte. Er hatte nicht gelogen, als er Stanton gegenüber Conrads Temperament erwähnt hatte. Im Gegensatz zu seinem Vater war Conrad wirklich ausgeglichen. Aber Terric war leicht reizbar, und nichts machte ihn wütender als der König von England und seine Getreuen.

„Du hast mir nie von der Tochter des Earls erzählt", sagte Terric plötzlich.

Lance knirschte mit den Zähnen und verfluchte Guy im Stillen. Er hatte gehofft, dass sein Freund wenigstens diese Information für sich behalten würde. Andererseits war er auch nicht sonderlich überrascht, dass es nicht so war.

„Da gibt es nichts zu erzählen."

„Guys Berichten zufolge, gibt es eine Menge zu erzählen. Er hat behauptet, dass du in sie verliebt wärst."

„Guy ist ein Arsch."

„Da stimme ich dir zu", antwortete Terric und hob eine Augenbraue. „Aber das ändert nichts an der Wahrheit seiner Worte."

„Wir sollten lieber unsere Pläne diskutieren. Mit Stantons Unterstützung..."

„*Lance.*"

Es gab Zeiten, in denen er dankbar für die Männer war, die er als Brüder betrachtete. Aber es gab auch Zeiten, in denen er sich nach der Einsamkeit sehnte, die der Beruf des Schmieds mit sich brachte.

Ein Beruf, an dem er sich nicht länger erfreuen konnte, nun da er Bohun und Stanton verlassen hatte. Sie alle hatten vor Monaten vereinbart, dass er wieder hierher zurückkehren würde, sobald er Stantons Unterstützung gesichert hatte. Er wusste nicht, wie es genau weitergehen würde, aber sich Sorgen über die Zukunft zu machen, war sinnlos. Wer wusste schon, ob sie überhaupt noch ihren Kopf auf den Schultern haben würden, wenn das alles vorüber war.

„Terric."

Das Clan-Oberhaupt runzelte die Stirn. „Ich bin nicht Guy. Du kannst mit mir darüber reden."

Terric hatte nicht die Absicht, seinen Freund zu diskreditieren. Und Lance verstand dies auch. Guy würde sich wohl niemals richtig verlieben, aber Terric verstand den Schmerz und den Verlust, den Lance gerade zu verkraften hatte.

„Wie ich schon sagte..."

„Du sagtest, es gäbe nichts darüber zu erzählen. Du denkst doch wohl nicht, dass ich dir das glaube."

Für einen so riesigen Mann konnte Terric erstaunlich mitfühlend sein. Aber dies änderte nichts daran, dass Lance nicht über Idalia sprechen wollte.

Auch wenn er gewusst hatte, dass es unsinnig war, so hatte er doch versucht, Idalia zu sehen, bevor er gegangen war. Es war wenig überraschend, dass sie ihn nicht sehen wollte. Obwohl er Stantons Unterstützung für ihr Vorhaben gewonnen hatte, so hatte er doch etwas ungleich Wertvolleres verloren.

„Sie ist... umwerfend", hörte er sich selbst sagen. „Als ich ankam, war ihre Mutter sehr krank. Gott sei Dank ist ein Medikus aus London angekommen, bevor ich Stanton verlassen habe. Es scheint als wäre das Helmkraut, das sie zur Linderung ihrer Kopfschmerzen eingenommen hatte, der Grund für ihre schlechte Verfassung. Idalia hatte die Pflichten ihrer Mutter und ihrer älteren Schwester übernommen, die vor kurzem geheiratet hatte", erklärte er.

„Willst du wirklich nicht über sie reden. Lady Idalia?"

„Nein."

Terric räusperte sich.

„Was gibt es da schon zu sagen? Wir haben etwas Zeit zusammen verbracht und..."

Es war schmerzhaft, über sie zu sprechen. Auch wenn er sich letztlich gegenüber Idalia geöffnet hatte, so war Lance kein Mann, der es gewohnt war, über seine Gefühle zu sprechen. Bevor er sie getroffen hatte, war die einzige Person, die er jemals aus ganzem Herzen geliebt hatte, seine Mutter gewesen.

„Wir haben uns verliebt", fuhr er fort. Er zwang sich, die Worte auszusprechen. Sicherlich würde Terric nicht auf weitere Auskünfte darüber bestehen.

„Hm."

Lance konzentrierte sich auf den Wandteppich hinter dem Kopf seines Freundes. Die Gemächer des Lords waren sehr geräumig, aber stets kalt. Durch das Anbringen vieler Wandteppiche wurde vergeblich versucht, die Kälte fernzuhalten.

„Wenn Guy hier säße und mir so etwas erzählte, dann würde ich ihm raten, einfach weiterzumachen, so als ob er die Frau nie kennengelernt hätte. Aber du bist nun einmal nicht Guy."

„Gott sei Dank", antwortete Lance und rang sich ein Lächeln ab.

Terric blieb ernst. „Es tut mir leid, dass deine Aufgabe dich davon abhält, mit einer Frau wie Lady Idalia zusammen zu sein", sagte er.

Lance antwortete nicht darauf.

„Es ist ungerecht, aber es ist nun einmal so."

„Ihre Mutter hat uns ihren Segen gegeben", platzte Lance heraus.

Wie erwartet, schien diese Tatsache Terric zu überraschen.

„Sie hat von unseren Treffen erfahren... und war trotzdem nicht gegen eine Verbindung."

„Seltsam."

„Aber der Earl...", Lance brach ab.

Terric nickte verständnisvoll. „Es wundert mich, dass er dich nicht aus Stanton hinauswerfen ließ, als er davon erfahren hat."

„Das hat er nicht."

„Wie bitte?" Sein Freund lehnte sich nach vorn, so als ob er nicht richtig verstanden hätte.

„Er hat nicht davon erfahren. Ich hatte keine Gelegenheit, es ihm zu erzählen. Und soweit ich weiß, haben auch Idalia und ihre Mutter nichts davon gesagt."

Lance versuchte, so beiläufig wie möglich zu klingen. Die Sehnsucht, die er während der letzten Tage unterdrückt hatte, schien ihn überwältigen zu wollen.

„Du musste es ihm sagen", riet Terric.

„Nein."

„Lance..."

„Ich werde meine Mission nicht aufs Spiel setzen. Für nichts auf der Welt."

Nur dieser Gedanke hatte es ihm ermöglicht, zu tun, was zu tun war, und sie zu verlassen.

Terric fuhr sich mit den Händen durchs Haar. „Guy meinte, er hätte dich niemals so... entspannt gesehen wie in Stanton."

Lance stand auf. „Und?"

„Du willst es nicht abstreiten?"

„Soll ich abstreiten, dass Idalia dafür gesorgt hat, dass ich mich wie ein anderer Mensch gefühlt habe? Nein, das werde ich nicht. Aber wir haben wichtigere Dinge zu diskutieren."

„Wichtigere Dinge? Denkst du wirklich, dass ein Mann, der es in Kauf nimmt, seinen Titel und seine Besitztümer zu riskieren, vielleicht sogar sein Leben, ein Bündnis brechen wird, nur weil ein Schmied es wagt, ihm die Liebe zu seiner Tochter zu gestehen?" Terric erhob sich ebenfalls. „Du bist ein intelligenter Mann. Das weiß ich. Denk einen Augenblick darüber nach."

Du ganze Wut und Frustration, gepaart mit der Liebe in seinem Bauch, ergab ein toxisches Gemisch. „Darüber nachdenken?", schrie er. Lance schrie selten. „Seit sich sie getroffen habe, tue ich kaum etwas anderes. Aber ich werde unsere Mission nicht in Gefahr bringen. Und es überrascht mich, dass du mich dazu verleiten willst."

Er drehte sich um, um zu gehen.

„Es ist nicht unsere Mission, die du gefährdest", stellte Terric fest.

Sein sanfter Tonfall traf Lance mehr als wenn er zurückgeschrien hätte.

Lance erschauderte. Er atmete tief durch, wusste aber nicht, was er darauf antworten sollte.

Also ging er.

Etwas, das er gut konnte und was er bereits zuvor getan hatte. Er war gegangen und hatte ein Leben aufgegeben, das er geliebt hatte. Für immer.

KAPITEL FÜNFUNDZWANZIG

Idalia schlenderte durch die Marktstände auf der Suche nach ihrer Schwester. Nachdem sie einige Händler nach ihr gefragt hatte, entschied sie sich dazu, einfach abzuwarten, bis ihre Schwester sie fand.

„Ist dies der Ort, an dem du vorschlägst, die überdachten Stände anzubringen?"

Die Stimme klang süß in ihren Ohren.

„Aye, Mutter." Sie drehte sich um. „Denkst du, das wäre vorteilhaft?"

„Ja, das denke ich."

Die Lady von Stanton hielt vor einem Stand an, um mit der Hand über einen Ballen Seide zu streichen. Sofort kam der Händler, und sie begannen eine Unterhaltung über seine Waren. Die Stoffe waren wunderschön, aber etwas an einem Tisch neben an zog Idalias Blick auf sich.

„Diese Stücke sind wunderschön", sagte sie zu dem Mann, der hinter dem Tisch stand. Idalia hatte sich Mühe gegeben, genau diesen Mann die ganze Woche lang zu meiden.

Er war Stantons neuer Schmied.

Idalia wusste nicht, wie Lance es angestellt hatte,

aber er hatte ihrem Vater versprochen, einen neuen Schmied zu finden. Und hier war er nun.

Selbstverständlich hatte sie den Mann in der Burg willkommen geheißen, aber die Schmiede hatte sie nicht besucht. Und auch wenn sie seit Jahren immer wieder auf den kleinen Turm gestiegen war, um sich zurückzuziehen, so brachte sie es jetzt nicht mehr fertig, dorthin zu gehen. Sogar einen Blick auf Eller's Green in der Ferne zu werfen, weckte in ihr ungewollte Erinnerungen. Wenn sie nun den Drang verspürte, alleine zu sein, stieg sie auf den westlichen Wehrgang und ertrug die seltsamen Blicke der Wachen. Es war nicht wirklich ein Rückzugsort, aber wenigstens eröffnete ihr der Wehrgang neue Perspektiven.

Und er erinnerte sie nicht an Lance.

„Habt vielen Dank, Mylady", antwortete der neue Schmied.

Der Mann war ein bisschen älter als ihr Vater, aber sein Haar war vollkommen weiß. Als er ihre Mutter um Erlaubnis gebeten hatte, seine Waren auf dem Markt anzubieten, hatte diese es ihm gerne gestattet.

Obwohl er ein Schmied war, besaß er ganz offensichtlich auch Kenntnisse in der Kunst der Schmuckherstellung. Die Stücke auf dem Tisch waren wunderschön anzusehen.

„Ich muss mich dafür entschuldigen, dass ich Euch nicht schon früher aufgesucht habe." Einen Grund dafür konnte sie ihm allerdings nicht nennen.

„Ihr müsst Euch nicht entschuldigen, Mylady."

Auch wenn Idalia sich nicht mehr allzu sehr um die verschiedenen Belange von Stanton kümmerte, seit ihre Mutter wieder gesund war, so nahm sie doch immer noch zu viele Aufgaben an. Jedenfalls wenn es nach Tilly ging. Gerade an diesem Morgen hatte ihre Schwester ihre Mutter darum gebeten, mit Idalia zusammen zum Markt gehen und Besorgungen erledigen zu dürfen. „Geht nur und genießt den Tag", hatte sie geantwortet.

Wenn sie nur so sorgenfrei sein könnte.

„Ob ich wohl eines von diesen hier", sie nahm ein Armband in die Hand, „erwerben könnte?"

„Es wäre mir eine Ehre, Mylady."

„Der alte Schmied war nahezu genauso talentiert", sagte ihre Mutter hinter Idalia. „Er hat dies hier angefertigt."

Idalia hatte nicht realisiert, dass ihre Mutter Lances Armband unter ihrem langen Ärmel trug. Sie nahm es ab und zeigte es dem Schmied.

„In der Tat eine feine Handwerkskunst", erklärte er. „Aber das hatte ich erwartet. Meister Lance ging bei einem der berühmtesten Schmiede unserer Zeit in die Lehre."

„Ihr kanntet seinen Vater?", fragte Idalia bevor sie sich eines Besseren besann.

„Das tat ich, ja. Ein großer Schmied."

Aber kein guter Mann, fügte sie still hinzu.

Er wollte ihrer Mutter das Armband zurückgeben, aber diese war bereits davongeeilt, um einen alten Freund zu begrüßen. Also legte sich Idalia das Armband an und wanderte zwischen den Ständen umher. Sie kaufte einige Gewürze für die Burgküche, anstatt sich nach etwas Schönem für sich selbst umzusehen.

Erst als es bereits Zeit war, zur Burg zurückzukehren, fand sie endlich ihre Schwester.

„Wo hast du denn die ganze Zeit gesteckt?"

Tilly zeigte ihr eine Handvoll bunter Bänder.

„Sieh dir nur dieses Blau an. Hast du jemals etwas so Wunderschönes gesehen?"

Kopfschüttelnd ging Idalia in Richtung der Ställe.

„Nein, das habe ich nicht. Hast du Mutter gesehen?"

„Idalia, *sieh nur*."

Sie sah nur die Bänder in der Hand ihrer Schwester. Verwirrt blickte sie Tilly an.

„Was denn?"

„Du hast geantwortet, ohne es überhaupt anzusehen. Was ist nur mit dir los? Wie lange wirst du noch so bleiben?"

„Wie bleiben, mein Liebling?", fragte ihre Mutter, als sie sich zu ihnen gesellte.

„So abwesend. Sie geht durchs Leben, ohne ein Teil davon zu sein."

Idalia verdrehte die Augen.

„Mutter wird wieder Kopfschmerzen bekommen, wenn du weiter in Rätseln sprichst", schimpfte Idalia.

Glücklicherweise hatte ihre Mutter keine Kopfschmerzen mehr, seit sie kein Helmkraut mehr genommen hatte. Genau wie der Medikus es vorhergesagt hatte, waren ihre Leiden innerhalb weniger Tage abgeklungen. Auch wenn sie noch gebrechlich wirkte, so hatte sich ihr Erscheinungsbild schon deutlich verbessert. Und sie fühlte sich gut, beinahe so, als wäre sie aus einem schlimmen Albtraum erwacht.

Vater Sicas offensichtlicher Irrglaube, dass ihre Mutter vom Teufel besessen war, war letztlich sein Ruin gewesen. Idalias Vater hatte den Priester aus der Burg verbannt.

„Das ist kein Rätsel, sondern eine Tatsache. Seit Lance gegangen ist, bist du nicht mehr du selbst."

Es schien, als wüsste Tilly mehr als Idalia ihr zugetraut hatte. Idalia vermied es, ihrer Mutter in die Augen zu sehen. Ihre Mutter hatte bereits versucht, mit ihr über Lance zu sprechen, aber Idalia hatte sich stets geweigert, über die Ereignisse zu reden.

Es war ihr peinlich. Sie war verletzt und wütend. Aber vor allem sehr, sehr traurig.

„Ich habe dich gebeten, nicht von ihm zu sprechen.“

„Und das würde ich auch gerne tun, wenn ich dafür meine Schwester zurückbekommen würde.“

„Vielleicht wäre deine Schwester wieder sie selbst, wenn du sie nicht ständig an einen gewissen Schmied erinnern würdest.“

„Kommt mit.“ Ihre Mutter nahm beide Töchter bei der Hand. „Wir gehen zurück in die Burg und setzen uns in den Garten. Das Wetter ist einfach zu schön für solchen Streit.“

Es stimmte, die Sonne zeigte sich zum ersten Mal seit drei Tagen.

„Und es gibt kein Gerede mehr über Kopfschmerzen“, ihre Mutter sah sie an, „oder über Männer.“

Das kam Idalia sehr gelegen. Am liebsten würde sie niemals wieder den Namen Lance hören. Er war weg, und er würde nie mehr zurückkehren.

Unglücklicherweise hatte er ihr Herz mitgenommen.

KAPITEL SECHSUNDZWANZIG

„Idalia." Ihr Vater hielt sie auf, als sie durch die Halle ging. „Ich möchte dich gerne im Solar sprechen."

Sie sah zu ihrer Mutter und ihrer Schwester, die immer noch am hohen Tisch saßen und gerade ihr Mahl beendeten. Sie hatte ihren Vater gar nicht bemerkt.

„Aber du musst auch etwas essen..."

„Ich möchte dich gerne sofort sprechen", beharrte er.

Was blieb ihr übrig, als ihm zu gehorchen?

Er ging voraus und sie folgte ihm. In Gedanken stellte sie sich vor, was er wohl mit ihr besprechen wollte.

Obwohl sie mehr als dankbar für die schnelle Genesung ihrer Mutter war – und dafür, dass ihr Vater sich endlich wieder mehr für alle Belange von Stanton einsetzte – fand sie es schwer, einfach weiterzumachen als ob nichts geschehen wäre.

Ich wünschte, ich hätte ihn niemals getroffen.

Es war nicht das erste Mal, dass sie diesen lieblosen Gedanken gehabt hatte. Dabei konnte sie selbst nicht wirklich verstehen, warum. Denn trotz allem, was geschehen war, und trotz dem Schmerz, der es ihr jeden Morgen schwer machte, das Bett zu verlassen, war Idalia durchaus dankbar dafür, sich in den Schmied verliebt zu haben. Seine Berührungen und seine Liebe kennengelernt zu haben. Er hatte dafür gesorgt, dass sie sich als etwas Besonderes gefühlt hatte.

Auch seine Anerkennung für ihren Einsatz in Stanton, tat ihr mehr als gut.

Tilly hatte ihr bisweilen etwas Ähnliches gesagt.

Sie erreichten das Solar, und ihr Vater winkte sie hinein. „Setz dich", forderte er sie auf. Mit einem stillen Seufzen gehorchte sie. Idalia war sich sicher, dass ihr Vater gar nicht merkte, wie grob er zuweilen klang. „So ist er nun einmal", hatte ihre Mutter ihr stets gesagt.

„Ich hatte gehofft, dass du schon alles verarbeitet hast", sagte ihr Vater, als er sich ihr gegenüber hinter seinen Schreibtisch gesetzt hatte.

„Verarbeitet?"

„Die Sache mit dem Schmied."

Sein Ton war ernst.

„Vater, ich..." Sie brach ab. Was sollte sie dazu sagen?

Hatte ihre Mutter es ihm doch erzählt? Sie hatte Idalia versichert, dass sie es nicht tun würde. Woher wusste er davon?

Sie legte ihre Hände übereinander.

„Ich verstehe nicht", antwortete sie und zwang sich zu einem festen Tonfall. „Der Schmied hat Stanton schon lange verlassen und einen geeigneten Nachfolger gefunden. Genau wie du es gefordert hattest. Ich habe gestern auf dem Markte mit dem neuen Schmied gesprochen. Er arbeitet sehr gut..."

„Du hast etwas für ihn empfunden, nicht wahr?"

„Er ist viel zu alt", sagte sie, seine Anspielung absichtlich falsch verstehend.

Idalia hatte es geschafft, ihrem Vater eines seiner seltenen Lächeln abzuringen. „Wayland. Nicht der neue Schmied."

„Woher..." Nein, das würde es ihm alles bestätigen. „Ich weiß nicht, was ich antworten soll, Vater."

Sie legte ihre Hände auf ihren Schoß, starrte sie an und hoffte auf eine Art göttliche Eingebung.

„Du hast bislang alle Anwärter auf deine Hand abgelehnt."

„Du warst sehr nachsichtig mit mir Vater."

Das entsprach der Wahrheit. Er hatte sie nicht dazu gezwungen, ohne ihre Einstimmung zu heiraten. Noch nicht. Und Roysa hatte letztlich einen Mann geheiratet, den sie liebte. Oder zumindest dachte sie, dass sie ihn liebte, wenn sie ihrer Mutter glauben durfte. Dass Frauen eine Art Mitspracherecht in dieser Angelegenheit hatten, war sehr ungewöhnlich. Idalia vermutete, dass es an ihrer Mutter lag, und insbesondere daran, dass sie den Mann, den sie einst geliebt hatte, verloren hatte.

„Das stimmt." Er räusperte sich und warf einen Blick über seine Schulter. Idalia reckte sich auf ihrem Stuhl, um etwas hinter ihm zu sehen, erkannte aber nichts.

Ihr Vater schien sich nicht besonders wohl zu fühlen. Was ungewöhnlich für einen Mann war, der stets sehr selbstsicher auftrat.

„Ist alles in Ordnung, Vater?"

„Wir werden sehen. Der Schmied", fuhr er fort, „hättest du ihn zum Mann genommen?"

Wieder rang sie um die richten Worte. „Ich... aber..." Idalia atmete tief durch. Irgendwoher wusste er davon. Und sie konnte es nicht verleugnen. Die Wahrheit rumorte in ihr, sie wollte heraus gelassen werden. „Aye, ich hätte ihn zum Ehemann genommen.“

„Trotz der Lügen, die er verbreitet hat?“

Also *hatte* Mutter es ihm erzählt. Es sah ihrer Mutter nicht ähnlich, ihr Wort nicht zu halten, aber welche Erklärung gab es sonst dafür?

„Ich hätte ihn zum Mann genommen“, sie legte die Stirn in Falten, „bevor ich herausgefunden habe, dass er nur hier war, um sich deine Unterstützung zu sichern.“

„Du hältst unser Bündnis nicht für richtig?“

Eine seltsame Frage für einen Mann, der sie selten um ihre Meinung fragte. Warum sollte er sich nun um ihre Zustimmung zu seiner Sache sorgen?

„Doch, es ist richtig. Und in gewisser Weise kann ich sein Vorgehen verstehen“, gab sie zu.

„Wo liegt dann das Problem?“

„Er behauptete, mich zu lieben, aber trotzdem hat er bis zum letztmöglichen Augenblick gewartet, um mir seine wahren Absichten anzuvertrauen“, platze sie mit geröteten Wangen heraus. Schon mit ihrer Mutter über solche Dinge zu sprechen, war sehr schwer für sie. Aber mit ihrem Vater war es noch ungleich schwieriger.

„Dies ist ein ernstes Unternehmen mit noch ernsteren Folgen. Sowohl für den Schmied als auch für uns.“

Ihr Vater war tatsächlich dabei, Verrat zu begehen.

„Aye, Vater.“

Ihre Hand fand ihren Weg unter ihren langen Ärmel und berührte das Armband, das sie ihrer Mutter seit dem Markt nicht mehr zurückgegeben hatte. Sie wusste, dass ihre Mutter es nicht vergessen hatte. Sie hatte es ihr als Erinnerung gegeben. Idalia hatte bislang nicht die Stärke aufbringen können, es ihr zurückzugeben.

Sie spielte daran herum, während sie versuchte zu verstehen, auf was ihr Vater in dieser Diskussion hinauswollte. Er wusste also von Lance. Aber er hatte sie nicht dafür verurteilt.

Er hatte nicht so reagiert, wie sie es befürchtet hatte.

„Ich werde jemanden für dich finden", sagte er schließlich.

Ihr Kopf schnellte hoch. „Nein!"

„Es ist an der Zeit für dich, zu heiraten", fuhr er fort, als hätte er sie gar nicht gehört. „Tilly wird auch bald alt genug sein."

„Nein", wiederholte sie. „Sie ist doch noch ein Kind."

Aber das stimmte nicht. Auch Idalia hatte die Anzeichen erkannt, auch wenn sie wünschte, diese ignorieren zu können. Natürlich wusste sie, dass dieser Tag kommen würde. Der Tag, an dem ihr Vater aufhören würde zu fragen, und stattdessen forderte.

„Es gibt einen Mann, der um deine Hand angehalten hat. Und trotz der Umstände bin ich gewillt, sie ihm zu geben."

Sie drehte das Armband immer schnell und suchte verzweifelt nach einem passenden Argument. Wusste ihre Mutter von seinem Plan? Warum hatte sie Idalia nicht gewarnt?

„Bitte, Vater."

Noch nicht. Nicht solange ihr Herz noch gebrochen war.

„Möchtest du nicht seinen Namen erfahren?"

Es war ihr egal, wer er war. Idalia würde keinen Fremden heiraten, egal wie gutaussehend oder mächtig er war.

„Bitte…“

„Ich könnte meine Meinung noch einmal überdenken, wenn du mir jetzt ehrlich antwortest. Ich habe nur noch eine Frage an dich.“

Idalia fiel beinahe vom Stuhl. Würde er es sich tatsächlich anders überlegen?

Die Krankheit und die Genesung ihrer Mutter hatten den Mann wahrlich verändert, den sie geglaubt hatte, zu kennen.

„Liebst du den Schmied?“

„Lance?“

Sie erkannte ihren Fehler sofort. „Ich meine, Meister Lance?“

Ihr Vater sah sie an und wartete auf eine Antwort.

Sie konnte ihm unmöglich in die Augen sehen und ihn anlügen. Sie wollte sich auch nicht weiter selbst belügen. Nach kurzem Zögern, nickte sie. „Aye, Vater. Ich liebe ihn immer noch.“

Und sie hasste sich selbst dafür.

„Aber was hat dies mit meiner Verlobung zu tun?“

Er deutete mit dem Kinn auf eine Stelle hinter ihr. Idalia wusste, was sie dort sehen würde, noch bevor sie sich umdrehte. Sie hätte es schon früher erkennen müssen, aber sie war der Meinung, ihn für immer verloren zu haben.

Hoffnung konnte ein zweischneidiges Schwert sein, wenn die Sache, die man sich erhoffte, nie Wirklichkeit wurde. Sie drehte sich auf ihrem Stuhl um – und da stand er. Mit seiner Größe füllte er beinahe den kompletten Türrahmen aus.

„Wie lange stehst du schon dort?“, würgte sie heraus.

„Lange genug.“

Sie sog seine Erscheinung in sich auf, sein frisch gewaschenes Haar war noch feucht. Sein Waffenrock ließ ihn eher wie einen Ritter denn wie einen Schmied aussehen.

Und dann verstand sie ihren Vater endlich.

Sie drehte sich wieder um und sah ihn an.

„Und der Mann, mit dem ich verlobt werden soll?"

„Steht direkt hinter dir."

Es war ihm ernst.

Plötzlich erkannte Idalia, dass ihre Mutter ihr Wort nicht gebrochen hatte. Lance selbst hatte ihrem Vater alles erzählt.

„Er hat um meine Hand angehalten?", versicherte sie sich, als ob Lance gar nicht anwesend wäre.

„Das hat er."

Ihre Augen weiteten sich. „Und du hast dem zugestimmt."

„Aye."

Sie hatte so viele Fragen. *Warum?*, schien nicht die passende Frage zu sein. *Aber er ist ein Schmied*, ebenso nicht.

„Hast du mit Mutter darüber gesprochen?"

Ihr Vater erhob sich und bedachte sie erneut mit diesem entwaffnenden Lächeln. „Das habe ich", bestätigte er. „Ich werde euch beide nun allein lassen. Ihr habt sicher einiges zu besprechen."

Idalia stand ebenfalls auf.

„Denkt daran, ihr sollt euch nur unterhalten", sagte er zu Lance, während er ging. „Ihr versteht?"

Lance verbeugte sich, als der Earl an ihm vorbei ging. „Ich verstehe, Mylord."

„Bevor du deine Antwort gibst, meine Tochter, möchtest du vielleicht das Armband, das du trägst, etwas näher betrachten." Mit dieser seltsamen Anmerkung verließ er den Raum und bedachte Lance mit einem abschließenden „Guten Abend, Sir", bevor er die Tür hinter sich schloss.

Sir.

Er war schon die ganze Zeit über *Sir* Lance Wayland. So viele Lügen.

So viel zu besprechen.

Und dann nahm sie das Armband ab.

KAPITEL SIEBENUNDZWANZIG

„Guten Abend, Mylady."

„Ich bin mir nicht sicher, ob es ein guter Abend ist, *Sir* Lance."

Immerhin konnte sie wieder atmen. Ein und aus. Das sollte doch eigentlich ganz einfach sein.

„Ich hoffe, ich kann deine Ansicht darüber ändern", sagte er, während er ihr direkt in die Augen sah.

Als er einen Schritt auf sie zu machte, versteifte sich Idalia. Er hatte sie furchtbar verletzt. Und ein paar einschmeichelnde Worte würden dies sicher nicht korrigieren können.

„Du bist mit Recht wütend auf mich. Ich kenne das Gefühl. Es wird einen Abend, eine Woche, einen Monat oder ein Jahr lang andauern... das macht keinen Unterschied. Denn ich werde dich zu meiner Frau machen. Du hast deinem Vater eben erzählt, dass du mich noch liebst. Das gibt mir Hoffnung, auch wenn ich es nicht verdiene."

Er hatte also die ganze Zeit über zugehört.

Das waren süße Worte, aber trotzdem...

„Ich habe es ihm erzählt", sie hatte immer noch damit zu kämpfen, das zu begreifen, was in den letzten Minuten geschehen war, „weil es wahr ist. Aber dich heiraten? Lance, du hast mich angelogen. Vom ersten Moment an."

Seine Kiefermuskeln spannten sich an, und Idalia hasste sich selbst für die Gedanken, die ihm gerade durch den Kopf gehen mussten. Die Ursache ihrer Schmerzen stand direkt vor ihr, aber alles, an was sie denken konnte war, ihn zu berühren und von ihm berührt zu werden.

„Genauso wie ich mich selbst belogen habe. Ich hatte niemals vorgehabt, zu heiraten. Aber als ich dich getroffen habe, als ich mich in dich verliebt habe... Idalia", er ging einen weiteren Schritt auf sie zu, „du kümmerst dich um jeden und nimmst keine Rücksicht auf dich selbst. Lass mich derjenige sein, der dir etwas zurückgibt. Lass mich dich lieben, wie ich es schon vom ersten Tag an hätte tun sollen."

Sie griff in ihren Ärmel und drehte das Armband zwischen ihren Fingern.

„Wie kann ich dir vertrauen?"

Lance schüttelte den Kopf. „Es liegt an mir, dein Vertrauen zurückzuerlangen. Es tut mir furchtbar leid, dass ich es so achtlos weggeworfen habe."

„Ein Teil von mir", gab sie zu, „kann verstehen, warum du so gehandelt hast. Aber wenn du es mir doch nur gesagt hättest..." Sie schüttelte den Kopf. „Ein Ritterorden. Eine Rebellion gegen den König. Das ist doch nichts, was ich nicht schon früher gehört hätte."

Er sah sie erstaunt an.

Sie lächelte. „Deine Mission ist ehrbar, aber zutiefst gefährlich."

Lance lächelte zurück. Das war genau der Augenblick, in dem Idalia wusste, dass er sie überzeugen würde. Eigentlich hatte er sie bereits zurückgewonnen.

„Wie dein Vater bereits weiß, habe ich dir wenig zu bieten. Ein Schmied, ein abwesender Ehemann..."

„Abwesend?"

„Unsere Mission ist noch lange nicht vorbei. Mit der Unterstützung deines Vaters haben wir zumindest etwas von dem Geld, das wir benötigen. Auch einige weitere nördliche Lords haben uns die Treue geschworen, aber gegen den König vorzugehen, ist keine einfache und schnelle Angelegenheit."

„Und du würdest dies... ohne mich tun wollen?"

„Ich würde dich nur in Gefahr bringen, wenn ich dich mitnehmen würde."

Sie wandte den Blick ab, ihre Schultern senkten sich. Es war genau wie sie dachte. Selbst jetzt noch würde er sie nicht miteinbeziehen wollen.

Als Idalia aufsah, stand Lance direkt vor ihr. Nahe genug, um ihn zu berühren.

„Du sagtest, ich wäre genau wie er", er hob ihr Kinn an, „aber das bin ich nicht. Wenn du mich um alles in der Welt begleiten willst, dann bin ich glücklich, dich an meiner Seite zu haben. Solange du verstehst, welcher Gefahr du dich aussetzt. Es ist deine Entscheidung. Es ist immer deine Entscheidung, Idalia. Deine Meinung wiegt genauso viel wie meine eigene."

„Du würdest mich wirklich mitnehmen?"

„Natürlich."

„Und mich um Rat fragen?"

„Immer."

Sie sah ihm in die Augen. Schon hatte Lance in ihren Ärmel gegriffen und das Armband berührt. Diese einfache Berührung reichte aus, um ihr Herz rasen zu lassen. Sie erschauderte, als er den Ärmel zurückzog.

„Deine Mutter hat es dir gegeben?"

Er löste das Armband und nahm es an sich.

„Vorübergehend, ja."

Er hob es an, damit sie es besser sehen konnte.

„Gut, denn es gehört dir."

Sie sah ihn fragend an. „Wie meinst du das?"

„Hast du dies hier gesehen?"

Idalia sah sich die Gravur an, die sie und ihre Mutter bereits am ersten Tag bemerkt hatten.

„Aye. Wir haben uns gefragt, was das wohl bedeutet."

„Sieh genauer hin. Was erkennst du?"

„Das ist ein Kreis."

„Was sonst noch?"

So dicht neben ihm war es schwer für sie, sich zu konzentrieren. Idalia konnte ihn riechen. Sie versuchte, noch mehr zu erkennen. Zum ersten Mal bemerkte sie feine Linien um den Kreis.

„Linien. Ganz fein. Das ist eine Sonne", erkannte sie.

Lance nahm ihre Hand, aber er hielt das Wort, das er ihrem Vater gegeben hatte, und tat nichts anderes als ihr sanft das Armband anzulegen.

„Es ist die Sonne", bestätigte er.

Und sie verstand.

Das Armband war nie für ihre Mutter gedacht.

Idalia. Ihr Name bedeutete „behalte die Sonne."

„Du hast das für mich angefertigt."

Er nickte.

„So ist es."

Idalia nahm seine Hand, bevor er sie zurückziehen konnte.

LANCE FÜHRTE ihre Finger zu seinen Lippen. Einen Augenblick später polterte es gegen die Tür. Sie wurde aufgestoßen und Tilly stand da, die offensichtlich von Lances Besuch erfahren hatte. Als dann auch Lady Stanton kam, um ihre jüngere Tochter zu holen, war beinahe die ganze Familie versammelt. Aber auch wenn Lance Idalia und ihrer Mutter von der Bedeutung des Armbands erzählt hatte, so schienen diese immer noch irgendwie wütend auf ihn zu sein.

Dies trieb Lance um, er konnte nicht einschlafen. Und so kam es, dass er spät nachts noch durch die Hallen und Gänge von Stanton streifte. Er wusste, dass er lieber zu der ihm vom Seneschall zugewiesenen Schlafkammer zurückkehren sollte, die dieser für ihn nach seinem ersten Gespräch mit Lord und Lady Stanton hatte herrichten lassen. Wenn der Earl ihn zu dieser Nachtzeit auf den Korridoren erwischen würde, würde er sein Verhalten sicherlich erklären müssen.

Aber er musste mit Idalia reden.

Sie hatte seinen Heiratsantrag nicht angenommen.

Eigentlich hatten sie am nächsten Morgen darüber reden wollen, aber er konnte nicht warten.

Lance verfluchte sich dafür, dass er keine Fackel oder wenigstens eine Kerze mitgenommen hatte. Er konnte sich in der Dunkelheit gut zurechtfinden, wenn er in gewohnter Umgebung war, aber der Bergfried von Stanton Castle war ihm nicht wirklich vertraut. Idalias Zofe hatte ihm den Weg beschrieben. Glücklicherweise lagen ihre Gemächer in einem anderen Turm als die ihrer Eltern.

Er war in der Annahme nach Stanton gekommen, einfach wieder weggeschickt zu werden. Aber Terrics Worte hatten Eindruck auf ihn gemacht. Wenn er es nicht versuchte, würde er es auf ewig bereuen. Also war er nach Stanton gereist. Er war angenehm überrascht gewesen, als ihm eine Audienz beim Earl und seiner Gemahlin gewährt worden war. Lady Stanton sah aus wie das blühende Leben, verglichen mit der gebrechlichen Frau, die er damals an ihrem Krankenbett besucht hatte.

Er hatte ihnen sein Anliegen vorgetragen, und Lady Stanton hatte ihrem Ehemann etwas ins Ohr geflüstert. Einen Moment später hatte der Earl ihm zugenickt. „Ein Mann, der sein Leben für eine gerechte Sache aufs Spiel setzt, sei er Lord oder Handwerker, ist sicherlich die Hand meiner Tochter wert."

Daraufhin hatte sie ihm noch einmal ins Ohr geflüstert.

„Natürlich werdet Ihr zuvor ihre Zustimmung einholen."

„Selbstverständlich", hatte Lance dem Earl geantwortet. Und dessen Gemahlin, die wohl für diese wundersame Entscheidung verantwortlich war.

Er hatte die Audienz voller Hoffnung verlassen, aber später an diesem Abend, als er vor der Tür des Solars stand und darauf wartete, Idalia zu treffen, war er sich seiner Sache alles andere als sicher gewesen.

Aber er würde sie wieder für sich gewinnen, und wenn es das letzte wäre, was er in seinem Leben tat.

Er fluchte erneut leise vor sich hin. Als er endlich ihre Kammertür erreichte – zumindest hoffte er, dass es ihre Kammer war, obwohl Leanas Beschreibung sehr deutlich war – klopfte er vorsichtig an.

Idalia öffnete die Tür beinahe sofort, offensichtlich hatte sie auch nicht schlafen können. Seine Augen wanderten unpassenderweise auf ihr Nachgewand, ein einfaches, cremefarbenes Kleid.

„Ich habe dein Haar niemals zu einem Zopf geflochten gesehen."

„Du hast mich auch niemals zuvor in einem Schlafgemach besucht."

Nein, das hatte er nicht.

„Darf ich hereinkommen?"

Sollten sie ihn hier erwischen, würde er sich sicher nicht beliebter machen.

Sie öffnete die Tür ein Stück weiter, und Lance ließ sich nicht zweimal bitten. Er hatte vor, sich ihr voll und ganz zu öffnen, ihr alles zu erzählen, auch das kleinste Gefühl, das er ihr bislang vorenthalten hatte.

„Idalia, es gibt so vieles, was ich dir erzählen möchte", sagte er, während er eintrat.

Sie schloss die Tür hinter ihm.

„Es wäre mir lieber, wenn du das nicht tätest."

Sein Hals schnürte sich zu.

„Du hasst mich immer noch dafür. Das ist verständlich."

„Dich hassen? Nein, ich könnte dich nie wirklich hassen." Ihr spontanes und ehrliches Lachen verblüffte ihn. „Du hast mich missverstanden. Du solltest mir nur nicht *sagen*, was du gerade fühlst..."

Sie biss sich leicht auf die Unterlippe, eine Geste, die unmittelbare Auswirkungen auf seinen Schwanz hatte. Aber Lance erlaubte es sich nicht, diese Geste so zu interpretieren, wie er es gerne wollte.

„Ich würde es vorziehen, wenn du mir *zeigen* würdest, was du fühlst."

Er holte tief Luft. „Idalia", seufzte er, „ich bin nicht gekommen, um dich zu verführen."

Aber sie machte es ihm schwer, genau das nicht zu tun. Wenn sie ihn auf diese Weise ansah...

„Schade."

Idalia drehte sich um, ging zum Kamin und legte ein weiteres Holzscheit ins Feuer.

Mit offenem Mund stand er erstaunt an der Tür. Was er hier vorfand, überraschte ihn beinahe noch mehr als die Reaktion ihrer Eltern.

Wer war diese Frau?

Sicherlich nicht mehr die junge Frau, die ihn auf dem Turm so schüchtern geküsste hatte.

Aber Lance hatte von Anfang an gewusst, dass sie leidenschaftlich war. Idalia musste nur Vertrauen fassen. Sie musste sich entspannen und sich verwöhnen lassen.

Und er war derjenige, der es ihr zeigen wollte.

Er hatte wirklich nicht die Absicht gehabt, sie in dieser Nacht zu verführen. Aber bei Gott, genau das würde er tun.

KAPITEL ACHTUNDZWANZIG

War sie immer noch wütend?

Aye, aber Lance würde Stanton Castle nicht noch einmal ohne sie verlassen.

Idalia konnte ihn hinter sich spüren, aber erst als er ihren Zopf anhob, realisierte sie, wie nahe er ihr war. Einen Moment später strich ihr offenes Haar über ihren Rücken und das blaue Band, das es zusammengehalten hatte, fiel zu Boden.

Lance schob ein paar Locken zur Seite und lehnte sich näher an sie. So nahe, dass sie seinen Atem auf ihrem Hals spüren konnte.

„Ich soll es dir also zeigen?", flüsterte er. „Aye, das würde mir gefallen." Das Holzscheit im Feuer knackte laut, als seine Lippen schließlich ihren Hals berührten.

„Ich würde dir gerne zeigen", wisperte er, während er eine Spur aus zarten Küssen über ihren Hals und ihr Ohr zog, „wie leid es mir tut, dass ich dir nicht schon viel früher alles erzählt habe."

Seine Lippen berührten die zarte Stelle direkt hinter ihrem Ohr, und seine Hände lagen auf ihren Brüsten. Idalia wollte ihm in die Augen sehen und drehte sich um. Er küsste sie so leidenschaftlich, dass Sie beinahe nicht mehr atmen konnte. Aber das wollte sie auch gar nicht. In diesem Moment legte sie all ihre Emotionen in diesen Kuss – jede Träne, die sie vergossen hatte. Und tief in ihrem Inneren wusste sie, dass es ihm genauso erging.

Bald schon verlangten sie beide nach mehr. Nur das dünne Nachtgewand und sein Hemd lagen noch zwischen ihren Körpern, sodass Idalia alles spüren konnte.

Lance griff nach dem Gewand und streifte es ihr mit einer einzigen Bewegung gekonnt über den Körper. Dann stand sie nackt vor ihm, und für einen Augenblick konnte er nicht anders als sie anzustarren. Auch im schwachen Licht der Fackeln und des Feuers konnte sie das Verlangen in seinem Gesicht deutlich erkennen.

„Du siehst mich an als hättest du noch niemals zuvor eine nackte Frau gesehen."

Er blickte sie fragend an.

„Nein, ich will es gar nicht wissen", entschied sie.

„Die einzige Frau, die für mich zählt, bist du."

Lance zog sein Hemd aus und offenbarte seine Arme, die sie bereits so oft in der Schmiede bewundert hatte.

Zärtlich strich sie mit ihrer Hand über seinen Bizeps.

„Zum Glück trägst du nicht deinen Waffenrock."

Als er sie wieder eng an sich zog, berührte ihre Haut die seine. Sie standen Brust an Brust, als er sie erneut küsste. Seine Hände wanderten über ihren Rücken und dann immer tiefer.

Da wusste sie es.

Dieser große, wunderschöne Mann würde ihr Ehemann werden. Er würde ihrs werden, und sie sein. In dieser Nacht und in allen kommenden Nächten.

„Deine Haut ist so warm", murmelte sie, als seine Lippen sich zurückgezogen hatten.

Er lächelte sie von oben herab an und hob sie mit Leichtigkeit an. „Oh!" Mehr konnte sie nicht sagen, denn er trug sie ins Bett. Seine immense Stärkte wurde noch übertroffen von der Zärtlichkeit, mit der er sie hinlegte.

Auch während er sich auszog, hielt Lance stets Augenkontakt mit ihr.

Als sein Glied aus seiner heruntergezogenen Hose schnellte, sah sie ihn erstaunt an.

Idalia wusste, wie es funktionierte, konnte sich aber plötzlich nicht vorstellen, wie es passen sollte.

Sie sprach es nicht aus, aber er schien sie auch so zu verstehen.

„Mach dir keine Sorgen", beruhigte er sie und kniete sich zwischen ihre Beine. Seine Hände ruhten auf ihren Brüsten. „Wenn es an der Zeit ist, wirst du verstehen, wie es möglich ist."

Lance begann, seine Daumen zu bewegen. In kleinen Kreisen liebkoste er ihre Brüste. Dann kniff er sanft in ihre Nippel, und Idalia drückte ihren Rücken durch.

„Du wirst nichts anderes mehr wollen", seine Finger strichen hinunter zu ihren Hüften, „als mich in dir zu spüren."

Seine geübten Finger ruhten auf ihren Hüften, aber sie wünschte sich nichts sehnlicher, als dass sie ihr die gleiche Freude bereiten würden wie an jenem Abend.

„Nein, mein Liebling." Er legte seine Hände auf ihre Knie. „Meine Hände werden genau hier bleiben, während mein Mund seine Aufgabe erfüllt."

Sie verstand, was er meinte, als Lance seinen Kopf zwischen ihre Beine bewegte.

Dies geschah wirklich. Sie konnte es kaum glauben.

Das Gefühl war so neu für sie, dass sie instinktiv versuchte, ihre Beine zu schließen.

„Nein", sagte er und drückte ihre Schenkel erneut auseinander. Sein warmer Atem kitzelte sie.

Noch einmal senkte Lance seinen Kopf zwischen ihre Beine. Seine Zunge und sein Mund schienen noch talentierter als seine Finger zu sein. Dieses Mal schrie sie beinahe laut auf.

„Wenn du jetzt wieder damit aufhörst", drohte sie, während er weitermachte, „werde ich selbst dem König von deinen Plänen berichten."

Er ließ seine Zunge kreisen, und Idalia plapperte weiter.

„Natürlich würde ich niemals so etwas... oh!"

Idalia ließ das bereits zerknüllte Bettlaken los und griff stattdessen nach Lance. Sie packte seine Schultern, und als er stöhnte, krümmte sie sich bereits auf dem Bett.

„Dieses Gefühl", sagte sie und packte ihn noch fester. „Es ist schon so nahe."

Er stoppte.

Bevor sie Gelegenheit hatte, ihn zurechtzuweisen, hatte Lance eine andere Position eingenommen. Er lag nun auf ihr und stützte sich mit den Ellenbogen auf dem Bett ab.

„Dieses Gefühl..."

„Es ist ein Zeichen der Lust. Als dein Ehemann...", er zeigte ihr sein wunderbares und doch so seltenes Lächeln, „gelobe ich, dass du es oft spüren wirst."

Als er sich ihr weiter näherte, griff Idalia nach seinen Handgelenken. Dank Roysa wusste sie, was nun geschehen würde. Aber darüber zu hören war etwas ganz anderes als es gleich zu spüren.

„Denk noch einmal daran, wie du dich eben gefühlt hast, als meine Lippen dich liebkost haben.“

Idalia betrachtete diese Lippen. Die Erinnerung kam schnell.

„Es wird nur einen kurzen Augenblick schmerzen.“ Er drang etwas in sie ein, und sie vergaß seine Lippen. Mit großen Augen sah sie hinab auf die Stelle, an der sie nun vereint waren.

Es tat überhaupt nicht weh. Es fühlte sich seltsam an, so intim. Aber nicht schmerzhaft.

„Sie mich an.“

Sie tat genau das.

„Ich liebe dich, Idalia.“

Er küsste sie. Hart und leidenschaftlich.

Das Gefühl, als er tiefer in sie drang, sein Kuss...

Dann drang er noch tiefer in sie ein, und Idalia brach den Kuss ab.

„Das hat wehgetan!“

Seine Augen waren voller Mitgefühlt. „Es tut mir leid“, sagte er und strich ihr sanft über die Wange. „Wirklich. Aber es wird nicht lange wehtun.“

Er hatte recht.

Sie drückte sich an ihn und musste beinahe über seinen Gesichtsausdruck lachen. Lance sah aus, als hätte *er* schmerzen. Aber sie war nicht naiv. Idalia wusste, dass er sich zurückhielt. Aber das musste er nicht mehr.

„Der Schmerz. Er klingt ab.“

Sie lächelte vor Erleichterung.

„Es wird immer angenehmer“, seufzte sie.

Auch wenn es nicht ganz so war, wie sie es sich vorgestellt hatte, so genoss sie doch die Nähe zu ihm.

Sein wissender Blick zauberte ein Lächeln auf ihr Gesicht. „Es wird noch besser?“, riet sie.

Lance begann, sich zu bewegen. „Aye. Es wird noch besser."

Er ging es langsam an, die Muskeln in seinen Oberarmen spannten sich an, während er sich abstützte. Dann zog Lance sich zurück, um einen Augenblick später etwas schneller in sie einzudringen. Idalia hatte noch nie ein solches Grinsen bei ihm gesehen.

„Oh!", keuchte sie. „Das ist wirklich noch besser."

Lance fasste mit einer Hand zwischen ihre beiden Körper, und Idalia war verloren.

Sie passte sich seinen Bewegungen an und drückte sich gegen seine Finger. Sie presste sich an ihn.

Bei jedem Stoß fühlte sie sein Verlangen. Seine Liebe. In dieser Nacht hatte sie mehr verloren als ihre Jungfräulichkeit.

Sie hatte ihren Selbstzweifel verloren, der ihr stets weisgemacht hatte, dass sie es nicht verdiente, so behandelt zu werden wie sie andere behandelte.

„Ich möchte niemals wieder von dir getrennt sein", flüsterte sie und blickte Lance dabei in die Augen.

„Niemals", stimmte er zu.

„Ich bin so kurz vor... vor irgendetwas. Etwas baut sich in mir auf."

„Du kommst. Sag es nur."

Seine Hüften kreisten, und sein Daumen rieb an genau der richtigen Stelle.

„Du kannst mir immer alles sagen, Idalia."

Dann stieß er härter in sie. Als er seine Hand wieder neben ihren Kopf auf das Bett legte, gab sich Idalia ganz dem Gefühl hin, zwischen seinen starken Armen gefangen zu sein.

Ihre Muskeln spannten sich an. Ihre Beine, ihr Po.

Sogar ihre Augen schlossen sich. Das Geräusch, das sich von ihren Lippen löste, kannte sie nicht.

Und dann war es soweit.

Idalia schlug die Augen auf und starrte ihn an. Mit geöffnetem Mund und in den Nacken geworfenem Kopf, fand auch er seine Erleichterung.

In ihr.

Es war das beste Gefühl auf der Welt. Sie würde ihn an sein Versprechen erinnern, ihr dieses Gefühl noch sehr oft zu verschaffen.

Lance küsste ihre Lippen und dann ihren Hals.

Sie schlang ihre Arme um ihn, während die letzten Wellen der Lust langsam abklangen.

„Ich möchte immer so liegen bleiben", sagte sie.

Er bewegte sich ganz sachte, und Idalia seufzte.

„Hatte ich recht damit, dass es noch besser wird?" Er hob seinen Kopf.

„Viel besser."

Sie sah ihm in die Augen und erkannte, dass es noch mehr gab, was ihn beschäftigte. Aber für den Moment schien ihr Schmied zufrieden zu sein.

„Ich liebe dich", sagte sie, denn sie hatte diese Worte nie zuvor laut zu ihm gesagt.

Sie wollte ihm noch mehr sagen, als plötzlich ein lautes Klopfen an der Tür sie aufschreckte.

„Nun, es freut mich, dies zu hören", antwortete Lance und stand hastig auf, „bevor ich sterbe."

Idalia wollte ihm versichern, dass dies noch lange nicht der Fall wäre. Aber als sie sich anzog, wurde ihr klar, dass seine Anwesenheit hier durchaus ernste Folgen haben könnte.

KAPITEL NEUNUNDZWANZIG

Er hatte ein gutes Leben gehabt. Er hatte Idalia gefunden und sich in sie verliebt... das war mehr als er sich erhofft hatte. Während er nach der eisernen Klinke – ein feines Stück Schmiedekunst – an der Tür von Lord Stantons Solar griff, wurde ihm erneut bewusst, dass sein Leben bald zu Ende sein könnte.

Dem Earl gab er keine Schuld.

Wenn er selbst eine Tochter hätte, und ein Mann, der nicht ihr Ehemann war, sich in ihre Kammer stehlen und ihr die Jungfräulichkeit rauben würde, dann würde er den Kerl wahrscheinlich auch umbringen.

Die arme Zofe. Leana hatte den Auftrag erhalten, ihn zu suchen, denn der Earl wollte ihn sofort sprechen. Natürlich wusste sie, wo er sich aufhielt.

„Guten Abend, Mylord“, sagte er, während ihm auffiel, wie gut beleuchtet das Solar im Gegensatz zu den dunklen Korridoren war. Mindestens zehn Fackeln hingen in ihren Haltern an den Wänden des runden Raumes.

„Ich halte mich gerne hier auf“, sagte der Earl und

erklärte damit die Beleuchtung. Er bedeutete Lance, sich zu setzen. „Sogar nachts."

„Ihr wolltet mich sprechen?"

Stanton sah nicht aus wie ein Mann, der ihm nach dem Leben trachtete, aber Lance wusste, dass man niemals nach dem Aussehen gehen durfte.

„Entschuldigt die ungewöhnliche Zeit. Aber wir haben einiges zu besprechen."

„In der Tat."

Also wollte er ihn tatsächlich nicht umbringen lassen? Oder ihn in Stantons Kerker werfen lassen?

Vielleicht wusste er gar nichts von Lances Stelldichein mit Idalia.

„Ihr werdet meine Tochter heiraten?"

Sie hatten noch nicht über die Hochzeit gesprochen, aber nach dieser Nacht war sich Lance sicher, dass es dazu kommen würde.

„Aye, Mylord."

„Wir sollten über ihre Mitgift sprechen."

„Ich erwarte keine Mitgift, Mylord. Ich selbst bringe nur sehr wenig in diese Verbindung ein, wie Ihr sicher wisst."

Stanton lehnte sich zurück und deutete auf den Krug vor ihm.

„Wein?"

Lance nickte.

Stanton gab ihm einen Kelch und sprach weiter. „Ihr bietet ihr Schutz. Und Liebe." Der Earl fühlte sich sichtlich unwohl. „Aber sie ist aufgewachsen mit einem gewissen Maß an... Bequemlichkeit."

Stanton nippte an seinem Wein, und Lance tat es ihm nach. „Ihre Mitgift wird Tuleen Castle beinhalten."

„Direkt am anderen Ende vom Dorf Stanton?"

Er hatte die kleine Burg bei seiner Anreise gesehen. Ein schönes Bauwerk.

„Aye. Und dazu die Einkünfte aus dem Markt."

Lance hätte beinahe seinen Wein verschüttet. Das war alles andere als eine kleine Mitgift. Beide Männer wussten dies.

„Idalia hat einige Ideen, wie man den Markt noch verbessern könnte. Natürlich weiß niemand, wie sich unser gemeinsames Vorhaben entwickeln wird..."

Der Earl bot ihm mehr an als Lance erwartet hatte. Mehr als er jemals brauchen würde. Er sorgte sich um Idalia. Und darüber, nach der Rebellion noch seinen Kopf auf den Schultern zu haben. Dies waren die einzigen beiden Angelegenheiten, die ihm gerade wichtig waren.

Lance wollte seine Gedanken nicht offen aussprechen, insbesondere nicht angesichts der Großzügigkeit des Earls.

„Sie möchte mich begleiten, Mylord."

Seine Worte hatten genau den Effekt, den Lance erwartet hatte. Glücklicherweise wählte der Seneschall genau diesen Augenblick, um die Tür zu öffnen.

„Pardon, Mylord. Möchtet Ihr noch mehr Wein?"

Stanton antwortete nicht. Der Seneschall nahm dies als Aufforderung, zu gehen, aber Lance hielt ihn auf.

„Darf ich Euch um einen Gefallen bitten, Sir?"

Dawson nickte.

„Würdet Ihr bitte nach Lady Idalia schicken lassen?"

Dawson warf dem Earl einen Blick zu, der beinahe unmerklich nickte.

„Sehr wohl." Mit einer leichten Verbeugung verließ er den Raum.

Und Lance war wieder alleine mit dem Earl von Stanton.

Und dessen Unmut.

„Das wird sie nicht."

Bevor er Conrad und Terric kennengelernt hatte, wäre Lance niemals auf den Gedanken gekommen, einen Adligen auf diese Weise anzusprechen. Aber seine Freunde hatten ihm beigebracht, Titeln und Ländereien weniger Wert beizumessen. Conrad und Terric waren Lords, das stimmte, aber sie waren zugleich auch einfache Männer.

Dieselben, die mit ihm scherzten und mit ihm tranken. Die mit ihm über hübsche Frauen redeten und den Schwertkampf mit ihm und Guy übten.

Stanton war ein Earl. Aber er war auch ein Mann.

„Eure Tochter ist eine der intelligentesten Frauen, die ich jemals getroffen habe. Sie ist stark und unabhängig, einfach außergewöhnlich. Das wisst Ihr sicher."

„Und deshalb werde ich nicht zulassen, dass sie sich mitten in die Wirren einer Rebellion gegen den König begibt."

„Ich würde es ebenfalls lieber sehen, wenn sie hier in Stanton oder in Tuleen bliebe. Aber sie hat mir ihre Absichten mitgeteilt, und diese muss ich respektieren."

Stanton schlug seinen Kelch auf den Tisch.

„Ihr werdet vor allem *mich* respektieren. Und ich sage, sie wird Euch nicht begleiten."

Lance konnte die Denkweise dieses Mannes nicht mehr ändern. Genauso wenig wie seinen eigenen Vater. Sie hatten unterschiedliche Ansichten über Idalias Rolle, überhaupt über die Rolle einer Frau. Und die Ansichten des Earls waren vermutlich genauso unumstößlich wie seine eigenen.

Aber Lance konnte wenigstens versuchen, dem Earl seine Denkweise zu erklären.

„Ihr sagtet, Idalia hätte Ideen für die Verbesserung des Marktes. Sind diese denn anders zu bewerten als ihre Ideen darüber, wohin sie gehen möchte? Oder wie sie leben möchte?"

„Ihr strapaziert Euer Glück, Schmied."

Das stimmte.

Aber das tat er schon, seitdem er Stanton betreten hatte, und immer noch war ihm sein Glück hold.

„Ich bin derselbe Mann, dem Ihr Eure Unterstützung versprochen habt. Und die Hand Eurer Tochter. Vertraut darauf, dass Eure Entscheidung richtig war, und ich werde Euch nie enttäuschen."

Lance dankte Guy im Stillen für seine Lektionen in Logik und im Argumentieren. Ohne sie wäre er bereits aus dem Solar geworfen worden.

Während Stanton ihn weiter anstarrte, nahm Lance einen Schluck des köstlichen Rotweins.

Lance war sicher, dass der Earl ihn erneut zurechtweisen würde, aber als die Tür hinter ihnen aufgestoßen wurde, drehten sich beide Männer um.

Idalia stand in der Tür.

„Bitte sei nicht wütend auf ihn", sagte sie zu ihrem Vater, dessen Miene so erbittert war wie sie es sich vorgestellt hatte. Sie war bereits auf dem Weg zum Solar, als Dawson sie gefunden hatte.

Sie wollte gerade weitersprechen, als Lance ihr einen warnenden Blick zuwarf. Er schüttelte ganz leicht den Kopf. Zuerst dachte sie, dass dies eine Aufforderung sei, still zu sein. Aber dann fiel ihr sofort ein, dass Lance nicht wie ihr Vater war. Er versuchte offensichtlich, ihr etwas mitzuteilen.

Sie vertraute ihm, also hörte sie auf zu sprechen und wartete auf die Reaktion ihres Vaters.

„Er hat mir gesagt, dass du ihn begleiten möchtest?"

Ihr Vater wollte, dass sie dies abstritt, aber das würde sie nicht tun.

Wusste er, dass Lance in ihrer Schlafkammer gewesen war?

„Wir haben noch nicht im Detail darüber geredet."

Genauso wenig wie über die Hochzeit. Schließlich waren sie anderweitig beschäftigt gewesen.

„Du wirst nicht mit ihm gehen."

Bei seinem Tonfall ließ sie ihre Schultern sinken. Seine Entscheidung war gefallen.

Idalia sah zu Lance. Sie musste daran denken, was er mit seinem Vater durchgemacht hatte. Ihr eigener Vater konnte streng und verbohrt sein, das stimmte, aber er hatte niemals die Hand gegen seine Frau oder eine seiner Töchter erhoben. Und das würde er auch niemals tun. Aber er hatte sie auf andere Art und Weise verletzt, und nun war die Zeit gekommen, für ihre Überzeugungen einzustehen.

Anstatt demütig ihren Kopf zu senken, wie sie es sonst immer tat, streckte sie ihr Kinn hoch. „Ich *werde* mit ihm gehen", sagte sie und hörte sich dabei an als wäre sie der Earl und nicht nur seine Tochter. „Du hast ihm deinen Segen gegeben, einem Mann, den du kaum kennst. Nun gib auch mir deinen Segen. Deiner Tochter, von der du weißt, dass sie ihre eigenen Entscheidungen treffen kann."

Sie sprach die Wahrheit und hatte dies auch während der Krankheit ihrer Mutter bewiesen.

„Lass sie gehen."

Als die Stimme von Idalias Mutter erklang, drehten sich alle um.

Die Gräfin betrat den Raum und ging direkt auf ihren Ehemann zu. Sie lächelte Idalia und Lance aufmunternd zu.

Es war sicher nicht das erste Mal, dass die Gräfin und ihr Mann unterschiedlicher Meinung waren, aber es war eine dieser seltenen Gelegenheiten, an denen sie ihre Meinung offen aussprach. Das passte einfach nicht zu ihrer Mutter.

„Sie begibt sich wissentlich in Gefahr", erklärte ihr Vater in seinem typischen, rauen Tonfall.

„Nein", unterbrach Lance. „Das wird sie nicht. Der Orden des zerbrochenen Schwertes wird sie beschützen."

Ihr Vater schien zu verstehen, Idalia hingegen nicht. Der Orden des zerbrochenen Schwertes? Die Rebellion? Natürlich verstand sie den Zusammenhang, aber was hatte dieser Name zu bedeuten?

Während er Lance anstarrte, schien ihr Vater über seine Worte nachzudenken. Sie hätte es dabei belassen und darauf bauen können, dass er nachgab, und auch wenn sie die Unterstützung von Lance und ihrer Mutter sehr schätzte, so lag es doch an ihr, diese Diskussion erfolgreich zu beenden.

„Ich liebe dich, Vater", sagte sie. Worte, die sie schon viel öfter zu ihm gesagt hatte als er zu ihr. „Du hast uns stets beschützt und uns die Werte der Gerechtigkeit und Ritterlichkeit gelehrt. Ich werde diese Werte in mir tragen, während ich meinen Teil dazu leiste, Stanton und seine Einwohner vor dem König zu schützen."

Ihre Mutter zuckte kurz.

„An Lances Seite. Ich werde ihn heiraten, und gemeinsam werden wir dann tun, was getan werden muss. Aber ich gehe mit ihm."

„Ich habe ihm Tuleen Castle als Teil deiner Mitgift versprochen." Die Augen ihres Vaters verengten sich. „Und ich kann es ihm auch wieder wegnehmen."

Tuleen Castle. Sie hatte sich schon lange gefragt, wie wohl ihre Mitgift aussehen würde. Der Gedanke, dort mit Lance zu leben, so nahe an ihrer Mutter und Tilly...

Aber sie würde sich nicht durch das Versprechen einer bestimmten Mitgift umstimmen lassen.

„Tu, was du tun musst."

Sie hörte, wie ihre Mutter erschrocken nach Luft schnappte, aber Idalias Blick lag auf ihrem Vater.

Sie versuchte, ihm zu verstehen zu geben, dass er sie nicht ignorieren konnte.

Sie hatte ihm so oft bei Verhandlungen zugesehen, und eine Sache, die sie dabei gelernt hatte, war wie wichtig es ist, konsequent bei seiner Meinung zu bleiben. Notfalls würde sie Lance auch ohne den Segen ihres Vaters heiraten und Stanton Castle mit nichts verlassen.

„Sie wird im Norden bleiben", befahl ihr Vater.

„Aye, Mylord", stimmte Lance zu.

„Wenn John diese französischen Söldner auf der Insel behält..."

„Das wird er nicht."

„Wenn der König von der Rebellion und den Köpfen, die dahinter stecken, erfährt..." Der Earl sprach nicht weiter.

Idalia erschauderte bei dem Gedanken daran, was sie vorhatten. Eine offene Rebellion gegen den König. Und sie hatte sich dazu entschieden, daran teilzunehmen.

„Der Clan Kennaugh wird sie beschützen."

Der Clan Kennaugh. Ein Clan, der direkt an der Grenze herrschte. Idalia hatte davon gehört, wusste aber nichts über den Clan. Sie hatte so viele Fragen, aber nur eine war jetzt wirklich wichtig.

„Vater", unterbrach sie. „Vertraust du darauf, dass du mir die richtigen Werte und Einstellungen beigebracht hast?"

Sichtlich unzufrieden, legte der Earl die Stirn in Falten. Aber sie kannte bereits seine Antwort.

KAPITEL DREISSIG

Idalia stieg ab und führte ihr Pferd zu einigen Bäumen. Sie hatten darin übereingestimmt, Stanton Castle zu verlassen, um sich in Ruhe zu unterhalten. Eine Unterhaltung, die Idalia sich gewünscht hatte, seit sie mit ihrem Vater in dessen Solar in der Nacht zuvor gesprochen hatten.

Ihr Vater hatte vorgeschlagen, dass sie Tuleen Castle einen Besuch abstatten sollten. Natürlich mit einer Eskorte. Aber diese „Eskorte", nämlich Tilly, hatte sie schon verlassen, nachdem sie das Torhaus von Stanton passiert hatten. Sie erinnerte sich plötzlich an eine dringende Angelegenheit, der sie sich zuwenden musste.

Idalia hätte ihr sogar geglaubt, wenn Tilly ihr nicht noch auffällig zugezwinkert hätte. Diese Geste bestätigte ihren Eindruck von ihrer Schwester. Tilly wurde langsam eine junge Frau. Idalia wusste nicht recht, was sie davon halten sollte, aber letztlich würde ihre Meinung darüber auch keinen Unterschied machen. Tilly würde erwachsen werden, ob es Idalia nun gefiel oder nicht.

„Lass mich ihn nehmen", sagte Lance, nahm ihr die Zügel ab und führte ihr Pferd zum Bach.

Sie hatten vieles zu besprechen.

Idalia sah zu, wie Lance sich um die Pferde kümmerte. Für einen Mann, der seine Tage normalerweise mit dem Hämmern von Metall verbrachte, war er überraschend sanft. Bei dem Gedanken, dass sie nun endlich ganz alleine waren und dazu noch den Segen ihrer Eltern hatten, setzte ihr Herz einen Schlag aus.

Nach dem intensiven Gespräch mit ihren Eltern, hatte ihre Mutter sie in ihre Schlafkammer geschickt. Sie hatten nur kurz über die Hochzeit gesprochen, die so schnell wie möglich stattfinden sollte.

Idalia und Lance würden gleich nach der Zeremonie abreisen, was Idalia sowohl verängstigte als auch in gespannte Erwartung versetzte. Auch wenn sie nach wie vor entschlossen war, mit Lance zu gehen, so wusste sie doch nicht, was sie dort erwarten würde.

Aber das würde sich ändern.

Und zwar jetzt.

Lance band die Pferde an und drehte sich zu ihr um. Wäre nicht all die Unsicherheit zwischen ihnen, hätte dies der perfekte Tag sein können. Jedenfalls war es der perfekte Ort.

Die Sonne schien durch die Wolken und sie waren umringt von hübschen Weidenbäumen. Sobald sie entschieden hatte, Tuleen an diesem Nachmittag zu besuchen, wusste Idalia, wo sie anhalten wollte. Allerdings war sie davon ausgegangen, eine Anstandsdame dabei zu haben.

Gott sei Dank hatte Tilly sich jedoch dazu entschieden, sie alleine zu lassen.

Lance kam auf sie zu, zog sie an sich und küsste sie leidenschaftlich und entschlossen. Zunächst erwiderte sie den Kuss, zog sich dann aber doch zurück.

„Setz dich neben mich", forderte sie ihn auf und deutete auf das Ufer des kleinen Baches.

„Mit Vergnügen." Lance zog eine kleine Decke aus seiner Satteltasche. Er breitete sie elegant auf dem Gras aus und bot Idalia seine Hand an.

„Bist du immer auf alles vorbereitet, wenn du unterwegs bist?", fragte sie und ließ sich von ihm auf die Decke helfen.

„Aye."

Dies überraschte Idalia nicht. Lance schien wirklich immer auf das vorbereitet zu sein, was ihn erwartete.

„Was genau ist der Orden des zerbrochenen Schwertes?", platzte sie heraus.

Lance nahm ihre Hand und drückte sie sanft. Sie mochte es, wenn er dies tat.

„Dein Vater weiß lediglich, dass es ein Ritterorden ist. Er besteht aus Guy, Terric, einem Mann namens Conrad Saint-Clair und mir selbst."

„Der Earl von Licheford?"

„Aye, derselbe."

„Und Terric?"

„Oberhaupt des Clans Kennaugh von Bradon Moor."

„Der, von dem du sagtest, er würde uns beschützen, wenn es erforderlich sein sollte?"

„Idalia." Lance drückte erneut ihre Hand. „Ich sorge dafür, dass du in Sicherheit bist. Du wirst niemals in unmittelbarer Gefahr sein. Das verspreche ich dir. Aber wenn wir Vorsichtsmaßnahmen ergreifen und England eine Zeit lang verlassen müssen, dann ja, dann wird sein Clan uns willkommen heißen."

Sie hatte immer noch so viele Fragen.

„Wir vier haben gelobt, die Herrschaft des Königs zu beenden. Oder ihn zumindest dazu zu zwingen, niemanden mehr entführen zu lassen, wenn dessen Verwandte die tyrannischen Steuern nicht aufbringen können."

„Bitte verstehe mich nicht falsch, aber warum..."

„Warum ein Schmied und ein Söldner?"

Sie hatte nicht vor, so direkt danach zu fragen, aber dies würde sie doch interessieren.

„Wir alle haben unsere Gründe." Lance stand auf.

Idalia beobachtete, wie er etwas aus seinen Satteltaschen holte. Es war etwas Hartes, eingewickelt in Stoff. Er legte es neben sie und setzte sich wieder. Dann wickelte er es aus. Zum Vorschein kam der Griff eines Schwertes. Er war fein verziert, offensichtlich ein Meisterstück.

Sie sah ihn an und wartete auf seine Erklärung.

„Seit ich reiten konnte, hatte ich meinen Vater zum Turnier des Nordens begleitet. Er arbeitete dort als Tunierschmied für seinen Lord und für andere Adlige."

Idalia hatte bereits davon gehört. Auch wenn ihr Vater nie an Turnieren teilgenommen hatte, so hatte doch jeder vom einzigen großen Turnier in Northumbria gehört. Es war die einzige Zeit im Jahr, zu der uneingeschränkter Frieden mit den Schotten galt.

„Dort lernte ich Guy kennen. Wenn die Wettkämpfe stattfanden, gab mir mein Vater frei, sodass ich über das Gelände schlendern konnte. Eines Nachmittags gingen er und ich zum Ufer des Flusses."

Lance nahm den Griff in die Hand.

„Dies gehörte einst Conrad. Oder seinem Vater, um genau zu sein."

Idalia unterbrach ihn nicht, auch wenn dutzende Fragen durch ihren Kopf schossen.

„Wir sahen zwei Jungen in unserem Alter, die mit

ihren Schwertern übten. Einer war groß und dünn. Der andere... nur dünn." Er lachte. „Wenn du Terric und Conrad siehst, wirst du sie dir niemals als Jungen vorstellen können."

Er lächelte tatsächlich. Lance lächelte nicht oft, aber wenn er es tat, ging Idalias Herz auf. Was auch immer ihm diese Männer bedeuteten, er schien viel für sie zu empfinden.

„Sogar damals war Guy schon sehr gut mit dem Schwert. Er forderte die beiden heraus, und sie nahmen an, auch wenn Guy und ich ganz offensichtlich nicht adlig wie sie waren."

„Licheford ist ein Earl, nicht wahr?"

„Aye, ein hat den Titel von seinem Vater geerbt. Terric ist ebenfalls ein Earl."

Ihre Augenbrauen zogen sich zusammen. Der Schotte war auch ein Earl?

„Clanoberhaupt in Schottland, Earl von Dromsley in England."

Dromsley. Sie wollte ihn nicht unterbrechen, aber der Name kam ihr durchaus bekannt vor. Sie würde später danach fragen.

„Aber in jenem Sommer waren sie einfach die Söhne zweier mächtiger Männer, die mit ihren Schwertern übten."

So schnell sein Lächeln gekommen war, so schnell war es nun verschwunden. Jetzt lag etwas Dunkleres in seiner Stimme, was durch seine Miene und die Art, wie er den Griff hielt, noch betont wurde.

Der laute Ruf eines Vogels unterbrach sie. Lance sah ihm zu, wie er davonflog und erzählte dann weiter.

„Guy hörte den Schrei als erstes. Wir konnten nichts sehen, aber zu hören war er deutlich. Wir rannten zu einem kleinen Wäldchen. Als wir dort ankamen, lag Cait auf dem Boden, ihr Kleid war über ihre Hüften geschoben.“

Er hielt den Griff so fest, dass seine Knöchel weiß waren.

„Terric schrie auf, ein Geräusch, das ich niemals vergessen werde.“

Lance sah auf, und in seinen Augen standen Tränen.

„Ein Mann, ein Mann des Königs, drückte sie auf den Boden.“

Idalia keuchte. „Er hat sie vergewaltigt?“

„Er war gerade dabei, es zu versuchen, aye. Gott sei Dank kamen wir rechtzeitig, um es zu verhindern.“

Sie wollte gar nicht wirklich wissen, was dann geschah. Plötzlich ergab das Fehlen der Schwertklinge deutlich mehr Sinn.

Lance schüttelte den Kopf.

„Es ging alles so schnell. Ich riss den Mann von Terrics Schwester herunter...“

Idalia holte entsetzt Luft.

„Aber er war viel größer als wir. Mit einem Schlag streckte er mich zu Boden. Terric ging auf ihn los und brachte sich zwischen ihn und seine Schwester. Aber auch ihn warf der Mann mit Leichtigkeit zu Boden. Guy war der Erste, der Blut vergoss. Er war schnell mit dem Schwert. Der Mann zog ebenfalls seine Waffe. Weder Guy noch Conrad hatten eine Chance.“

Offensichtlich waren alle vier noch am Leben. Das konnte nur bedeuten...

„Es war Conrad, der ihn getötet hat.“

Lance hielt den Griff hoch. „Der Wachmann zerbrach Conrads Schwert mit nur einem Hieb. Während er mit Guy zu tun hatte, schlitzte Conrad ihm mit dem Rest seiner Klinge die Kehle auf.“

„Was ist mit der Klinge geschehen? Du hast nur noch den Griff."

„Aye." Gedankenverloren drehte er den Griff in seiner Hand. „Wir haben den Leichnam des Mannes in den Fluss geworfen. Und die Klinge mit ihm."

Idalia hatte etwas dergleichen erwartet.

„Erst später, als ich wieder klar denken konnte, realisierte ich, dass es für Conrad nicht gut ausgehen würde, wenn seine Klinge zusammen mit der Leiche gefunden werden würde. Also habe ich die abgebrochene Klinge entfernt."

„Und den Griff behalten?"

Er nickte. „Conrad wollte ihn loswerden."

„Du hast ihn die ganze Zeit über aufbewahrt?"

Er legte den Griff ins Gras und drehte sich zu ihr.

„Aye." Lance nahm wieder ihre Hand. „Wir haben geschworen, dieses Geheimnis zu bewahren, und ich habe es niemals jemandem erzählt. Jedes Jahr treffen wir vier uns auf dem Turnier. Aber wir haben nie wieder darüber gesprochen, was mit Cait und ihrem Angreifer geschehen ist."

„Cait." Sie versuchte sich vorzustellen, was diese junge Frau durchgemacht hatte, aber es war zu schrecklich. „Geht es ihr denn gut?"

„Aye, Terric hat es mir erzählt. Ich habe sie seit jenem Tag nicht mehr gesehen. Cait ging nie wieder auf ein Turnier. Sie blieb stets in Bradon Moor. Sie weigert sich sogar, Dromsley Castle zu besuchen. Sie wird nie wieder englischen Boden betreten."

„Ich kann sie verstehen."

„Damals herrschte noch König Johns Vater. Aber auch er hatte durch diesen Wachmann seinen Einfluss auf uns. Respekt muss verdient werden, man erhält ihn nicht einfach, indem man zum König gehört."

„Ist dies der Grund für eure Rebellion?"

„Nein. Meine Gründe sich ganz einfach. Conrad hat um unsere Unterstützung gebeten. Und sein Vorhaben ist gerecht. König John muss aufgehalten werden."

Conrad wollte es. Und es war richtig, es zu tun.

Lance hatte keine persönlichen Interessen daran. Er unterstützte nur seinen Freund. Und sein Land.

Er war genau der Mann, für den sie ihn hielt.

Und er gehörte ihr.

„Und nun hast du auch meine Unterstützung", sagte sie. „Auch wenn es eine kaum nennenswerte Hilfe sein wird."

„Idalia, wie kannst du so etwas sagen?"

Sie wollte damit nur ausdrücken, dass sie wenig zu einer Rebellion gegen den König beitragen konnte. Lance schien jedoch anderer Meinung zu sein.

Die Art wie er sie ansah, voller Liebe und Verlangen, sorgte dafür, dass sie augenblicklich alles andere vergaß. Sie dachte nur noch daran, wie wunderbar es in der letzten Nacht mit ihm gewesen war.

Lance musste dieselben Gedanken gehabt haben. Seine Augen schienen dunkler zu werden. Die Luft um sie herum schien zu knistern. Ihr Blick in die Vergangenheit war beendet. Jetzt waren sie beide nur noch im hier und jetzt.

„Küss mich", forderte sie ihn auf.

Er lehnte sich nach vorn.

„Nichts wäre mir in diesem Augenblick lieber, mein Sonnenschein."

„Und bald schon bin ich deine Ehefrau." Idalia lächelte. „Die Frau eines Schmieds. Das gefällt mir."

Bevor sie auch nur zwinkern konnte, war er bereits auf ihr.

„Es gibt noch viele Dinge, die dir gefallen werden", sagte er mit tiefer und unglaublich verführerischer Stimme.

Idalia zweifelte nicht daran.

„Auf was wartest du dann noch?"

Sein Lachen klang von den Bäumen wider. Es war wie Balsam für ihre Seele.

Idalia kam es vor, als fühlte sie einen kühlen Windhauch über ihren Körper streichen. Dabei war es ihr vor einem Augenblick noch behaglich warm gewesen, als sie zwischen ihrem Ehemann und dem weichen Bett eingekuschelt war.

„Was denkst du gerade?", fragte Lance.

Idalia schlug die Augen auf.

Sie hatte nicht geträumt.

Ihr Ehemann lag zwischen ihren Beinen, die Decke war auf die Seite gezogen. Sie blinzelte, um die Schläfrigkeit abzuschütteln und hob ihren Kopf.

Lance drückte ihre Beine auseinander und küsste sie auf ihren Oberschenkel. Dann noch ein Kuss. Und noch einer.

„An Terric."

Er hörte auf, sie zu liebkosen, und Idalia konnte nicht anders, als aufgrund seines komischen Gesichtsausdruckes zu lachen.

„Ich frage mich, wo er wohl diese wunderbare Tagesdecke erstanden hat? Etwas so Weiches hatte ich noch nie. Vielleicht frage ich ihn, ob ich sie mitnehmen darf, wenn wir abreisen."

Lance hatte sie gewarnt, dass sie möglicherweise

einige Zeit auf Dromsley Castle verbringen müssten. Denn vor hier aus führte der Orden seine Missionen aus. Die Burg gehörte einem Schotten, womit sie weniger Aufmerksamkeit auf sich zog als Conrads Heimstatt Licheford.

„Ich möchte, dass du aufhörst, an Terric zu denken", sagte er, während er sich wieder ihren Schenkeln widmete.

„Aber er ist doch sehr nett", antwortete sie und verkniff sich ein Grinsen.

„Nett", knurrte Lance. „Groß. Furcht einflößend, ja. Mit diesen Worten wird er des Öfteren beschrieben."

Er näherte sich einer gewissen Stelle.

„Nun, *ich* denke immer noch, dass er wirklich nett ist."

Lance hatte sein Ziel erreicht.

„Ist das so?"

Er fing mit einem sanften Kuss an, aber dann kam seine Zunge an genau der richtigen Stelle zum Einsatz.

„Und bist du der Meinung, dass dies hier auch recht nett ist?", fragte er, während er gekonnt weitermachte.

Idalia drückte ihre Hüften gegen seinen Mund und erhielt ein Kichern als Antwort. Sie konnte sich nicht länger unterhalten. Auf diese Art und Weise geweckt zu werden, war zwar neu für sie, aber Idalia war eine Frau, die sehr schnell lernte.

Als Lance immer forscher wurde, gab sich Idalia Mühe, ihr Stöhnen so leise wie nur möglich zu halten. Sie wusste nicht, wie hellhörig die Kammer und die Tür waren.

„Oh!" Aber leise zu sein, wurde immer schwieriger.

Glücklicherweise verlagerte Lance seine Position,

indem er sich auf sie legte und ihren Mund mit dem seinen bedeckte.

Während sie sich intensiv küssten, drang er in sie ein.

Lance füllte sie vollständig und perfekt aus. Idalia wusste, dass sie dieses unbeschreibliche Gefühl nicht lange aushalten konnte. Das sagte sie ihm auch, denn es schien seinen eigenen Genuss zu steigern. Schon als sie die Wellen der Lust über sich hereinbrechen fühlte, schrie Lance auf, wenn auch nicht so leise wie sie.

Ihre Muskeln pulsierten und entspannten sich dann kurz darauf vollkommen. In einem Moment war sie noch von Kopf bis Fuß angespannt, im nächsten hätte sie sich um nichts in der Welt bewegen können, nicht einmal, wenn die Burg angegriffen worden wäre.

Lance schlang seine starken Arme um sie und drehte sie beide auf die Seite.

„Guten Morgen, Ehefrau."

Sie lächelte. Das hatte er jeden Tag seit ihrer Hochzeit zu ihr gesagt. Und sie liebte den Klang dieser Worte aus seinem Mund.

„Guten Morgen, Ehemann. Oder", sie liebte es, ihn zu necken, „Mylord, wenn es Euch beliebt."

Er verdrehte die Augen. „Ehemann, bitte."

„Warum magst du deinen Titel nicht?", fragte sie ernst.

„Das bin nicht ich. Ich bin ein Schmied. Und ich werde immer ein Schmied sein."

Er küsste ihre Nase.

„Ein Schmied, der ein Ritter und ein Lord ist."

„Ehemann ist mein liebster Titel."

Er meinte es ernst. Lance erinnerte sie stets daran, wie sehr er sie liebte. Sogar Terric hatte dies erstaunt kommentiert. „Wer ist nur dieser Mann?

Und wo ist sein mürrischer Gesichtsausdruck geblieben?"

Idalia schloss die Augen. Sie war zufrieden damit, noch etwas länger in Lances Armen zu liegen.

Lance und Terric hatten sie beide gewarnt, dass die momentane Ruhe nicht lange anhalten würde. In zwei Tagen würden sie zu einem weiteren Grenzlord aufbrechen, dessen Unterstützung ihnen ganz und gar nicht sicher war.

Sie musste stets daran denken... ein geflüstertes Wort in die falschen Ohren würde beide Männer sofort als Verräter brandmarken.

Bei diesem Gedanken seufzte Idalia schwer.

„Mach dir keine Sorgen, mein Sonnenschein."

Er schien stets zu wissen, was sie gerade dachte. Idalia schlug die Augen auf und fand den Blick ihres Ehemanns.

„Sobald es Guy gelingt, diese Söldner nach Frankreich zurückzuschicken, und ich bin sicher, dass er das schafft, wird König John in einer viel schwächeren Position sein. Wir haben schon fast die notwendige Stärke, um ihn zu konfrontieren. Schon bald werden wir in Tuleen Castle sein und unsere Abenteuer vermissen."

Sie strich mit ihrem Daumen über seine Unterlippe. „Eine Armee von Söldnern, die vom König angeheuert wurde, zurück nach Frankreich zu schicken, scheint mir eine gewaltige Mission für nur einen Mann sein", sagte sie.

Er nahm ihren Daumen in seinen Mund, genau wie sie es gehofft hatte.

„Gott sei Dank ist Guy ein besserer Mann als alle, die ich kenne. Er wird nicht scheitern."

Als er an ihrem Daumen knabberte, realisierte Idalia, dass sie an diesem Morgen nicht mehr schlafen würde. Sie hatte etwas vor, dass ihr viel mehr Freude bereitete.

„Ich hoffe, dass du recht damit hast", sagte sie und verdrängte die Gedanken an Guy aus ihrem Kopf.

„Ich habe recht." Lance nahm ihre Hand und drückte sie neben ihrem Kopf auf das Bett. „Wenn es dir beliebt, könnten wir nun vielleicht aufhören, über den Orden zu sprechen? Ich würde es vorziehen, wenn du nur an *einen* Mann denkst, wenn wir im Bett sind."

„Oh? Und welcher Mann sollte das wohl sein?"

Er antwortete nicht. Zumindest nicht mit Worten.

Idalia kicherte. „Zum Glück gibt es nur einen Mann für mich."

Klicken Sie hier, um Der Söldner und seine Lady zu lesen, das nächste Buch in der Reihe Order the Broken Sword.

HAT IHNEN DIESES BUCH GEFALLEN?

Rezensionen sind von größter Wichtigkeit für jeden Autor. Es gibt nichts Wichtigeres, als eine loyale Fangemeinde unter den Lesern zu haben, die ihre Meinung mit der Welt teilen.

Wenn Ihnen dieses Buch gefallen hat, wäre ich Ihnen zutiefst dankbar, wenn Sie auf der Amazon-Seite des Buches eine kurze Rezension veröffentlichen würden. Über den nachfolgenden Link gelangen Sie genau auf die entsprechende Seite.

Rezension über „Der Schmied und seine Lady“
verfassen

Der Schmied und seine Lady
Der Söldner und seine Lady
Der Schotte und seine Lady
Der Earl und seine Lady
Der Chief und seine Lady

Über den Autor

Cecelia Mecca ist Autorin romantischer Liebesgeschichten, die im Mittelalter spielen. Manchmal wünscht sie sich, in das Zeitalter der Ritter und Burgen zurückteleportiert werden zu können. Auch wenn die frühere Englischlehrerin mit ihrem Mann und zwei Kindern im Nordosten Pennsylvanias lebt, kann sie stets über ihre Seite CeceliaMecca.com erreicht werden. Sie würde sich freuen, bald auch von Ihnen zu hören.

www.ingramcontent.com/pod-product-compliance
Lightning Source LLC
Chambersburg PA
CBHW061542210726
48287CB00006B/2046